HAYMON taschenbuch 82

W0223759

Gedruckt mit freundlicher Unterstützung durch
die Kulturabteilung des Landes Tirol.

Auflage:
3

2014

HAYMON tb 82

Originalausgabe
© Haymon Taschenbuch, Innsbruck-Wien 2011
www.haymonverlag.at

Alle Rechte vorbehalten. Kein Teil des Werkes darf in irgendeiner Form (Druck, Fotokopie, Mikrofilm oder in einem anderen Verfahren) ohne schriftliche Genehmigung des Verlages reproduziert oder unter Verwendung elektronischer Systeme verarbeitet, vervielfältigt oder verbreitet werden.

ISBN 978-3-85218-882-9

Umschlag- und Buchgestaltung, Satz:
hœretzeder, grafische gestaltung, Scheffau/Tirol
Cover- und Autorenfoto: www.fotowerk-aichner.at

Gedruckt auf umweltfreundlichem,
chlor- und säurefrei gebleichtem Papier.

Bernhard Aichner

Für immer tot

Ein Max-Broll-Krimi

Bernhard Aichner

Für immer tot

Eins

Wie sich die Erde bewegt. Wie langsam eine Hand nach oben kommt, Finger, die zweite Hand, knochig, und dieses Gesicht, von Würmern zerfressen. Eine Fratze, Augen, die schreien, Augen, die töten. Wie er aus dem Grab steigt. Und neben ihm noch einer, und noch einer. Wie sie ihre Zähne fletschen und über den Friedhof hinken. Wie Max und Baroni sich die Bäuche halten vor Lachen.

Im Friedhofsgarten die große Leinwand, übriggebliebenen von der letzten Europameisterschaft, ein Beamer, zwei Freunde trinken Bier und schauen *Zombiemassaker*.

Ein Muss für einen Totengräber, hat Baroni gesagt.

– Und?
– Ein sehr schöner, ruhiger Film, Baroni.
– Ich wusste, dass dir das gefällt.
– Das ist ganz großes Gefühlskino.
– Was wohl Stein dazu sagt?
– Er packt gerade seine Koffer. Morgen ist Stein Geschichte.
– Er fährt also tatsächlich zur Kur, unser Herr Pfarrer.
– Der kommt nicht wieder.
– So leicht wirst du den nicht los, Max.
– Burnout, der kommt nicht mehr.
– Darauf trinken wir.
– Er sagt, ich bin dafür verantwortlich.
– Wenn er das sagt, wird es wohl so sein. Er ist schließlich Pfarrer.
– Er ist ein dummer alter Mann.

– Dann hoffen wir mal, dass etwas Besseres nachkommt.
– Der Neue ist nett, ich habe ihn in die Sauna eingeladen.
– Der neue Pfarrer geht mit euch in die Sauna?
– Warum nicht? Er kommt aus Afrika, der ist die Hitze gewöhnt.
– Depp.
– Er kommt wirklich. Er scheint sehr bemüht zu sein um seine neuen Schäfchen.
– Ihn stört das nicht, dass im Friedhofsgarten eine Sauna steht?
– Muss nicht jeder so ein Idiot sein wie Stein.
– Ein Schwarzer?
– Ja, das Dorf lebt seit Tagen in Angst, die alten Damen am Friedhof sagen, der Bimbo wird Unglück über die Gemeinde bringen.
– Bimbo?
– Die alte Apothekerin hat sogar Neger gesagt.
– Ungeheuerlich. Ich sage es immer wieder, du hättest mein Angebot annehmen sollen, Wien wäre besser für dich.
– Lass gut sein, Baroni.
– Das Angebot steht nach wie vor, du kannst die leerstehende Wohnung kostenlos haben, du lebst zwei Wochen im Monat kultiviert in Wien, und die anderen beiden Wochen kannst du immer noch hier mit deinen Leichen spielen.
– Du musst nicht jedes Monat wieder damit anfangen, mein Freund. Ich habe mich entschieden und die Entscheidung war richtig.
– Du gehörst nicht auf diesen Friedhof, ich werde dir das noch hundertmal sagen. Totengräber, das ist doch kein Beruf für einen jungen, attraktiven Mann. Stell

dir doch mal vor, was wir gemeinsam in Wien bewegen könnten. Du und ich. Johann Baroni und Max Broll.

– Wenn du nicht gleich still bist, mache ich das hier auch mit dir.
– Was?
– Hast du das nicht gesehen?
– Was denn?
– Sie haben dem armen Zombie einfach den Kopf abgerissen.
– Ups.

Sie stoßen an, schlagen ihre Bierflaschen freundschaftlich aneinander, die Dachterrasse des Friedhofswärterhauses ist der schönste Platz auf der Welt, der Abend ist lau. Blut fließt. Die Zombies verspritzen ihr Innerstes, aus der Lautsprecherbox neben ihnen kommen angsterregende Geräusche, der Friedhof auf der Leinwand färbt sich rot. Max schüttelt grinsend den Kopf und holt Bier.

Es ist kurz vor Mitternacht. Hanni hat sich verabschiedet, als sie hörte, welchen Film sie sich ansehen wollten.

Männerabend, sagte Max.

Saufköpfe, sagte Hanni.

Sie umarmte ihn, als sie ging. Max vermisst sie, ihren Körper, ihre Haut, wie sie lacht. Kurz nur, er denkt an sie, lächelt. Er kommt zurück auf die Terrasse, immer noch laufen Tote zwischen den Gräbern herum, immer noch steigen sie aus dunklen Löchern, zerfetzen und zerreißen einander.

Baroni lacht. Max schaut hinunter auf seinen Friedhof, auf die Gräber, die Kreuze, die Kerzen. Gräber sind für ihn Alltag. Dass er Löcher für tote Menschen macht, ist für ihn selbstverständlich. Mit Toten ist er aufgewachsen, mit Knochen, die mit der Erde nach oben fliegen, mit weinenden Gesichtern, mit Blumenkränzen.

Von seiner Terrasse aus kann er den gesamten Friedhof überblicken. Beste Aussicht, schönes Leben. Rechts von der Friedhofsmauer, direkt unter ihnen, breitet sich sein Garten aus, neben der Blocksauna steht das zusammengenagelte Gerüst mit der Leinwand, an den Garten angeschlossen thront das Pfarrhaus, gegenüber erstrahlt Baronis Villa, ein architektonisches Meisterwerk, der Zweitwohnsitz des Mannes, der früher als Fußballer ein Vermögen verdient hat, ein Prachtbau, moderne Architektur vom Feinsten.

Die Augen von Max wandern im Kreis, er mag sein Leben, seine Wohnung, das Dorf. Dass Stein aus diesem Leben verschwindet, macht ihn glücklich.

Der Pfarrer steht am Fenster. Max begegnet seinem hasserfüllten Blick. Er winkt ihm zu. Mit Genugtuung und Freude sagt er ihm Aufwiedersehen. Baroni schüttelt den Kopf.

– Du bist bösartig, Max.
– Ich habe den Alten jetzt lang genug ertragen, und glaub mir, *er* war bösartig, nicht ich.
– Ist ja schon gut. Schau dir lieber an, wie die nächsten dreißig aus ihren Gräbern steigen, jetzt wird's erst richtig blutig.
– Muss ich mir eigentlich Sorgen machen, dass du solche Filme zuhause hast?
– Man muss in alle Richtungen hin offen bleiben.
– Was macht der da mit der Säge?
– Er schneidet sich das Bein ab, weil er von dem Zombie gebissen wurde.
– Er schneidet sich selbst das Bein ab?

– Er hat keine Wahl, Max.
– Das ist krank.
– Das ist meine absolute Lieblingsstelle, schau dir das an.
– Das geht zu weit, Baroni, was soll sich der Herr Pfarrer denken.
– Die Hand sägt er sich auch noch ab, das glaubst du nicht.
– Ein tapferer Bursche.
– Ich liebe diesen Film.
– Ein wirklich sehr, sehr schöner Film, Baroni, hat bestimmt einen Oscar bekommen.
– Das ist große Kunst.
– Genauso wie die hübschen Pünktchen in deinem Gesicht, die Anordnung der Flecken, die Formen, große Kunst, Baroni, ganz groß.
– Halt die Klappe, Max.

An allem war Baronis neue Freundin schuld.

Vor fünf Monaten hatte er Max überredet, ihn nach Wien zu begleiten, eine Woche lang Spaß in der Hauptstadt, hatte Baroni gesagt und sie für einen Flamenco-Workshop angemeldet, weil er die andalusische Tanzlehrerin zum Niederknien schön fand.

Max ist mitgefahren. Drei Abende lang stolperten sie im elften Bezirk über einen malträtierten Nussboden, drei Abende lang umwarb Baroni die Schöne. Am vierten Abend lag sie in seinem Bett. Charme, Liebe auf den ersten Blick oder Baronis peinliche, direkte Art, irgendetwas hatte dazu geführt, dass sich Sylvia Rodriguez Ortega in den ehemaligen österreichischen Stürmerstar verliebte. Aus seiner Zeit als Legionär spricht er etwas Spanisch, kennt die Kultur, die Eigenarten, die Vorlieben der spanischen Frauen.

Was für ein Weib, hat er gesagt.

La Ortega, wie Baroni sie nennt. Seit fünf Monaten sind sie ein Paar, seit fünf Monaten ist Baroni nicht mehr allein auf den Straßen. Die unzähligen flüchtigen Bettgeschichten sind Vergangenheit, das dauernde Gerede über Brüste und Ärsche auch. Baroni ist erwachsen geworden.

Vorübergehend, sagt Max.

Er ist kaum wiederzuerkennen, ist häuslich geworden, verkriecht sich in seinem Luxuswohnzimmer, macht die Vorhänge zu, versteckt sich mit seiner spanischen Schönheit vor der Welt. Nicht aber vor Max, die gemeinsamen Abende haben Tradition, und wenn la Ortega unterwegs ist, verbringt er nach wie vor mehr Zeit auf der Terrasse von Max als auf seiner eigenen. Die Liebe hat sich nicht zwischen die beiden gestellt, Hanni nicht, la Ortega nicht. Immer wieder sind sie zu zweit, immer wieder auch zu viert. Flamencoabende, gemeinsame Essen, Trinkgelage, schließlich auch Sauna.

Seit sie sich kennen, hat Max Baroni zu überreden versucht, mit ihm in die Friedhofssauna zu kommen, doch Baroni hat immer abgewehrt.

Nicht mit den Bauern, sagte er, niemals, nicht in diesem Leben.

Hunderte Aufgüsse wurden unten im Garten zelebriert, während Baroni oben auf seiner Terrasse stand und zuschaute, wie sie nackt im Garten lagen, im Schnee, im Herbstgras, in der Sommersonne glücklich, lächelnd neben den Toten. Max versuchte es immer wieder, doch Baroni blieb hart. Erst als la Ortega in sein Leben kam, öffnete er sich und würdigte das kleine Holzhäuschen. Zuerst mit Worten, später mit seiner Anwesenheit. Die kleine, mit Liebe zusammengenagelte Blocksauna wurde Baroni zum Verhängnis.

La Ortega schwärmte vom Schwitzen, sie bearbeitete Baroni mit allem, was sie hatte, wochenlang schrie sie nach oben, bat ihn herunterzukommen, mit ihr und den anderen zu schwitzen, doch Baroni blieb eisern. Erst als sie ihm androhte, nie mehr mit ihm zu schlafen, ging er mit ihr.

Baroni in der Sauna. La Ortega, Max und Hanni. Vor fünf Tagen, das Wasser auf dem Ofen, nackt, schön die Körper auf der Polarfichte, Max, wie er mit dem Handtuch auf die heiße Luft einschlug. Wie sie schwitzten, redeten, lachten und wie Baronis Haut von Minute zu Minute röter wurde. Wie überall diese Flecken auf ihm waren, wie er plötzlich nach draußen stürmte und begann, sich zu kratzen, seinen Körper im Gras zu reiben.

Hitzeallergie, Ausschlag. Wie wild lief er durch den Garten, fluchte, beschimpfte Max und diese verdammte Sauna, er verfluchte sich, weil er ja vorher schon gewusst hatte, was dieses Teufelswerk mit ihm machen würde, und trotzdem mitgekommen war.

La Ortega umarmte ihn, Max und Hanni lachten, weil sie endlich den wahren Grund für seine Saunaabstinenz erfahren hatten und weil Baroni aussah wie ein gefleckte Ferkel.

Immer noch sind die Flecken da. Weniger zwar und nicht mehr so intensiv leuchtend, das Rot in seinem Gesicht ist fünf Tage nach der Tortur blasser geworden, bringt Max aber immer noch zum Lachen.

– Du hörst sofort auf damit.
– Ich kann nichts machen, mein Freund, du schaust zu gut aus.
– Wenn du nicht aufhörst zu lachen, erzähle ich dafür der ganzen Welt von deinem Deppenhandy.

– Wovon?
– Von deinem Deppenhandy.
– Was meinst du?
– Dieses bunte Seniorenhandy mit den wenigen Knöpfen.
– Keine Ahnung, wovon du redest.
– Maxilein, du muss dich nicht schämen, ich sag's nicht weiter. Aber nur, wenn du jetzt brav bist.
– Wenn du mir nicht gleich sagst, wovon du redest, bekommst du kein Bier mehr.
– Das Deppenhandy auf deiner Kommode, ich find's gut.
– Ich hab kein Deppenhandy.
– Doch, hast du.
– Wo gehst du hin?
– Es holen.
–
– Das da meine ich.
– Das gehört mir nicht.
– Muss dir echt nicht peinlich sein, Max.
– Ich sagte doch, das gehört mir nicht.
– Muss aber dir gehören, lag auf deiner Kommode.

Max nimmt es ihm aus der Hand. Er hat das Gerät noch nie gesehen, er weiß nicht, wie es auf seine Kommode kam, in Baronis Hand. Vielleicht hat Tilda es ihm hingestellt, seine Stiefmutter, oder Hanni, aber warum? Ein Seniorenhandy. Sechs Tasten, ein SOS-Symbol, kein Display.

Max bittet Baroni mit einer Kopfbewegung, das Zombiemassaker zu beenden. Neugierig schaltet er das Gerät ein, kein Pin-Code, nichts, nur ein grünes Lämpchen, das zeigt, dass es bereit ist. Max drückt auf den ersten Knopf, er stellt auf Lautsprecher, er kann sich nicht erklären, warum dieses Telefon auf seiner Kommode lag, und warum plötzlich die Stimme von Stein auf seiner Terrasse laut ist.

– Pfarramt.
– Stein? Sind Sie das?
– Was wollen Sie noch von mir, Broll?
– Ist das Ihr Telefon? Wie kommt es auf meine Kommode, was wollen Sie von mir?
– Was reden Sie da?
– Ist das Ihr Seniorenhandy?
– Wenn Sie mich nicht auf der Stelle in Ruhe lassen, gehe ich in den Garten und zünde Ihre Sauna an, haben Sie das verstanden, Broll?
– Keine gute Idee, Stein.
– Ich zünde sie an, und wenn es das Letzte ist, was ich tue.
– Ihr Nervenkostüm ist tatsächlich sehr dünn, Stein.

– Sie haben mir mein Leben versaut, Broll.
– Das haben Sie schon selbst gemacht. Und jetzt fahren Sie bitte auf Kur und kommen Sie nicht zurück.
– Das ist Telefonterror, Broll. Ich werde die Polizei verständigen müssen.
– Sie vermissen also kein Seniorenhandy?
– Nein, verdammt.
– Sie fluchen, Herr Pfarrer.
– Es reicht endgültig, Broll.
– Finde ich auch, Stein.

Max drückt verwundert den roten Knopf. Er versteht es nicht. Warum das Telefon in seiner Hand liegt, warum Stein abhebt. Er drückt den zweiten Knopf. Er trinkt, sie warten, viermal das Freizeichen, dann ist da die leise Stimme einer Frau.

– Hospiz St. Margarethen.
– Wer spricht?
– Die Hospizgemeinschaft, Schwester Pamela.
– Pamela?
– Was kann ich für Sie tun?
– Ich weiß es nicht.
– Wollten Sie jemanden erreichen? Ist es dringend?
– Es tut mir leid, ich habe mich verwählt, verzeihen Sie die späte Störung.

Max und Baroni schauen sich an. Wortlos drückt Max auf den dritten Knopf. Die Telefonseelsorge meldet sich. Eine freundliche Männerstimme, die fragt, wie sie helfen könne. Max entschuldigt sich erneut und legt auf. Er drückt den vierten Knopf, das Kriseninterventionszentrum meldet sich, eine Frauenstimme. Auch beim nächsten Knopf meldet sich eine Frau. Es ist der Polizeinotruf, eine strenge Stimme fragt nach dem Grund des Anrufs, Max kennt den Grund nicht. Zum vierten Mal entschuldigt er sich und legt auf. Er versteht das nicht, auch Baroni ist ratlos, sie können es sich nicht erklären, das Handy, die gespeicherten Nummern.

Hier verarscht uns jemand, sagt Baroni.

Ich weiß nicht, was das soll, sagt Max und drückt den letzten übergroßen Knopf.

– Dieser Anruf kostet 1,99 Euro pro Minute. Unsere versauten Studentinnen werden sich gleich um dich kümmern. Sie wollen es dreckig, hemmungslos und hart, sie wollen, dass du es ihnen besorgst, dass du sie zum Schreien bringst, sie wollen deinen Saft, sie wollen alles von dir, gleich bist du im Paradies, gleich wird sich eines unserer notgeilen Mädchen melden und dich glücklich machen, gleich wird ...

– Nicht auflegen, Max.
–
– Das hättest du nicht tun sollen.
– Was?
– Auflegen.
– Mein lieber Baroni, bist du dir wirklich sicher, dass du nichts damit zu tun hast?
– Ich gebe zu, den letzten Anruf fand ich gut, aber das war's auch schon.
– Das verstehe ich nicht.
– Und ich verstehe nicht, warum du aufgelegt hast, jetzt wo es spannend wird. Du sagst, es ist nicht dein Handy, das heißt, du musst nicht dafür bezahlen. Und das heißt: Du wählst sofort nochmal.
– Ich will jetzt sofort wissen, wer mir das Telefon in die Wohnung gelegt hat und wer solche Nummern einspeichert.
– Hanni wird es kaum gewesen sein.
– Im Ernst, Baroni. Ist doch komisch, oder?
– Ach, komm schon, das wird sich alles aufklären.

Baroni klopft ihm auf die Schulter. Amüsiert schaut er zu, wie Max die letzte Taste drückt, den SOS-Knopf.

Wie absurd diese Situation ist, wie verwundert Max das Telefon anstarrt. Wie das Freizeichen die beiden Freunde noch einen Augenblick lang verschont. Wie plötzlich der Schalk aus Baronis Augen verschwindet, wie Max nicht glauben kann, was er hört.

Wie Entsetzen in seine Augen kommt.

Ihre Stimme aus dem kleinen Lautsprecher.

Tildas Stimme.

– Hallo, wer ist da, bitte, Gott sei Dank. Sie müssen mir helfen, Sie müssen mich hier herausholen, bitte. Hallo? Reden Sie schon. Wer ist da?
– Tilda?
–
– Max, Gott sei Dank, Max. Warum du? Woher hast du diese Nummer, Max, du musst mich hier rausholen, schnell, du musst die Kollegen anrufen, die Kripo, Max, schnell, ich weiß nicht, wie lange das hier noch gut geht.
– Was soll das, Tilda? Wo bist du, sag mir, wo du bist.
– Ich weiß es nicht, Max. Bitte hilf mir. Hol mich hier raus, schnell.
– Du sagst mir jetzt sofort, wo du bist, was geht hier vor sich, warum habe ich ein Seniorenhandy in meiner Wohnung, und warum ist deine Nummer eingespeichert, und wo verdammt nochmal soll ich dich rausholen?
– Ich werde hier sterben, Max.
–
– Ich weiß nicht, wo ich bin, Max.
– Bitte beruhige dich, Tilda, sag mir, was passiert ist, und ich hole dich ab.
– Ich habe keine Ahnung, wo er mich hingebracht hat.
– Wer, Tilda, wer?
– Er hat mich eingegraben, Max. Ich bin irgendwo unter der Erde.

Das Handy in seiner Hand. Max und Baroni kurz nach Mitternacht. Tilda. Was sie sagt, macht keinen Sinn, sie sollte unten liegen in ihrem Bett, in ihrer Wohnung, sie sollte schlafen, was sie sagt, ist irrsinnig. Aber ihre Stimme klingt ernst, verzweifelt, sie zittert. Max geht im Kreis, spricht in das kleine Gerät, er geht immer schneller, wie ein aufgescheuchtes Tier im Käfig, er weiß nicht, was er tun soll, er hört sie, er kann das nicht glauben, das ergibt keinen Sinn. Nichts davon.

Baroni stoppt ihn, drückt ihn sanft in einen Sessel, legt ihm die Hand auf die Schulter.

Ganz ruhig, flüstert er.

Tilda, sag mir, dass das alles nicht wahr ist, sagt Max.

– Ich sitze in einer Holzkiste, Max. Ich kann mich kaum bewegen. Ein Luftrohr geht nach oben, und da ist eine Antenne, Max. Meine Beine tun schon weh, ich kann sie nicht ausstrecken. Ihr müsst euch beeilen. Ruf Paul an, sie müssen zu dir kommen, sie müssen alles in Bewegung setzen, die Spurensicherung soll meine Wohnung auf den Kopf stellen, ihr müsst mich finden, Max.
– Weiterreden, Tilda, Baroni ruft Paul an, und du sagst mir, wie du in eine Holzkiste kommst, das kann doch nicht sein, was ist passiert?
– Es tut mir so leid, Max.
– Hör auf damit, sag mir lieber, wer das war.
– Woher hast du das Telefon?
– Lag auf meiner Kommode, es war einfach da.
– Er hat es dir in die Wohnung gelegt.
– Wer, verdammt?
– Und eines hat er mir in die Kiste gelegt.
– Wer, Tilda?
– Aber ich kann nicht telefonieren, die Tasten sind gesperrt, es funktioniert nicht, ich kann nur angerufen werden, Max, aber warum, warum tut er das?
– Komm schon, Tilda, sag mir, was los ist.
– Er hat mich einfach von meiner Couch geholt, er hat mich betäubt, ich bin erst wieder aufgewacht, als er den Deckel zugemacht hat.
– Wer, Tilda? Wer macht so etwas?

– Leopold Wagner.
– Was redest du da, Tilda? Sag mir, dass das ein Scherz ist, dass du unten in deiner Wohnung bist, dass dir nichts passiert ist, sag es mir.
– Er will, dass ich hier sterbe.
– Das kann doch alles nicht sein.
– Doch, Max.
– Wann ist das passiert?
– Vielleicht vor drei Stunden, ich weiß es nicht, Max. Ich bin vor dem Fernseher eingenickt, ich habe nur die Schritte gehört, ich dachte, du bist es.
– Eine Holzkiste?
– Ich komm da alleine nicht raus, Max, er hat Erde auf die Kiste geschaufelt, es ist dunkel hier, Max.
– Hast du Licht?
– Nur das Handy, die Tasten leuchten.
– Ich hol dich da raus.
– Ich habe keine Ahnung, wo ich bin, Max.
– Wer ist dieser Wagner?
– Ich bin mir sicher, dass er es war. Dieses Gesicht vergesse ich nicht.
– Warum sollte er so etwas tun?
– Ich habe ihn ins Gefängnis gebracht, vor achtzehn Jahren. Und jetzt hat er mich eingegraben.
– Blödsinn, Tilda.
– Es ist aber so.
– Scheißdreck, verdammter Scheißdreck.
– Ja, Max.
– Warum hat er dir das Handy gegeben?
– Warum hast du eines, Max, ich weiß es nicht. Der Mann ist krank.
– Bekommst du genug Luft?
– Ja, aber meine Beine tun weh. Ich kann mich kaum rühren. Ich will hier raus, Max, schnell.

Während Max mit Tilda spricht, hat Baroni im Telefonbuch verzweifelt nach Pauls Nummer gesucht, er hat ihn aus dem Bett geholt, Kriminalinspektor Paul Köber, Tildas rechte Hand, Tildas Vertrauter, Tildas Freund. Baroni hat ihm erzählt, was passiert ist, er hat so genau wie möglich wiederholt, was Tilda gesagt hat.

Baroni hört mit einem Ohr zu, wie Paul flucht, wie er ungläubig dieselben Fragen stellt wie Max, mit dem anderen Ohr verfolgt er weiter das Unfassbare. Flüsternd bittet er Paul zuzuhören, er legt das Telefon einfach hin. Mit offenem Mund schüttelt er den Kopf. Er kann nicht glauben, was er hört.

Max redet mit ihr.

Nervös kaut er an seinen Fingern. Tilda schlägt sie nieder mit dem, was sie sagt, irgendwo eingesperrt, vergraben, gefangen in einer Kiste. Wie Max das Telefon anstarrt. Er kann es nicht fassen, dass jemand sie betäubt und aus ihrer Wohnung getragen hat, dass sie jemand bei lebendigem Leib begraben hat, dass jemand sie leiden lässt, mit ihr spielt. Wer tut so etwas? Warum? Warum Tilda? Sie tut keiner Fliege etwas zuleide, warum sie? Warum jetzt?

Max stellt es sich vor, während sie redet, er sieht es vor sich, wie ein Fremder in seine Wohnung kam, während er und Baroni den Zombiefilm anschauten. Wie er das Telefon auf die Kommode legte, wie die Tür auf und zu ging, wie er sie lachen hörte auf der Terrasse. Wie er wieder nach unten ging und mit Tilda davonfuhr. Seine Stiefmutter auf einer Rückbank, ohne Bewusstsein in einem Kofferraum, dann in dieser Kiste.

Wie eng es ist. Wie dunkel. Wie sie sich kaum rühren kann, wie sie das Telefon in der Hand hat, wie sie es fest zwischen ihren Fingern hält, weil es ihre einzige Chance ist, weil die Stimmen am anderen Ende ihr sagen, dass sie nicht allein ist, dass sie Hoffnung haben darf, dass nach ihr gesucht wird. Wie ihre Stimme zittert.

Ihre Angst. Seine Angst.

Wie sie ihn überschwemmt.

Ihm die Luft nimmt.

Seit einem halben Jahr war wieder Ruhe in seinem Leben, die Tage mit Hanni waren schön, er hatte es endlich geschafft, sie nah an sich heranzulassen, ganz. Mit ihr frühstücken, mit ihr in der Sauna, mit ihr im Würstelstand, ihr bei der Arbeit zusehen, sie anlachen, mit ihr im Bett liegen, aufwachen mit ihr, einschlafen, Haut an Haut, und immer wieder auch die Zeit ohne sie, Zeit mit sich allein, mit Baroni, mit Tilda. Sie hatte Hanni herzlich aufgenommen, auch wenn sie nicht mehr damit gerechnet hatte, dass sie in das Leben von Max zurückkommen würde.

Schön, dass er nicht mehr allein ist, hat sie zu Hanni gesagt.

Tilda hat sie umarmt, sie willkommen geheißen im Friedhofswärterhaus, sie haben stundenlang gewürfelt, sich gemeinsam betrunken, miteinander geredet nächtelang. Hanni und Tilda. Wie sie unten in Tildas Küche saßen, während Max und Baroni oben Unsinn trieben.

Wie ihre Stimme jetzt weh tut.

Wie schrecklich sie klingt, was sie sagt, was es bedeutet. Max schreit laut auf. Er flucht, er wirft die Bierflasche hinunter auf den Friedhof, er stöhnt, dass das alles nicht sein kann, dass sie ihn aus diesem Albtraum aufwecken soll.

Sie beruhigt ihn, bittet ihn, ihren Kollegen von der Kripo zu helfen, alles zu tun, was Paul von ihm will, und dann sagt sie noch, dass sie jetzt auflegen muss. Dass sie nicht weiß, wie viel Zeit sie noch hat, dass sie nicht weiß, wie lange sie noch sprechen kann, wie lange der Akku noch hält.

Melde dich in einer Stunde wieder, sagt sie.

Dann ist ihre Stimme weg.

So schnell sie plötzlich da war, so schnell ist sie verschwunden. Es ist still auf der Terrasse. Da ist kein Wort. Nur das Telefon, wie es daliegt, bedrohlich, bunt.

Zwei

Max googelt.

Mitten in der Nacht seine Finger, wie sie wild die Tasten berühren, wie sie nach der Betriebsanleitung suchen für dieses Handy, wie sie wissen wollen, wie lange sie noch sprechen kann, wie viel Zeit sie noch hat. Wie viele Stunden, Minuten, wie lange sie noch bei ihm sein wird, wie lange sie Licht hat. Wie lange sie überleben kann, ohne Nahrung, eingepfercht unter der Erde. Er googelt, er will Antworten, gehetzt liest er, sucht weiter, klickt, flucht, während Baroni die Tür aufmacht.

Sie stürmen nach oben.

Zehn Beamte durch das Treppenhaus, im Vorraum, im Wohnzimmer, auf der Terrasse. Plötzlich überall Stimmen, plötzlich so viele Fragen. Wie sie jeden Winkel der Wohnung absuchen, das ganze Haus auf den Kopf stellen, in Tildas Wohnung eindringen, nach Spuren suchen, nach etwas, das ihnen weiterhilft, das ihnen sagt, wo sie ist.

Max starrt in den Bildschirm. Erst als Paul neben ihm steht, ihm seine Hand auf die Schulter legt, dreht er sich zu ihm um, schaut ihn an. Er schüttelt den Kopf.

Was passiert hier, fragt er.

Max schweigt. Er kann nichts sagen, starrt in den Bildschirm, er muss warten, bis die Stunde um ist, bis er sie wieder anrufen kann. Das Telefon liegt vor ihm. Er hat Angst. Er weiß, dass er nur den Knopf drücken müsste, dass sie dann wieder da wäre, ihre Stimme, er weiß es. Eine Stunde, hat sie gesagt. Er will mehr wissen, er will, dass Paul diesen Wagner findet, den Mann, den Tilda erkannt hat, er will, dass er ihnen sagt, wo sie ist, er muss sie finden, er muss.

Baroni redet.

Noch einmal berichtet er, was passiert ist, wie er das Handy gefunden hat, wie sie die Nummern gewählt haben, wie da plötzlich Tildas Stimme war. Max hört ihnen zu, er will keine Zeit verlieren, er versteht nicht, warum all die Menschen in seiner Wohnung sind, in seinem Haus, in Tildas Wohnung, überall weiße Overalls, Beamte, die alles auseinandernehmen. Er hört, wie Paul über Wagner redet, Max will wissen, wer dieser Mann ist, was er getan hat, warum Tilda ihn ins Gefängnis gebracht hat. Er dreht sich zu Paul um und bittet ihn weiterzureden.

Es ist die Geschichte vom Kindermacher, die Paul erzählt.

So hat man ihn damals in den Medien genannt. Wagner war ein erfolgreicher Reproduktionsmediziner, der vor achtzehn Jahren wegen Mordes verurteilt wurde. Er hat seine Frau umgebracht, vorsätzlich, weil er verhindern wollte, dass sie sein Geheimnis verriet, dass sie alles kaputt machte, seine schöne, kranke Welt.

Paul erinnert sich, er war damals ein junger Polizist, Tilda ermittelte in dem Fall, sie brachte Wagner zu Fall, sie brachte ihn dazu, ein Geständnis abzulegen, ihretwegen wurde er verurteilt. Sie deckte alles auf. Was er all den Frauen angetan hatte.

Der Kindermacher hatte seine Patientinnen nicht mit den Samenzellen der potentiellen Väter befruchtet, sondern mit seinen eigenen. Heimlich, gierig, besessen von der Idee, sich hunderte Male fortzupflanzen. Frauen, die zu ihm kamen und Hilfe suchten, um endlich ein Kind zu bekommen, hatte er betrogen und getäuscht. Beispiellos war der Fall, es war nie etwas Vergleichbares passiert, Wagner hatte alle Grenzen überschritten. Unzählige Frauen waren betroffen, ein Bruchteil von ihnen hatte sich bereiterklärt, einen Vaterschaftstest bei ihren Kindern vornehmen zu lassen. Tilda hat alles aufgedeckt, sie hat ihn überführt, sie hat Wagner ins Gefängnis gebracht.

Während Paul erzählt, versucht Max sich zu erinnern. Tilda hat nie viel über ihre Arbeit gesprochen. Keine Details, sie versuchte immer, die schäbige Welt des Verbrechens vom Friedhofswärterhaus fernzuhalten, Max nicht zu beunruhigen. Nichts über den Kindermacher. Kein Wort, er erinnert sich an nichts. Vor achtzehn Jahren, sagt Paul.

Da lebte sein Vater noch, Max war ein Teenager, die Welt war ihm egal, für Nachrichten interessierte er sich nicht, der Skandal in der angesagtesten Kinderwunschklinik weit und breit war an ihm vorübergegangen.

Paul sagt, dass es Tildas erster großer Ermittlungserfolg war, dass ohne sie niemand erfahren hätte, dass Wagner seine Frau umgebracht hat.

Was für ein Arschloch, sagt Max.

Mehr als das, sagt Paul.

– Er hat tatsächlich sein eigenes Sperma verwendet?
– Tilda hatte Vaterschaftstests bei dreißig Frauen erwirkt. Aber sie war überzeugt, dass es noch wesentlich mehr waren.
– Warum hat er das getan?
– Er wollte wohl Kinder.
– Und seine Frau war ihm dafür nicht gut genug, oder was?
– Sie konnte keine bekommen, Max. Trotz seiner Methode, für die er landauf, landab bekannt war, die kinderlosen Paare haben ihm die Tür eingerannt damals.
– Sein Sperma, kein Witz?

– Nein, kein Witz.
– Wie hat er seine Frau umgebracht?
– Er ist mit siebzig gegen einen Baum gefahren.
– Und?
– Sie war nicht angeschnallt.
– Absichtlich?
– Sie hatten Streit, sie sagte ihm, dass sie zur Polizei gehen würde. Da hat er Gas gegeben.
– Dieses Schwein.
– Tilda hat ihn dazu gebracht zu gestehen, er hat ihr alles haarklein erzählt, er hat ihr genau beschrieben, wie das Gefühl war, als sie auf den Baum prallten, wie sie gegen die Scheibe flog, wie sie geblutet hat, wie sie röchelte, bevor sie starb.
– Sau, Sau, Sau.
– Er hatte nur ein paar Prellungen und Schürfwunden im Gesicht.
– Offiziell war es ein Unfall?
– Bis Tilda ihn vor Gericht brachte. Die Geschworenen hielten ihn für schuldig.
– Sie hat sein Geständnis aufgezeichnet.
– Nein.
– Was dann?
– Die Geschworenen haben ihr geglaubt. Ihr Wort stand gegen seines, sie war die Ermittlungsleiterin, er stand unter Mordverdacht.
– Wie viel hat er bekommen?
– Das mit den Befruchtungen war lächerlich, dafür wäre er wahrscheinlich nicht einmal ins Gefängnis gegangen. Das gilt vor dem Gesetz nur als Täuschung, keine Körperverletzung, keine Vergewaltigung, nichts, nur Täuschung. Ein Jahr bedingt, eine Geldstrafe. Er hat sich darüber lustig gemacht, über Tilda, über das System, darüber, dass ihm

nichts passieren kann, dass der Staat es gut mit ihm meint, mit Menschen, die fleißig Kinder in die Welt setzen.

– Nur ein Jahr?
– Nur eine Geldstrafe, Max. Für diese Spermasache gibt es kein eigenes Gesetz. Auch heute noch nicht.
– Krankes Arschloch.
– Ein paar von den Müttern haben ihn zivilrechtlich geklagt, aber die meisten waren still.
– Was ist mit den Kindern passiert?
– Sie sind jetzt erwachsen.
– Der Mann hat über dreißig Kinder gezeugt.
– Und er musste für jedes Einzelne Unterhalt bezahlen. Alles, was er hatte, wurde zu Geld gemacht, ein kleiner Trost für die Mütter.
– Dreißig Kinder.
– Vielleicht waren es auch fünfzig, oder hundert.
– Und jetzt hat er Tilda vergraben. Warum? Nach so vielen Jahren?

Max schüttelt den Kopf.

Eigentlich sollte er mit Hanni im Bett liegen, oder mit Baroni Unsinn reden, zusehen, wie Zombies über Gräber stolpern. Er sollte sich auf morgen freuen, la Ortega hat zu Tapas eingeladen, ein Sonntagvormittag mit Köstlichkeiten und Freunden sollte es werden. In acht Stunden sollte Schinken in ihren Mündern liegen, Artischocken in Tomatensauce, Tortilla de Gambas und Kaninchen mit Knoblauch.

So war der Plan, doch der Plan existiert nicht mehr, alles ist jetzt anders, die Welt von Max gerät wieder ins Wanken, der Tod klopft wieder an seine Tür, laut, mit Wucht, er will wieder alles durcheinanderbringen, sein Leben, Tilda, seine Liebe, alles, was seit einem halben Jahr einfach so funktioniert. Er wird es kaputt machen, verwüsten, verletzen. Der Tod.

Er ist mit ihm aufgewachsen, er kennt ihn, er hat gesehen, was er macht. Ein- bis dreimal im Monat schlägt er zu im Dorf, ungefähr fünfundzwanzig Tote im Jahr, fünfundzwanzig Mal der schwarze Trauermarsch, fünfundzwanzig Mal Tränen, fünfundzwanzig Mal das Leid der anderen. Jetzt wieder seines. Wie es hinter ihm steht, wie es lauert und bereit ist, sich über ihn zu legen, ihm seine Stimme zu nehmen, alles, was er hat.

Wie sein Vater Gräber grub, als er ein Kind war. Wie auch er zu graben begann, wie er ihn eingrub. Wie das Unglück auch zu ihm kam. Zuerst seine Mutter, dann sein Vater. Er war sieben, als sie starb. Sie war einfach nicht mehr da, von einem Moment zum anderen, sie stand nicht mehr in der Küche, sie nahm ihn nicht mehr auf den Schoß, küsste ihn nicht mehr, ihre Stimme war weg, ihre Worte, ihre Hände, die über ihn strichen. Sie war einfach tot, rührte sich nicht mehr, sie lag in einer Holzkiste und verschwand unter der Erde. Max verbrachte jeden Tag Stunden an ihrem Grab, er redete mit ihr, aber er bekam keine Antworten. Sie kam nicht wieder, egal wie lange er wartete, egal wie viele Blumen er in die Erde setzte, wie viele Lieder er ihr vorsang, sie blieb unten vergraben. Für immer. Bis heute.

Als Tilda kam, war Max zehn Jahre alt.

Sie saß am Küchentisch und sein Vater erklärte ihm, dass sie bei ihnen wohnen, dass sie einziehen würde. Unbeholfen schlug Bert Broll ein neues Kapitel im Leben von Max auf. Dass Tilda ein wundervoller Ersatz für eine verlorene Mutter werden würde, ahnte Max damals noch nicht. Tilda wurde ein Teil seines Lebens, ein guter Teil. Sie war behutsam, ließ ihm Zeit, sich an sie zu gewöhnen, drängte ihn nicht, war einfach nur für ihn da, wenn er sie brauchte. Max begann sie zu lieben. Tilda begann ihn zu lieben. Dann kam die Hochzeit, Tilda wurde eine Broll und Max warf Blumen. Sie waren glücklich zu dritt. Später glücklich zu zweit.

Nach dem Tod von Bert Broll wuchsen sie noch näher zusammen, sie brauchten sich, waren da füreinander, trösteten einander. Ein Leben ohne Tilda war nicht vorgesehen, dass ihr etwas passieren könnte, daran hat Max nie gedacht, dass ihr Beruf ihr eines Tages zum Verhängnis werden könnte. Max braucht sie, egal wie alt er inzwischen geworden ist, er will nicht auf sie verzichten, er will dreimal in der Woche in ihrer Küche sitzen und mit ihr plaudern, er will Suppe löffeln an ihrem Tisch, er will nicht, dass die Familie endgültig zerbricht. Er will es nicht. Das kann alles nicht sein.

Die Polizisten in seiner Wohnung, das Telefon, Paul.

Was er über Wagner erzählt.

Max vor dem Computer. Die digitale Bedienungsanleitung, die er geöffnet hat, sagt ihm, dass Tilda nicht sehr viel Zeit hat, dass die Akkulaufzeit nicht lang ist, dass ein Albtraum begonnen hat, und dass es noch schlimmer wird, wenn die Batterien in dem Seniorenhandy erst leer sind.

Max tippt weiter, sucht im Internet, klopft Begriffe in die Suchmaschine, er will mehr wissen, er gibt „Leopold Wagner Kindermacher" in das Eingabefeld ein, während Paul ein Telefonat entgegennimmt und mit aufgeregter Stimme in der Küche verschwindet.

Seiten öffnen sich, eine nach der anderen holt die Vergangenheit auf den Bildschirm, erzählt, was passiert ist, ergänzt die Ausführungen von Paul. „Lebenslänglich für den Kindermacher", steht da. Mord an seiner Frau, unzählige Frauen geschändet, betrogen, getäuscht. Max überfliegt den Artikel, scrollt nach unten und bleibt mit seinen Augen an einem Bild hängen.

Ein aalglattes Gesicht vor dem Gerichtssaal, dieses Grinsen, zusammengepresste Lippen, Mittelscheitel, die Haare streng nach hinten gekämmt. Leopold Wagner.

Max schaut ihn an, die großen Augen, die weit abstehenden, riesigen Ohren. Wie er in die Kamera starrt vor achtzehn Jahren, wie Max das Foto fixiert, den Mann, der ihm Tilda nehmen will.

Max trinkt. Baroni hat ihm ein Glas hingestellt, hat ihm über die Schulter geschaut, er hat das Foto gesehen.

Was für ein schleimiges Arschloch, sagt er.

Ich werde kein Loch für sie graben, sagt Max.

Er wird sie nicht zu seinem Vater legen, er wird sie finden. Sie wird nicht sterben, er weiß es, er will sich nichts anderes vorstellen, er kann nicht. Nicht jetzt. Nicht so. Das wird er nicht zulassen. Er klickt sich weiter, findet weitere Fotos, Wagners Gesicht, Schlagzeilen. Und plötzlich ist da wieder Tildas Stimme. Tilda in der Hand von Paul, die Stunde ist um, er hat sie angerufen, ihre Stimme in dem bunten Telefon, wie sie aus dem Lautsprecher kommt.

- Paul, bist du das?
- Tilda, sag mir, dass es dir gut geht.
- Es geht mir nicht gut.
- Ich kann das alles gar nicht glauben.
- Du musst jetzt alles richtig machen, Paul.
- Das werde ich, die ganze Mannschaft ist da, wir finden dich, mach dir keine Sorgen.
- Ihr müsst euch beeilen.

– Kannst du atmen, hast du genug Luft, hast du Licht?
– Genug Luft, aber kein Licht, nur das Lämpchen am Telefon. Und es ist eng hier, sehr eng, ich weiß nicht, wie lange ich das aushalte, ich kann meine Beine nicht durchstrecken.
– Was ist noch in der Kiste?
– Dreh und Trink.
– Was?
– Zwei Flaschen Dreh und Trink. Waldbeer und Kirsche. Er spielt mit mir.
– Wir holen dich da raus, wo immer du auch bist, wir finden dich.
– Wie?
– Peilen. Der Netzbetreiber meldet sich gleich, sie holen die Verantwortlichen gerade aus dem Bett an die Geräte. Wird nicht lange dauern.
– Du musst Wagner finden, schnell, bevor er verschwindet, Paul. Bitte.
– Wir haben da ein Problem, Tilda.
– Was ist los?
– Ich habe eben mit den Kollegen telefoniert. Wagner kann es nicht gewesen sein.
– Er war es, das kannst du mir glauben.
– Du musst dich täuschen.
– Ich weiß, was ich gesehen habe, er war es, ich bin mir sicher, hundertprozentig sicher, dieses Schwein hat mich hier begraben, er war es, ich weiß, dass er es war.
– Bitte bleib ruhig, Tilda. Er ist immer noch in Haft.
– Was redest du da? Er hat mich vor drei oder vier Stunden hier eingegraben, ich kauere in einer kleinen Holzkiste, Paul, und er ist dafür verantwortlich.
– Er muss noch sechs Jahre absitzen, seit man ihn eingesperrt hat, hatte er noch keinen Freigang, er kann es nicht gewesen sein. Man hat es mir eben bestätigt.

– Er war es, verdammt. Du musst ihn finden und ihn dazu bringen, dir zu sagen, wo ich bin. Bitte, Paul.
– Es tut mir leid, Tilda, er war es nicht.
– Ich will, dass du ihn findest.
– Er hat die Justizwachanstalt seit achtzehn Jahren nicht verlassen. Du musst dich irren.
– Dieses Schwein hat gelacht, bevor er den Deckel zugemacht hat, er war es. Er hat mich ausgelacht, er hat mir in die Augen geschaut, er wollte, dass ich ihn sehe, dass ich weiß, wer mir das antut.
– Vielleicht warst du durch das Betäubungsmittel noch etwas benommen, das kann passieren.
– Nichts war ich, verdammt. Er hat gewartet, bis ich aufgewacht bin. Er spielt mit uns, mit mir, Paul, er will, dass ich leide, er will mich bestrafen, Rache, Paul, verstehst du? Er hat gelacht dabei, dieses verdammte Schwein.
– Bitte, Tilda, du musst jetzt ganz ruhig bleiben, wir werden alles tun, alles noch einmal überprüfen. Aber es ist wichtig, dass du die Nerven behältst, ruhig atmest, dich darauf verlässt, dass wir dich rechtzeitig finden.
– Was meinst du mit rechtzeitig? Ich will, dass du diesen Wagner zum Reden bringst.
– Tut mir leid, Tilda, aber ...

Max reißt ihm das Telefon aus der Hand. Er will Tilda beruhigen, ihr helfen, sie aus diesem Loch holen, sofort, mit Worten. Er verspricht ihr, alles zu tun, die Wolken vom Himmel zu holen, er schwört, beschwichtigt, versucht ihr Kraft zu geben.

Wir kümmern uns darum, sagt er. Verlass dich auf mich.

Es ist in ihrer Stimme, Max weiß, dass sie sich nicht irrt, dass sie sich sicher ist, dass es keinen Zweifel in ihr gibt, sie hat diesen Wagner gesehen.

Du musst mir glauben, sagt sie.

Das tue ich, sagt er. Egal was Paul sagt, das tue ich.

Er hört ihre Angst zwischen den Worten. Sie beschreibt, wie die Erde auf sie kam. Grobe, schwere Erde, Geröll, wie alles auf die Kiste flog, sie begrub. Wie es immer stiller wurde, wie die Welt verschwand, die Geräusche von oben, wie es dunkel wurde. Wie er sie angestarrt hat mit diesem Grinsen. Leopold Wagner.

Überprüft es noch einmal, sagt sie. Bitte.

Dann schreit sie, sie brüllt aus dem Lautsprecher, Max hört die Enge in ihrer Stimme, die Dunkelheit, die Panik, die sie packt.

Die verdammten Kollegen sollen sofort in dieses beschissene Gefängnis fahren und das vor Ort klären.

Tilda ist wütend, sie ist verzweifelt, sie möchte alles selbst in die Hand nehmen, aber sie kann nicht. Gar nichts kann sie. Sich nicht bewegen, nichts tun, nur warten, hoffen, Batterie sparen.

Wieder klickt es und ihre Stimme ist weg.

Paul nimmt Max das Telefon aus der Hand, er schaut Max ruhig in die Augen.

- Wir kümmern uns darum, Max, ich verspreche es dir, wir werden alles in Bewegung setzen, was Beine hat, wir werden in alle Richtungen ermitteln. Aber Tilda muss sich täuschen, es ist nicht möglich, dass ein Häftling nachts spazieren geht und Menschen eingräbt. Wagner sitzt im Gefängnis, Max, er ist nicht ausgebrochen und er hat keinen Freigang, seit achtzehn Jahren nicht. Er kann es nicht gewesen sein.
- Vielleicht ist er geflohen.
- Ist er nicht. Er sitzt in seiner Zelle, Max.
- Es muss ein Irrtum sein. Vielleicht haben sie den Freigang nicht eingetragen, vielleicht haben die nicht

richtig nachgeschaut, was weiß ich, Fehler passieren.

- Wir werden das vor Ort nochmal prüfen, zwei Kollegen sind bereits auf dem Weg, in zwei Stunden haben wir hundertprozentige Gewissheit.
- Ihr müsst euch beeilen.
- Der Staatsanwalt redet bereits mit dem Richter.
- Wozu das denn?
- Er muss die Peilung anordnen.
- Ihr müsst euch beeilen, wir dürfen keine Zeit verlieren, wer weiß, wie lange sie noch Luft hat da unten.
- Dauert nur ein paar Minuten, der Staatsanwalt ruft mich gleich zurück.
- Ihr schafft das?
- Es wird nicht lange dauern, Max.
- Wie lang?
- Eine Stunde, zwei, vielleicht schneller, je nachdem.
- Du meinst, ihr peilt sie, wir fahren hin, graben sie aus und alles ist wieder gut?
- Das ist der Plan. Und dann kümmern wir uns um den, der sie eingegraben hat. Wer immer es auch war, irgendwo gibt es Spuren von ihm, Abdrücke, Speichel, Haut, irgendetwas, das uns sagt, wen wir suchen müssen.
- Macht schnell, bitte.

Baroni drückt Max noch einen Schnaps in die Hand. Er setzt sich neben ihn, während die Beamten hektisch durch die Wohnung streifen. Sie sitzen nur da und schauen zu, sie können nicht glauben, dass ihr Filmabend so geendet hat, dass die Wirklichkeit so brutal zugeschlagen hat, dass da Tildas Stimme war. Dass sie gesagt hat, was sie gesagt hat, dass es nicht aufhört, dass man die Wirklichkeit nicht anhalten kann, ausschalten wie einen Film.

Hilflos trinken sie.

Baroni, der sonst immer redet, immer etwas Unsinniges zu sagen hat, er schweigt. Es gibt nichts zu sagen, nichts zu tun, sie können nur warten. Niemand weiß, wo sie ist, wo man suchen soll, ob sie in der Nähe ist, wie weit er mit ihr gefahren ist. Sie wissen nichts. Noch nicht. Max nimmt die Schnapsflasche vom Tisch und schenkt nach. Mit Gewalt möchte er die Uhr zurückdrehen, alles ändern, alles wieder gut machen, doch die Zeiger drehen sich weiter, wild schlagen sie auf Max ein, jede Sekunde macht es schlimmer. Wieder schenkt er nach, füllt die Gläser mit Zirbenschnaps. Sie trinken, sie schütteln den Kopf, sie gehen auf die Terrasse, sie machen die Tür zu.

– Das ist ganz große Scheiße, Max.
– Mach den Film wieder an, bitte.
– Was soll ich?
– Einschalten.
– Das können wir nicht machen.
– Wir können sowieso nichts tun.
– Sagt wer?
– Du hast es doch gehört, die müssen sie peilen, alles wartet auf den Staatsanwalt, auf den Netzbetreiber, die sagen uns dann, wo sie ist, und alles wird gut.
– Und was willst du jetzt tun?
– Du schaltest einfach den Film wieder ein und wir tun so, als wäre nichts passiert.
– Das geht zu weit, Max.
– Ich kann das nicht.
– Was?
– Warten.

– Das wird schon.
– Lenk mich ab. Erzähl mir von la Ortega. Wie ist sie so?
– Du weißt, wie sie ist.
– Du willst mit ihr zusammenbleiben?
– Was weiß ich.
– Wie ist sie so?
– Was meinst du?
– Im Bett. Sie hat einen tollen Körper.
– Was soll das, Max, bist du nicht ganz dicht?
– Sag schon.
– Ich verstehe, dass dich das alles jetzt aus der Bahn wirft, aber wir sollten uns lieber Gedanken um Tilda machen, nicht um la Ortegas Körper.
– Sie hat schöne Brüste.
– Deine Stiefmutter sitzt in einer Kiste irgendwo unter der Erde, und du willst übers Vögeln reden.
– Über was denn sonst?
– Ich weiß ja auch nicht.
– Darüber, dass sie vielleicht stirbt. Dass sie sie finden, zusammengekauert in einer Kiste, kalt, leblos. Mir sind la Ortegas Brüste lieber.
– Von mir aus.
– Wenn sie sie nicht rechtzeitig finden, drehe ich durch.
– Du hast die Brüste ja gesehen. Sie haben zwar nicht die Dimension von Hannis Teilen, aber sie sind grandios. Sie fühlen sich so kompakt an, so fest, sie sind großartig, Max, großartig.
– Ich glaube ihr.
– Was glaubst du?
– Dass es dieser Wagner war.
– Du hast aber gehört, was Paul gesagt hat.
– Trotzdem. Wenn sie sagt, er war es, dann war er es.
– Und was machen wir dann?
– Ihn suchen und finden.

– Und danach?
– Werden wir sehen.
– Ihr Arsch ist auch sensationell.
– Halt die Klappe, Baroni.
– Das war deine Idee, du wolltest, dass ich dich ablenke.
– Was ist, wenn sie stirbt?
– Sie stirbt nicht.
– Was, wenn doch?
– Ich weiß es nicht, Max.
– Dann stirbt er auch.
– Wagner?
– Ja.
– Du bist nicht Charles Bronson, Max.
– Ich bin ihr Sohn. Sie hat alles für mich getan, ich werde auch alles für sie tun.
– Wie viel willst du eigentlich noch trinken? Was ist, wenn sie losfahren und sie suchen, sie ausgraben, du willst doch dabei sein, oder? Wir sollten das mit dem Schnaps jetzt sein lassen.
– Schenk ein, bitte.
–
– Das tut mir alles sehr leid, Max. Dass das passiert.
– Mir auch.
– Vielleicht ist sie bis Mittag schon wieder hier.
– Nein, Baroni, das ist sie nicht.

Über eine Stunde lang sitzen sie im Dunkeln und reden, trinken, schweigen, warten. Keiner von beiden geht hinein und fragt nach, was vor sich geht, ob sich etwas getan hat, ob die Peilung erfolgreich war, ob sie überhaupt schon damit begonnen haben. Sie bleiben sitzen, sie wollen keine schlechten Nachrichten, sie schauen nur durch die Scheibe nach draußen. Überall ratlose Gesichter.

Max weiß, dass das mit der Ortung nicht so leicht ist, dass sie sie nicht einfach so finden werden, er weiß, dass sie nicht einfach so auf einen Knopf drücken können und dann wissen, wo sie liegt.

Tilda hat es ihm erklärt damals, als er wissen wollte, ob Emma ihn betrog, seine damalige Freundin. Er war eifersüchtig, er vertraute ihr nicht, er flehte Tilda an, er hätte damals alles getan, damit sie ihm sagte, wo sie war, ob sie in einem fremden Bett lag. Tilda hat es nicht getan. Und sie hat ihm erklärt, dass es Unsinn sei zu glauben, man könnte den Standort eines Handys punktgenau feststellen. Dass die Wirklichkeit komplizierter ist als ein Film. Sie hat von Antennen und Handymasten gesprochen, von Zellen, in die man sich einwählt, von Netzdichte, von mehreren Straßenzügen, von tausenden Wohnungen, in denen sie hätte sein können. Es würde Tage dauern, sie punktgenau zu orten, sogar in der Stadt, wo beinahe auf jedem Hausdach eine Antenne steht.

Max erinnert sich. Wie dumm er war. Wie sehr er an Emma gehangen hatte. Was er bereit gewesen wäre, für sie zu tun. Dass er Hanni für sie verlassen hatte, dass er sie beinahe verloren hätte. Max trinkt.

Er weiß, dass es am Land noch viel schwieriger sein würde als in der Stadt, eigentlich unmöglich. Sie würden sie nur ungefähr orten können, nur einen Umkreis festlegen können, die Abstände zwischen den Antennen sind viel größer als in der Stadt. Sie würden gleich ahnungslos sein wie vor der Peilung. Er weiß es. Und auch Tilda weiß es, deshalb war da diese Angst in ihrer Stimme, die Panik.

Die Terrassentür bleibt zu.

Niemand kommt zu ihnen und sagt, dass sie sie gefunden haben, die Nacht bleibt dunkel, nirgendwo ist Licht, nur ein paar Kerzen am Friedhof brennen. Nichts von Tilda, keine Stimme aus dem Handy. Paul hält es in der Hand und wartet, er geht im Wohnzimmer auf und ab. Max beobachtet ihn. Paul. Wie nervös er ist, wie die Angst auch ihn schüttelt und wild macht. Er weiß, dass er alles Menschenmögliche tun wird, um Tilda zu retten. Paul, wie er in das Telefon schreit, Paul, wie er seine Mitarbeiter umherscheucht, immer wieder telefoniert. Wie sein Gesicht in Falten liegt.

Max trinkt.

Egal wie viel, niemand stoppt ihn, Baroni schenkt nach. Mit dem Alkohol ist es leichter, es ist weniger bedrohlich, die Angst geht weg, die Gedanken an Tilda sind weniger schwarz. Bestimmt geht es ihr gut. Tilda ist seit fünfunddreißig Jahren bei der Polizei, sie behält die Nerven, sie wird sich beruhigen, sie weiß jetzt, dass nach ihr gesucht wird, sie hat das Telefon, sie weiß, wie lange es dauert, bis die Peilung angeordnet ist, dass es mühsamer ist mitten in der Nacht, dass die Mitarbeiter des Netzbetreibers vor Ort sein müssen, dass sie sie aus den Betten holen müssen. Sie haben vereinbart, sich erst nach der Peilung zu melden, dass es sinnlos wäre, früher zu telefonieren, unnötig Batterie zu verbrauchen.

Alles wird gut. Max will daran glauben. Er will die Fragen in seinem Kopf nicht hören, warum er ihr das Telefon in die Kiste gelegt hat, warum er will, dass sie mit ihm spricht. Warum hat er das zweite Handy in seine Wohnung gelegt? Warum zu ihm? Warum hat er sie eingegraben? Warum? Warum hat er sie nicht einfach umgebracht, nicht gleich, warum quält er sie? Warum soll Max sie beim Sterben begleiten, warum tut er das? Wer tut das? Wagner? Wer sonst? Sie hat ihn gesehen, sie ist sich sicher, er hat sich ihr gezeigt, bevor er sie eingegraben hat. Er wollte es so. Er spielt mit ihr, er spielt mit Max, er will, dass sie stirbt. Aber er will seinen Spaß dabei. Er will, dass sie gesucht wird, er will es in den Nachrichten hören, er will, dass sie langsam verreckt, verhungert, er will, dass sie leidet, dass Max leidet. Warum? Wo hat er sie eingegraben? Will er, dass Max sie findet? Tot? Hat er sich das so ausgedacht?

Schwein, schreit Max in die Nachtluft.

Baroni beruhigt ihn, redet auf ihn ein, versucht herunterzuspielen, was offensichtlich ist, er will ihm helfen, Max ein gutes Gefühl machen, ihm die schwarzen Gedanken nehmen. Doch Max brennt.

Was, wenn sie am Friedhof ist, sagt er.

Bleib hier, sagt Baroni.

Doch Max reißt die Tür auf, zieht Baroni mit sich, läuft an Paul vorbei nach unten.

Er macht Licht an, alles, was er hat, Scheinwerfer, Taschenlampen. Er muss sie suchen. Was, wenn sie in einem der Gräber liegt, wenn sie ganz nah ist, direkt vor seinen Füßen? Vor einem Jahr hat schon einmal jemand ein Grab geöffnet, eine Leiche wurde gestohlen, jemand hat es geöffnet, ohne Spuren zu hinterlassen, hat den Sarg gehoben und die Leiche mitgenommen. Es ist möglich, Max weiß es. Vielleicht hat er sie vor seinen Augen vergraben, er muss sie suchen, genau hier, etwas anderes fällt ihm nicht ein. Ihm nicht, und Baroni auch nicht.

Betrunken stolpern sie zwischen den Gräbern herum, sie suchen nach etwas, das ihnen sagt, dass ein Grab geöffnet wurde, Kränze, die nicht an ihrem Platz liegen, Holzkreuze, die schief stehen, bewegte Erde. Sie drehen jeden Stein um, sie untersuchen Grab für Grab.

Wie Max mit seinen Händen in der Erde wühlt, fühlt, ob sie frisch umgegraben wurde, wie er an Grabsteinen rüttelt, wie Baroni sich immer wieder hinlegt und horcht, ob unter der Erde etwas ist, ihre Stimme, Tilda, die nach Hilfe ruft.

Zwei Männer am Friedhof, mitten in der Nacht.

Und wie sonst alles still ist.

Drei

Hanni weckt ihn.

Sie hat ihn zurück in die Wohnung gebracht, nachdem sie ihn am Friedhof gefunden hatte, wühlend, schreiend. Er hatte Tildas Namen gerufen, immer wieder, laut. Sie hat Baroni nach Hause geschickt und Max überredet, mit ihr zu kommen, über die Stiegen nach oben. Die Beamten packten ihre Sachen, Paul sagte, sie könnten im Moment nicht mehr tun. Mit der Suche könne erst begonnen werden, sobald es hell wird. Die Peilung sei schwierig, hieß es. Hanni machte die Tür zu. Sie sperrte zu, schob Max ins Bad, zog ihn aus und stellte ihn unter die Dusche.

Wie sie versuchte, ihn zu beruhigen, ihn zu trösten, ihn wieder auf den Boden zu bringen. Wie sie ihm den Rücken einseifte, seinen drahtigen Körper, wie sie hinter ihm stand, ihn berührte, ihn festhielt, als er etwas sagen wollte, fluchen wollte, aus der Dusche rennen wollte. Zärtlich legte sie ihre Arme um ihn. Überall ihre Haut, die ihn still stehen ließ.

Du kannst jetzt nichts tun, sagte sie.

Max blieb und spürte sie.

Wenn es hell ist, sagte sie.

Wie liebevoll sie war. Hanni Polzer, die Besitzerin des einzigen Würstelstandes weit und breit. Wie sie sich um ihn kümmerte, wie das Wasser auf sie fiel. Wie er sich zu ihr umdrehte und sie küsste, weil alles andere so laut war, so schwer. Wie sie ihn kurz fragend anschaute, dann aber seine Zunge nahm. Max machte die Augen zu, er wollte nur ihre Haut spüren, ihre Hände, er wollte nicht zurück in die Wirklichkeit, er wollte etwas anderes spüren als die Angst um Tilda.

Er wollte Hanni, er wollte nichts anderes mehr, nur sie, ihre Brüste, ihren Mund unter dem Wasser, dann im Bett, ihre Körper, vertraut. Wie sie die Gedanken an Tilda verwarfen. Kurz nur. Wie Max sie überall küsste. Wild, wütend. Wie sehr er sich an sie schmiegte, wie sie ihn aufnahm an ihrem Körper. Vor vier Stunden. Vor vier Monaten, vor einem halben Jahr. Wie schön Hanni alles machte, immer. Egal welche Farbe es hatte, welche Form, egal wie beschissen die Welt war an manchen Tagen, mit ihr war sie besser. Hanni und Max.

Wie sie über seine Wangen streicht.

Aufwachen, sagt sie.

Max zieht sich an. Er muss noch ein Loch graben, eine alte Frau ist gestorben. Er hat es vor sich hergeschoben, das Begräbnis ist in sechs Stunden, er hat keine Zeit mehr, er muss sich beeilen, er muss Tilda suchen, er muss das Grab schaufeln.

Er hätte es am Vortag machen sollen, so wie immer, doch Baronis Zombiefilm kam dazwischen, die Entscheidung, das Graben als Morgensport zu sehen, fiel ihm am Abend leicht.

Zuerst das Grab und dann die Tapas, hatte Baroni gesagt.

Der Tag beginnt anders als geplant, härter, aussichtsloser. Langsam kommt alles, was passiert ist, wieder in seinen Kopf, der Alkohol verschwindet aus seinem Körper, die Realität rüttelt an ihm, die Umarmung, aus der sich Max eben geschält hat, liegt wieder weit hinter ihm. Hanni macht Kaffee, sie ermutigt ihn, macht ihm Hoffnung. Sie versucht es.

Alles wird gut, sagt sie.

Max schüttelt nur den Kopf und wählt Baronis Nummer.

– Du musst mir helfen.
– Was soll ich?
– Du musst mir helfen, das Grab zu machen.
– Ich schlafe noch.
– Bitte komm runter und hilf mir, wir müssen uns beeilen.
– Ich bin Fußballer, Max, kein Totengräber.
– Du bist Pensionist, Baroni, und ich brauche deine Hilfe. Jetzt komm schon.
– Ich kann nicht, Max.
– Wir müssen das Grab fertig machen.
– Sicher nicht, Max, ich kann la Ortega in dem großen Bett hier nicht alleinlassen.
– Tilda. Du wolltest mir helfen.
– Ach du Scheiße.
– Genau.
– Gibt es was Neues?
– Nein.
– Ich komme.
– Die Suchmannschaften gehen bald los.
– Sie haben sie gepeilt?
– Sie sind dabei, Paul sagt, es ist schwierig. Sobald sie fertig sind, starten sie mit der Suche.
– Hat Paul noch einmal mit ihr telefoniert?
– Während ich geschlafen habe.
– Und?
– Nichts und. Sie kauert irgendwo im Dunklen und wartet, bis wir sie da rausholen. Also beeil dich.
– Ich bin quasi schon bei dir.
– Sie wird das nicht lange durchhalten.
– Doch, wird sie.
– Sie hat das zu Paul gesagt.
– Sie schafft das.
– Ich will dabei sein, wenn sie sie finden.
– Das wirst du. In zwei Minuten bin ich unten.

Schaufel für Schaufel fällt die Erde nach oben. Baroni folgt den Anweisungen, klemmt Schalbretter zwischen die Gräber, schützt die anliegenden Grabsteine, schraubt Zwingen auf und zu und steigt hinunter zu Max. Gemeinsam graben sie, gemeinsam sorgen sie dafür, dass keine Erde einbricht, dass die alte Frau kurz nach Mittag tief unten ankommen kann.

Bis vor einem halben Jahr hatte Max einen Gehilfen, ein Gemeindearbeiter, der mit ihm gemeinsam für den Friedhof zuständig war. Jetzt ist er allein für den Friedhof verantwortlich, er versicherte dem Bürgermeister, die Arbeit auch ohne Helfer zu schaffen. Er will seine Ruhe, niemanden um sich haben, keinen, der zu viele Fragen stellt, zu viel redet. Dass das Gesetz etwas anderes sagt, ist ihm egal.

Beim Graben muss man zu zweit sein, sagt es.

Darauf geschissen, sagt Max.

Sein Vater hat dreißig Jahre lang alleine gegraben, das reicht als Argument. Trotzdem ist er jetzt froh, dass Baroni da ist, dass er ihm hilft, dass er das Grab in zwei Stunden fertig hat statt in vier. Er darf keine Zeit mehr verlieren. Max sticht zu. Er hebt die Erde nach oben. Bei 1,40 Meter läutet das Telefon. Es ist Paul.

Wir wissen, wo wir suchen müssen, sagt er. Ungefähr.

Bei 1,45 Meter wirft Max die Schaufel in die Ecke, sie decken das Grab mit Schalbrettern zu und rasen los.

Max und Baroni über die Landstraße.

Angst fährt mit.

Vier

– Was soll das, Paul?
– Wir tun alles Menschenmögliche, glaub mir.
– In einem Umkreis von acht Kilometern, das ist Wahnsinn.
– Wir können sie nicht genauer orten, wir wissen, bei welchem Masten sie eingeloggt ist und welchen Durchmesser die Zelle hat, aus der sie sendet. Acht Kilometer, wir sind am Land, Max, das Netz ist nicht so dicht, der Empfang ist schlecht, wir können nicht mehr tun, wir müssen sie suchen, Menschenketten, wir haben alles mobilisiert, was Beine hat.
– Das darf nicht wahr sein, was ist das für eine Scheiße, Paul, es ist 2011, bald frühstücken wir am Mond, und ihr seid nicht in der Lage, dieses Scheißhandy zu orten.
– Mir wäre auch lieber, es wäre anders.
– Scheißdreck.
– Schau dich um. Wir haben fünfhundert Mann hier, und zusätzliche fünfhundert für die Nacht, Polizisten, Rettung, Militär, Hubschrauber, Hunde, wir suchen, bis wir sie finden.
– Es muss doch eine Möglichkeit geben, das Handy genauer zu orten.
– Leider, Max. Der Netzbetreiber sagt uns nicht mehr.
– Das kann doch nicht sein.
– Ein Spezialteam aus Wien kommt.
– Und?
– Die versuchen das Signal einzugrenzen.
– Wie lange dauert das?
– Es ist unter diesen Bedingungen unwahrscheinlich, dass sie es schaffen.

- Wie lange, Paul?
- Einen Tag, vielleicht auch drei, aber wie gesagt unwahrscheinlich, dass sie es unter diesen Bedingungen überhaupt schaffen. Es spricht hier alles gegen uns, die Schluchten, die schlechte Sendeleistung.
- Und jetzt?
- Stell dich in die Reihe und hilf uns suchen.

Unzählige Menschen gehen über eine Wiese. Vor ihnen ein Wald. Schritt für Schritt, eine Kette aus Menschen, Baroni und Max mitten unter ihnen. In der Luft kreisen zwei Hubschrauber. Vielleicht zwanzig Kilometer vom Dorf entfernt betreten sie den Wald, in einer Reihe die Beine, jedes Stück Boden wird mit aufmerksamen Augen abgesucht, jede Tannennadel wird umgedreht, sie suchen nach frischer Erde, nach einem Loch, das zugemacht wurde, abgedeckt, mit Ästen vielleicht, mit Steinen. Sie suchen nach dem Rohr, durch das sie Luft bekommt, sie suchen nach etwas Ungewöhnlichem, nach einem Strohhalm, nach einer Stecknadel.

Die Hunde schnüffeln, sie haben an Tildas Schal gerochen, sie zerren an den Leinen. Meter für Meter gehen sie tiefer in den Wald. Max ist ungeduldig. Keine Spur von ihr, keine Reifenspuren, wo sie nicht sein sollen, nichts Ungewöhnliches, nur Natur, Land, egal in welche Richtung man schaut.

Die Stimmung ist gedrückt, die wenigsten reden, es ist still eine Stunde vor Mittag am Waldrand. Wo kann sie sein? Er muss sie mit dem Auto dorthin gebracht haben, sie muss in der Nähe eines Fahrweges sein, oder er hat sie zu dem Loch getragen und die Kiste schon vorher dorthin gebracht. Paul und seine Kollegen hatten alle Möglichkeiten angedacht, sie rechnen mit allem, eine Kollegin wurde entführt, ihr Leben steht auf dem Spiel, sie müssen sie finden, egal wie, nur schnell, Tilda.

Max in der Reihe mit den anderen, Baroni neben ihm. Wie sinnlos es Max vorkommt, wie aussichtslos, wie dumm er sich fühlt, wie hilflos. Wie er denjenigen hasst, der Tilda das antut, der ihm das antut, der mit ihm spielt, der ihm das Telefon in seine Wohnung gelegt hat. Egal wer es ist, egal woran er glauben soll, an Wagner, an jemand anderen, er hasst ihn, den Fremden, der seine Familie kaputt machen will. Max flüstert leise vor sich hin, flucht.

Er steigt über Wurzeln und stellt sich vor, wie es ihr geht, wie es sich anfühlt, dort, wo sie ist. Dunkel, kühl, keine Möglichkeit, sich zu befreien, sich zu bewegen, ausgeliefert, angewiesen auf die Beine, die vielleicht in diesem Moment über sie steigen, weil jemand eine Grasnarbe übersehen hat, weil jemand nicht aufmerksam genug war, weil er nicht gesehen hat, dass die Erde an einer Stelle locker war, zu locker. Wie sie dann spürt, dass da oben etwas ist, dass sie über ihr sind, wie sie mit ihrem Telefon auf die Kiste einschlägt, weil sie niemanden anrufen kann, weil sie ihnen nicht sagen kann, dass sie ganz in ihrer Nähe sind, dass sie graben sollen, dass sie diese verdammte Kiste aus der Erde reißen sollen. Wie verzweifelt sie ist, wie die Angst sie lähmt, dass das passieren kann. Wie die Angst weh tut, ihr die Hoffnung nimmt. Wie sie das Telefon anstarrt, wie sie verzweifelt versucht, den Deckel nach oben zu drücken. Wie sie aufgibt, weil nichts sich rührt, weil ihre Schreie verstummen, weil nichts nach draußen dringt, nichts, das die Hilfe in ihre Richtung treibt. Sie ist allein. Immer wieder schreit sie. Sie hört die Hubschrauber. Wie sie brüllt, an den Holzwänden kratzt. Er sieht sie vor sich.

Max wird schneller.

Er darf keine Zeit verlieren, er muss sie finden, das geht alles zu langsam, bis das gesamte Gebiet abgesucht ist, vergehen Tage. Wie ein aufgescheuchtes Tier läuft er vor den Polizisten her, immer wieder geht er auf den Boden, wühlt im Staub, kriecht herum. Er flucht, jetzt laut und wütend, verzweifelt.

Er irrt durch den Wald, er ist aus der Reihe ausgebrochen, er will sie finden, er will, er muss, er rennt, er geht, schleicht, kriecht, hört hin, was unter der Erde ist. Max ist außer sich, mit jedem Meter, den er geht, mehr, mit jedem Meter wird seine Angst größer. Die Angst, sie zu verlieren, Tilda. Wie sie ihn ärgert manchmal, wie sie ihn aus der Reserve lockt, sich über ihn lustig macht. Tilda. Ihr Humor, mit dem Max aufgewachsen ist, ihre liebenswerte Art, ihre Hilfsbereitschaft. Alles.

Max schreit nach ihr, er wütet durch den Wald, reagiert nicht auf Ordnungsrufe des leitenden Beamten, er irrt von Baum zu Baum, verzweifelt. Bis Baroni zu ihm geht und ihn festhält. Max schlägt um sich, er will sich losreißen, er will weiter, sie suchen, sie finden, schnell. Doch Baroni hält ihn fest.

– Hör auf damit, Max.
– Wenn ich sie nicht finde, stirbt sie.
– Nicht so.
– Wie dann, verdammt? Es geht nur so.
– Du kommst jetzt mit.
– Ich suche weiter.
– Max, wir gehen.
– Wir müssen sie finden, verstehst du das nicht.
– Ich lasse dich jetzt los. Du verhältst dich ruhig und wir reden.
– Reden bringt uns nicht weiter, wir müssen diesen Scheißwald umgraben, sie ist da irgendwo.

– Wenn ich dich loslasse, werden wir uns hinsetzen und darüber reden, was wir noch tun können, Max.
– Nicht reden, Baroni, suchen, sie stirbt.
– So schnell stirbt sie nicht, sie hat zu trinken, sie hat Luft, wir kümmern uns um sie.
– Lass mich sofort los, sonst schlage ich zu.
– Von mir aus.
– Wir müssen sie finden, Baroni.
– Ich weiß.
– Ich kann sie nicht auch noch verlieren.
– Ich weiß, Max.
– Sag mir, dass alles gut wird.
– Das kann ich nicht, Max.
– Bitte, Baroni, mach, dass alles wieder gut wird.
– Wir können hier nichts tun. Vielleicht sollten wir anders an die Sache herangehen.
– Irgendwo müssen wir anfangen zu suchen, ob zuerst im Wald und dann in der Schlucht oder umgekehrt, das ist doch egal. Hauptsache, wir suchen.
– Ich meine, völlig anders, Max.
– Wir haben jetzt keine Zeit für deine Spinnereien. Ich laufe jetzt wieder rüber zu unseren Freunden und Helfern, und ich werde jeden Scheißstein in diesem Wald umdrehen.
– Hör mir zu, Max. Wir sollten uns ins Auto setzen und zu ihm fahren.
– Zu wem?
– Wagner.
– Ins Gefängnis?
– Genau.
– Und dann?
– Fragen wir ihn, wo Tilda ist.
– Du hast Paul gehört.
– Und ich habe gehört, was du gesagt hast.

– Was habe ich gesagt?
– Dass du ihr glaubst. Dass du ihr vertraust.
– Ja, schon.
– Dann komm.
– Wir können doch nicht einfach.
– Doch können wir.
– Ich weiß nicht.
– Komm schon, Max, ob wir beide hier in der Reihe stehen oder nicht, spielt keine Rolle. Dort können wir vielleicht mehr für sie tun.
– Ich will mit ihr reden, ich will ihre Stimme hören.
– Dann setz dich ins Auto und ruf sie an. Du hast die Nummer.

Max wählt. Er wird sich kurz halten, er will nicht, dass sie ihre Verbindung zur Welt verliert, er hat Angst, dass er ihre Stimme nie wieder hören wird, er will, dass sie abhebt, er will, dass sie sagt, das es ihr gut geht, er hat Angst vor dem, was sie nicht sagt.

Es läutet zweimal, dann ihre Stimme und wie Max zu weinen beginnt, wie er schluchzt, sie kaum zu Wort kommen lässt. Wie er sich bedankt bei ihr, für alles, was sie getan hat, wie er sich das Schlimmste ausmalt, während er spricht.

Wie er ihr sagt, dass er sie liebt. Und dann, wie es still ist. Kurz. Wie ihre Stimme in sein Ohr kommt, wie sie ihm gut tut, wie sie ihn aufrichtet, ihm sagt, dass sie sich wiedersehen werden. Sie macht ihm Mut, nimmt ihm seine Tränen, sie sagt, dass sie an ihn glaubt, dass sie weiß, er wird ihr helfen, er wird sie finden.

Such mich und sei so stur, wie du es immer bist, sagt sie.

Bin ich, sagt Max und legt auf.

Er sitzt am Beifahrersitz von Baronis Wagen.

Sie können die Suchmannschaften sehen, wie sie in Reihen über die Wiesen gehen. Tilda ist irgendwo da draußen, irgendwo unter der Erde, allein. Sie hat Angst, sie ist verzweifelt, doch sie hat ihn getröstet, ihm Mut gemacht. Sie weiß, was passiert, sie ist über alle Schritte informiert, auch über die, die nicht gegangen werden. Egal wie oft Tilda Paul darum gebeten hat, mehr zu tun als sie nur zu suchen, Paul blieb dabei. Die Polizei konzentriert sich auf die Suche, für alles andere gibt es keine Basis, keine Beweise. Sie kann keinen Hirngespinsten nachlaufen, die Zeit drängt, Hunde, Hubschrauber und hunderte Freiwillige durchkämmen das Zielgebiet, sie tun alles dafür, dass sie gefunden wird.

Tilda weiß, wie das Spiel funktioniert. Sie weiß, was Paul tun kann und was nicht, was die Logik erlaubt und was die Realität verbietet. Vielleicht wird man nach einem Doppelgänger suchen, kurz Karteien durchblättern lassen, aber für mehr wird er keine Ressourcen haben. Alles, was Beine und Hände hat, wird nach ihr suchen, nach ihr graben, versuchen, sie lebend wieder ans Licht zu holen.

Max hat ihre Stimme noch im Ohr. Er will ihr glauben, er muss. Seine Zweifel will er nicht, er will, dass sie recht hat, er will irgendetwas finden, das es beweist.

Mit einem Nicken fordert er Baroni auf loszufahren.

Fünf

Überall in den Nachrichten Tildas Gesicht.

Ein Portrait von ihr, sie lächelt in die Kamera. Kriminalhauptkommissarin entführt und vergraben. Suchaktion läuft auf Hochtouren, tausend Einsatzkräfte Tag und Nacht im eingegrenzten Gebiet unterwegs. Ein ganzes Land steht unter Schock und schaut gespannt auf das kleine Dorf im Westen.

Von unsagbarer Brutalität sprechen sie, von Grausamkeit und einer ausweglosen Situation. Ein ganzes Land begleitet sie beim Sterben, ein ganzes Land schaut zu, wie Hunde und Menschen durch die Gegend irren. Dorfbewohner werden interviewt, dutzende Übertragungswägen haben sich im Einsatzgebiet positioniert. Immer dieselben Fragen kommen wieder. Wird man sie rechtzeitig finden? Wer tut so etwas? Es wird spekuliert, gemutmaßt, Gerüchte werden in die Welt gesetzt. Sie hecheln, sie sind wie Geier, die kreisen, die zuschlagen, sobald sie den Tod nur riechen.

Der Täter muss sein Opfer gekannt haben, sagen sie, es muss sich um Rache handeln, dass sie zufällig ausgewählt worden war, daran glaubt niemand. Sie reden über sie. Journalisten, die mit tragischen Mienen in die Kameras schauen, Journalisten, die andeuten, was passieren kann, die die Fernsehzuschauer und Leser mit schlimmen Aussichten bei der Stange halten, eine tote Kommissarin verkauft sich noch besser als eine gerettete. Sie benutzen sie, sie stopfen ihr Sommerloch, sie werfen alles, was sie haben, in die Schlacht, Sondersendungen, Reportagen, Interviews, Tilda steigert die Einschaltquoten, Tilda bringt Leser, Seher, Tilda Broll ist der neue Star, über den jeder spricht.

Niemand im Land kann es sich erklären, kann diese Grausamkeit nachvollziehen. Kopfschüttelnde Menschen vor den Fernsehern, auf den Straßen, in den Gasthäusern, sie geben Tipps ab, manche wetten. Sie wird überleben. Sie wird sterben. Tildas Leben ist plötzlich öffentlich geworden, alles von ihr. Tilda in ihrer Kiste irgendwo am Land.

Max schaltet das Radio aus.

Er erträgt es nicht mehr, wie sie über sie reden, er will nichts mehr hören, er will, dass sein Telefon aufhört zu läuten, dass ihn die Reporter in Ruhe lassen, dass sie ihre Fragen für sich behalten, ihre Neugier. Er wird mit niemandem reden. Auch mit seinen ehemaligen Arbeitskollegen aus Wien nicht. Auch sie haben ihn angerufen, ihn um ein Interview gebeten, um Details, um Informationen, die ihnen einen Vorsprung verschaffen, aber Max hat nein gesagt. Kurz und knapp hat er den Chefredakteur der Zeitung enttäuscht, bei der er Karriere hätte machen können.

Max hatte sich damals für das Dorf entschieden, für einen vernünftigen Beruf, für etwas Handfestes. Er wollte keine Fragen mehr stellen, keine Fragen zu Entführungen, Vergewaltigungen, Überfällen und Skandalen. Er wollte bei seinem Vater sein, er hatte begriffen, wie dreckig die Welt war, wie sehr sie auf dem Leid anderer aufgebaut war.

Ich kann nicht, hat er gesagt. Damals und heute.

Max schaut aus dem Fenster.

Die Welt schaut aus wie immer, nichts wirkt bedrohlich, die Wiesen wissen nichts von dem, was passiert, die Bäume und Sträucher, sie haben keine Ahnung, was mit Tilda ist, dass sie Angst hat, Hunger, dass sie ihre Beine nicht bewegen kann. Nichts davon. Nicht, ob sie überleben wird. Es sind nur Bäume, die an ihm vorüberziehen, einfach nur Landschaft.

Max will ankommen. Er will aussteigen und mit Wagner reden, er will wissen, was dahintersteckt. Paul hat ihnen gesagt, wohin sie müssen, er wollte Max davon abhalten, er hat auf ihn eingeredet, ihm gesagt, dass es Unsinn ist, er hat ihn gebeten zu bleiben, ihn gebeten, weiter mit den Suchmannschaften nach Tilda zu suchen. Doch Max ließ sich nicht abhalten. Egal wie oft Paul seinen Kopf schüttelte, wie oft er versuchte, ihn zur Vernunft zu bringen, dazu, die Realität zu akzeptieren. Max wollte nichts davon wissen.

Es ist still im Auto. Seit mehr als drei Stunden schon. Zuerst die Nachrichten, auf jedem Kanal alles über Tilda, dann Stille, nur die Straße unter ihnen.

Baroni parkt vor einem Gefängnis in der Nähe von Wien, hier sitzen die großen Fische, Gewaltverbrecher, Mörder, Lebenslange. Leopold Wagner.

Scheibenbesuch.

Sie kommen noch rechtzeitig, die Besuchszeit dauert noch eine Stunde. Ein Beamter beim Empfang telefoniert, er fragt nach, ob Wagner Besuch empfangen will. Sie warten. Vor ihnen ein Glaskubus, dahinter fünf Beamte, zwei Frauen, drei Männer in Uniformen, gleichgültige Gesichter. Max setzt sich. Er weiß noch nicht, was er ihn fragen wird, er ist nervös, er fühlt sich unwohl, er versucht sich vorzustellen, was in wenigen Minuten passieren wird.

Es dauert. Max und Baroni im Eingangsbereich des Gefängnisses. Max zweifelt, er ist sich plötzlich nicht mehr sicher, ob es richtig war, hierher zu fahren, ob es nicht besser gewesen wäre zu bleiben, weiter nach ihr zu suchen. Was, wenn Paul recht hatte, wenn dieser Wagner wirklich nichts damit zu tun hat? Was, wenn er unschuldig ist, wenn Tilda sich getäuscht hat, wenn sie umsonst quer durch das Land gefahren sind?

Max kaut an seinen Nägeln. Sie warten in dem kleinen Empfangsraum, niemand sagt etwas. Was, wenn sie ihn nicht besuchen können, wenn er sich weigert, mit ihnen zu sprechen? Was, wenn Max dabei ist, sich lächerlich zu machen, unsinnigerweise einen völlig Fremden beschuldigt, seine Stiefmutter vergraben zu haben? Was, wenn?

Sie warten. Baroni legt Max die Hand auf die Schulter, dann kommt der Anruf, dass Max nach oben kommen soll, allein. Baroni muss warten, im Eingangsbereich bleiben. Wagner darf selbst entscheiden, wen er sehen will und wen nicht, sagt der Beamte.

Baroni klopft Max auf die Schulter.

Du machst das schon, sagt er.

Max weiß, dass Baroni in der Zwischenzeit mit den Beamten reden wird, dass er seinen Promi-Joker ausspielen und irgendetwas in Erfahrung bringen wird, irgendetwas, das ihnen weiterhilft. Während er Wagner trifft. Einen Fremden. Einen Mörder, den Mann, der Tilda entführt hat, oder einen Ahnungslosen, der seit achtzehn Jahren für das büßt, was er getan hat.

Bis gleich, sagt Max.

Ein Beamter kontrolliert den Ausweis, schreibt die Besuchszeit ein und zeigt Max das Garderobenkästchen, in das er Schlüssel und Telefon legen muss. Dann geht Max durch die Sicherheitskontrolle, eine Beamtin tastet ihn ab, Baroni bleibt zurück, schaut ihm nach, winkt, hebt seinen Daumen. Dann ist Max allein. Stufe für Stufe, die Beamtin vor ihm. Wie sie vorausgeht, sich nicht zu ihm umdreht, sich nicht dafür interessiert, wer er ist und was er hier will. Sie macht nur ihre Arbeit, bringt ihn zu dem Häftling. Max hinter ihr, aufgeregt, zweifelnd. Gleich wird er mit ihm reden. Er wird herausfinden, ob er der Mann ist, der Tilda das angetan hat. Max wird es spüren, er wird es wissen, wenn er ihn sieht. Wenn er vor ihm sitzt. Wenn er den Mund aufmacht. Leopold Wagner.

Dann geht die Tür auf.

Eine lange Glaswand teilt den Raum. Zehn kleine Kojen, voneinander getrennt durch Holzwände, zehn Sessel, Telefonhörer, Glas. Max setzt sich. Die Beamtin lässt ihn allein. Max schaut durch das Glas auf eine weiße Wand. Eine Minute lang passiert nichts, nur Max auf dem Sessel, Max im Gefängnis, nach einer kurzen Nacht, nach einem Abend, der nicht so geendet hat, wie er sich das vorgestellt hatte. Max wartet. Er sieht, wie er den Raum betritt. Wagner.

Wie er plötzlich auftaucht. Wie er der Wand entlang geht und hinter der Glasscheibe Platz nimmt, langsam, mit Ruhe, freundlich jede seiner Bewegungen, so als wäre er am friedlichsten Ort der Welt, so als wäre auf der anderen Seite des Glases alles schöner, besser, so als wäre die Welt dort nicht bedrohlich. Wie er sich mit einem Lächeln auf den nackten Stuhl setzt, selbstbewusst, seine Augen wach, neugierig.

Wie er seine Hände faltet und Max anschaut. Wie Max seinen Blick irritiert abwendet. Wie Wut in ihm laut wird, wie er beschließt anzugreifen, sich nicht einschüchtern zu lassen. Wie er an Tilda denkt, während Wagner seine Lippen bewegt. Egal was Wagner sagen wird, er glaubt ihr, sie hat ihn gesehen, sie ist sich sicher, Max wird nicht an ihr zweifeln.

– Ich weiß nicht, warum Sie es tun, aber es ist schön, dass Sie mich besuchen. Kommt nicht allzu oft vor.
– Du weißt, warum ich hier bin.

- Ehrlich?
- Wäre besser für dich.
- Ich habe nicht die leiseste Ahnung, aber ich vermute fast, es ist etwas Persönliches. Sie wirken aufgebracht.
- Sie hat dich wiedererkannt.
- Wer?
- Tilda Broll.
- Bitte?
- Du hast sie eingegraben, und du wirst mir jetzt sagen, wo sie ist.
- Tilda Broll?
- Wo ist sie?
- Ich weiß genau, von wem Sie sprechen, aber nicht, worüber Sie sprechen.
- Du hast sie betäubt, entführt und begraben, und du hast mir dieses Seniorenhandy auf die Kommode gelegt.
- Interessant.
- Ich habe keine Ahnung, warum du das getan hast, aber ich weiß, dass du es getan hast.
- Da wissen Sie mehr als ich.
- Warum hast du ihr das Telefon gelassen?
- Welches Telefon?
- Warum spielst du dieses Theater?
- Moment, junger Mann. Sie glauben also, ich hätte Tilda Broll umgebracht?
- Nicht umgebracht. Begraben, bei lebendigem Leib, mit einem Seniorenhandy und zwei Flaschen Dreh und Trink.
- Sie meinen dieses Kindergetränk?
- Tilda sagt, du warst es.
- Ich wusste nicht, dass es Dreh und Trink noch gibt, ich dachte, das sei längst Geschichte. Wir haben das als Kinder getrunken, sehr süß, aber wir haben es geliebt.

– Ich habe nicht viel Zeit.
– Sie haben um den Besuch gebeten. Nicht ich.
– Du sollst mir sagen, wo du sie begraben hast. Jetzt.
– Max Broll. Sie sind also ihr Sohn?
– Du sollst den Mund aufmachen.
– Sonst?
– Wird dir das sehr leid tun.
– Sie drohen mir? Aber warum denn? Ich habe keine Ahnung, wovon Sie sprechen, wirklich keine. Diese Frau hat mich ins Gefängnis gebracht, ja. Und deshalb freut es mich natürlich sehr, was ich von Ihnen höre. Ich bin geradezu entzückt, dass Ihre Frau Mutter vergraben wurde, aber ich muss Ihnen bedauerlicherweise sagen, dass ich nichts damit zu tun habe. Leider.
– Arschloch.
– Lebendig begraben, das ist gut, das passt, das gefällt mir.
– Du warst es.
– Es handelt sich zweifelsohne um ein außergewöhnliches Verbrechen, von dem Sie da sprechen, deshalb verstehe ich auch Ihren Eifer und Ihr Überengagement. Aber um es noch ein letztes Mal auf den Punkt zu bringen: Ich hätte tatsächlich genug Gründe, um Tilda Broll etwas Vergleichbares anzutun, aber ich war es nicht.
– Doch. Du warst es.
– Wie soll ich das gemacht haben?
– Du warst es, du warst es, du warst es.
– Beruhigen Sie sich, junger Mann, und beantworten Sie mir bitte eine Frage: Wie soll ich das getan haben, was Sie mir vorwerfen? Ich sitze auf dieser Seite der Glaswand.

Max schaut ihn an. Seine Augen, seinen Mund, wie er interessiert auf und zu geht, fragend, verständnislos. Wie Wagner seine Augenbrauen nach oben zieht, seine Schultern, wie er aufsteht und zur Tür geht. Wie er dem Wärter zunickt und hinter ihm zur Tür geht.

Wie Max alleine zurückbleibt. In der Koje neben ihm weint eine Frau. Max steht auf, er sieht, wie sie ihre Hand an das Glas presst, wie ihre Finger laut schreien, nach den Fingern auf der anderen Seite. Max weiß noch nicht, was das alles bedeutet, wie er einschätzen soll, was eben passiert ist, was er glauben soll und was nicht. Er weiß es nicht, er spürt nur die Wut in sich, er spürt, wie hilflos er ist, wie klein. Er hört Wagners Stimme, seine gewählte Art sich auszudrücken, er möchte schreien. Ihn anschreien, ihm seine schönen Worte aus dem Gesicht reißen. Er sieht Wagner. Wie er geht. Wie er sich noch einmal kurz umdreht, bevor er hinter dem Wärter das Besuchszimmer verlässt. Leopold Wagner.

Wie er ihm zuzwinkert.

Schon wieder Schnaps in seinem Mund.

Weil er trinken muss, weil er sonst nichts tun kann, weil auch Baroni ihm nicht helfen kann, weil niemand es kann. Wie er das Glas hebt, wie er den Alkohol aufsaugt in sich, wie er es betäuben will, dieses Gefühl, die Wut, die Angst, wie er nachschenken will, wie ihm Baroni die Flasche aus der Hand nimmt.

Fünfhundert Meter zum Gefängnis.

Sie haben sich einquartiert in seiner Nähe, ein kleines Gasthaus für Frauen mit schreienden Fingern, für Besucher, wer sonst sollte hier bleiben. Eine Absteige an der Straße, laut, hässlich, dreckig. Klebrige Plastiktischdecken, schmutzige Gläser. Die Wirtin hat ein Stück totes Schwein zwischen ihren Zähnen.

Max hat wiederholt, was Wagner gesagt hat, er hat Baroni beschrieben, wie sein Gesicht war, wie er geschaut, wie er gelacht hat, wie überrascht er sich gegeben hat. Baroni hat nachgefragt, wollte es genau wissen, wollte jedes Wort hören, jeden Augenblick beschrieben bekommen.

Er war es, sagte Max. Ich bin mir sicher.

Unwahrscheinlich, sagte Baroni.

Dann ging die Flasche Schnaps auf, dann rann er nach unten und begann die graue Welt wieder bunt zu machen.

Es reicht, sagt Baroni jetzt.

Max schaut ihn mit Hundeaugen an. Die Flasche in Baronis Hand. Er presst die Lippen zusammen und schenkt nach.

– Du kannst dich nicht jeden Tag besaufen, Max, das macht es nicht besser.
– Doch, macht es, oder fällt dir etwas Besseres ein? Wir können frühestens morgen wieder etwas tun. Also.
– Ich habe mich ja mit dem Beamten am Eingang unterhalten, während du oben warst.
– Und? Was hat er gesagt?
– Er hat gewusst, dass ich in den Achtzigern den Goldenen Schuh bekommen habe.
– Den Goldenen Schuh?
– Vom europäischen Fußballverband, ich habe neununddreißig Tore geschossen in einem Jahr.
– Bravo, Baroni.
– Das sind unglaublich viele Tore, Max.
– Was der Wärter gesagt hat, würde ich gerne wissen.
– Dass das eine außerordentliche Leistung von mir war, hat er gesagt, dass er stolz ist, mich zu treffen.
– Bitte, Baroni, was hat er noch gesagt?
– Dass dieser Wagner ein arrogantes Arschloch ist, ein Akademikerwichser, hat er gesagt.
– Was noch, Baroni?
– Dass es nicht sein kann, dass er es war.
– Blödsinn.
– Der Mann sagt, das ist absolut unmöglich.
– Du musst noch einmal mit ihm reden.
– Wagner sitzt seit achtzehn Jahren, Max, der war es nicht.
– Scheißdreck.
– Tut mir leid, Max.
– Er hat diesen verdammten Blick.
– Das kann ja sein, Max, aber das heißt noch lange nicht, dass er Tilda vergraben hat.
– Eine aalglatte Sau.
– Das sagt auch der Wärter am Eingang.

– Er hat genau gewusst, was ich wollte, ich bin mir sicher, er hat auf mich gewartet, Baroni.
– Du bist schon wieder besoffen, Max.
– Er hat mir zugezwinkert.
– Und?
– Wieso sollte er mir zuzwinkern, wenn er nicht genau wüsste, worum es geht.
– Er hat gezwinkert, Max, sonst nichts.
– Er war es. Und Ende.
– Er sitzt. Und Ende.
– Irgendwie war er es aber.
– Irgendwie sollten wir jetzt schlafen gehen, zurückfahren und weitersuchen. War keine gute Idee hierherzukommen.
– Wir gehen da morgen noch einmal hin. Ich zu Wagner und du zu deinem Freund am Eingang.
– Und dann?
– Finden wir heraus, wie er es gemacht hat.
– Du bist nicht ganz dicht, Max.
– Kann sein. Aber trotzdem machen wir es so.
– Nein.
– Doch.
– Wart mal kurz. Kleine Planänderung, mein lieber Max.
– Nämlich?
– Mein Freund vom Eingang hat sich eben da drüben an die Bar gesetzt.

Während Max sich auf den Weg zur Toilette macht, steht Baroni auf, um den Wärter an den Tisch zu holen. Max hat ihn darum gebeten, damit er ihn auch kennenlernen, auch mit ihm reden kann. Er will es selbst hören, dass es unmöglich ist, dass er sich täuscht in Wagner, dass er nicht die miese kleine Drecksau ist, für die er ihn hält.

Max geht an den Tischen vorbei, er wankt. Er spürt den Alkohol, er hält sich an der Garderobe fest und bleibt stehen. Über ihm ein Fernseher. Man sieht hunderte Beine, die über den Waldboden gehen, Suchmannschaften, kopfschüttelnde Menschen, bellende Hunde und Paul. Er ist blass im Gesicht, geduldig beantwortet er Fragen, er sagt, dass es nichts Neues gibt, dass es Tilda den Umständen entsprechend gut geht, dass alles Erdenkliche unternommen wird, um sie zu finden.

Max steht da und starrt ihn an. Irgendwo im Wald hinter Paul liegt sie begraben. Vielleicht suchen sie an der völlig falschen Stelle, vielleicht liegt sie kilometerweit von ihm entfernt, von den Suchhunden, von den Beinen, von den Uniformen. Irgendwo ist sie. Und Wagner weiß wo. Wer sonst? Es gibt keine andere Möglichkeit, egal was Baroni sagt, was dieser Wärter sagt, was alle anderen sagen.

Max geht weiter. Langsam.

Die Toilettentür schwingt auf. Im Pissoir steht ein Tor. Ein weißes, kleines Plastiktor in der Muschel. Ein kleiner Plastikball wartet darauf, getroffen zu werden. Von Max. Er wird Wagner dazu bringen, ihm zu sagen, was er wissen will, er wird diesen kleinen Plastikball noch achtunddreißig mal ins Tor schießen, Wagner wird reden, er wird ihn dazu bringen, er wird auch einen Goldenen Schuh bekommen. Das wird er. Langsam tastet er sich zurück zum Tisch.

Baroni stellt ihm den Beamten vor, Vinzenz.

Ohne zu zögern trinkt der Fremde, was Baroni ihm hinstellt, ohne Hemmungen spricht er über Fußball, über das Gefängnis, über sein Leben. Max hört ihm zu. Vinzenz erzählt. Dass es eigentlich ein Versehen ist, dass er im Gefängnis arbeitet, dass es sich vor drei Jahren einfach so ergeben hat, aber dass sein Platz eigentlich anderswo ist. In Asien, an den schönen Plätzen auf dieser Welt, nicht hinter Gefängnismauern. Vinzenz erzählt von sich, ungefragt, er spricht über seine Reisen, irgendwann auch über die Marihuanaplantage in seinem Keller. Er ist redselig, erzählt von seiner Ernte, wie gut sein Gras ist, er schwärmt, er freut sich über die fremden Ohren, die ihm zuhören, über die Neugier des Fußballstars, darüber, dass er mit ihm an einem Tisch sitzen und trinken darf.

Vinzenz und Baroni.

Max hört zu. Er schaut den Wärter an. Er hat ihn sich anders vorgestellt, er hat erwartet, einem sadistischen Scheißkerl zu begegnen, einem kleinen, machtbesessenen Drecksack, aber Vinzenz ist anders. Irgendwie mag er ihn. Und deshalb beginnt er von Tilda zu erzählen, von Wagner, von dem Dilemma, in dem sie stecken. Er beginnt Vinzenz auszufragen, er will Antworten von ihm, Antworten, die es nicht gibt. Wie kann jemand ungesehen aus dem Gefängnis kommen? Gibt es eine Hintertür? Was ist mit den Kameras? Kann ihm jemand geholfen haben? Wer? Wie hat er es angestellt? Fragen über Fragen und Vinzenz, der immer wieder den Kopf schüttelt. Verneint, abwehrt.

Unmöglich, sagt er. Mauern, Kameras, noch mehr Mauern, Beamte und noch mehr Beamte. Ungesehen verschwinden und wieder zurückkommen, das ist nicht machbar, sagt er.

Einschlusszeiten, Tag- und Nachtschicht, Standeskontrollen, kein Schlupfloch, keine Hoffnung. Nichts, das Max weiterhelfen könnte. So kreativ er auch denkt, Vinzenz macht alles zunichte, er verwirft jede Idee, erstickt sie beim ersten Atemzug, den sie macht. Der Gefängnisalltag will nichts wissen von Flucht und

Rückkehr, von Verschwörungen und kleinen, unsichtbaren Helferlein und Löchern in den Mauern.

Teleportation, sagt Baroni.

Vinzenz lacht.

Bitte, sagt Max.

– Es muss einen Weg geben.
– Nein. Tut mir leid.
– Sie stirbt, meine Stiefmutter stirbt, wenn du mir nicht hilfst.
– Ich kann dir nicht helfen.
– Bitte, denk nach, es muss einen Weg geben.
– Ich kann dir nichts anderes sagen.
– Bitte.
– Leider.
– Hilf mir.
–
– Ich würde alles dafür tun.
– Wofür?
– Dass sie überlebt.
– Alles? Egal was?
– Ja.
– Du liebst sie?
– Mehr als das.
– Ich liebe auch jemanden.
– Schön für dich.
– Aber sie ist weit weg. Wir können uns nicht sehen, und ich vermisse sie.
– Das tut mir leid für dich.
– Sie ist in Thailand.
– Was macht sie in Thailand?
– Sie wartet dort auf mich.
– Lass uns bitte wieder über Wagner reden.
– Vielleicht kann ich doch etwas für euch tun.

– Was kannst du?
– Etwas für euch tun.
– Was?
– Ihr könntet ganz sicher gehen.
– Wie? Was meinst du?
– Ich hasse den Winter, ich hasse das Gefängnis, ich hasse Österreich, ich könnte zu ihr fahren.
– Was soll das? Wie kannst du uns helfen? Wie? Sag schon.
– Kommt darauf an.
– Worauf?
– Was es dir wert ist.
– Was soll das jetzt?
– Ich könnte da was arrangieren.
– Was?
– Du könntest noch einmal mit ihm reden, ihr könntet ganz sicher gehen, ob er die Wahrheit sagt.
– Das kann ich auch ohne dich.
– Nein. Du kannst nur durch die Glasscheibe mit ihm reden, während der Wärter euch zuschaut. Du wirst nie wissen, ob er lügt oder nicht.
– Und?
– Ich kann aber noch mehr für dich tun. Auch wenn ich mir nicht sicher bin, ob es etwas bringt. Aber du scheinst es ja unbedingt darauf anlegen zu wollen.
– Worauf?
– Ich könnte dich mit ihm allein lassen. Es wäre dann kein Glas zwischen euch.
– Wozu soll das gut sein?
– Du könntest besser mit ihm reden, du hättest mehr Bewegungsfreiheit. Du könntest wirklich sicher gehen, ob er es war oder nicht.
– Wie?
– Mit Frischhaltefolie.

Max und Baroni hören zu. Ungläubig, ihre Münder stehen offen. Vinzenz redet, erklärt, wie man Menschen zum Reden bringt, sie foltert, ohne Spuren zu hinterlassen.

Ist eine gängige Praxis bei der Wiener Polizei, sagt er. Fünftausend Euro, und ihr seid dabei.

Korruptes Schwein, denkt Max und sagt ihm, er soll weiterreden.

– Frischhaltefolie ist besser als ein Plastiksack. Nur Stümper nehmen den Sack. Einen Sack musst du am Hals fest zudrücken, damit du ihm die Luft nimmst, und das hinterlässt Spuren. Mit Frischhaltefolie passiert dir das nicht. Einfach um seinen Kopf wickeln, zwei-, dreimal, fest gespannt, man wird nichts sehen in seinem Gesicht, keine Druckstellen, nichts. So, als wäre nichts passiert. Und er wird sich nicht beschweren, weil er weiß, dass niemand ihm glauben wird. Und dass er nichts beweisen kann.
– Wir spazieren also mit einer Rolle Frischhaltefolie durch die Sicherheitsschleuse?
– Kein Problem, du steckst sie dir in die Jackentasche, keiner wird sie dir wegnehmen. Ist ja nur Plastik.
– Wie krank bist du eigentlich?
– Ihr könnt natürlich auch einfach eine normale Plastikfolie nehmen, aber das ist unpraktisch, die Frischhaltefolie lässt sich wunderbar abrollen, und sie legt sich perfekt an das Gesicht an.

Vinzenz redet weiter, er erklärt, beschreibt, was passiert, wie der Gefolterte nach Luft ringt, er setzt sein Plädoyer für Frischhaltefolie fort. Baroni stellt Zwischenfragen, während Max an Tilda denkt.

Er stellt sich vor, er würde selbst in dieser Kiste liegen, eingesperrt. Er sieht sie vor sich im Dunkeln, wie sie ein Lied summt, ein fröhliches Lied, damit die Wirklichkeit ihr nicht die Luft nimmt. Er überlegt. Er weiß nicht, was er sagen soll, was er Vinzenz antworten soll, wie er reagieren soll. Ihn schlagen, ihn aus dem Gasthaus werfen, ihn anzeigen, ihn fragen, wie genau es ablaufen soll. Max weiß nicht, ob er so etwas tun könnte, ob er dazu imstande wäre.

Er schweigt, schaut nur, wie Vinzenz einen großen Schluck aus der Flasche nimmt. Dann wie Baroni in seine Tasche greift und einen Scheck aus seinem Terminkalender holt. Wie er die Summe einsetzt, unterschreibt und Vinzenz den Scheck entgegenstreckt.

- Wir wollen zehn Minuten mit Wagner allein. Keine Kameras, keine Überwachung. Sein Wort gegen deines. Dann bekommst du dein Geld.
- Wow.
- Wann?
- Morgen. Aber fünf Minuten, nicht zehn.
- Für fünftausend verdammte Euros wollen wir zehn Minuten.
- Dein Freund Max hier will seine Mama zurück, korrekt? Also nehmt, was ihr kriegen könnt. Länger als fünf Minuten kann ich meine Kollegen nicht vom Überwachungsraum fernhalten. Eine Zigarettenlänge.
- Wie läuft das?
- Morgen ist Tischbesuch.
- Was ist das?
- Keine Glaswand, ihr trefft ihn im Besucherraum. Wenn außer euch niemand im Raum ist, wenn kein weiterer Besuch kommt, schicke ich die Kollegen zum Rauchen.
- Und das funktioniert?
- Das wird schon.

– Was wenn sie nicht rauchen wollen?
– Ich sagte, ich kümmere mich darum.
– Was, wenn der Besucherraum die ganze Zeit voll ist?
– Was, wenn ihr beiden Knalltüten die Frischhaltefolie vergesst?

Max schweigt, hört nur zu, ignoriert es, dass dieser Wicht sie Knalltüten nennt, er staunt, ist wie immer beeindruckt, wenn Baroni mit Geld um sich wirft. Fünftausend Euro für fünf Minuten, für Tilda, für ihn. Max weiß, dass es sinnlos ist, Baroni davon abzubringen, es ihm auszureden, Baroni hat sich entschieden, er will es so. Er will, dass sie in wenigen Stunden zurück in dieses Gefängnis gehen und Leopold Wagner foltern, ihn zum Reden bringen, ihm die Luft nehmen.

Max lehnt sich zurück.

Baroni und Vinzenz reden über Details, sie sind betrunken, alle sind betrunken, die Welt ist betrunken. Baroni winkt. Die Wirtin bringt Schnaps.

Bis das Licht ausgeht.

Hanni. Max hatte sie noch angerufen.

Kurz bevor er abtauchte, in den Laken verschwand, war da noch ihre beruhigende Stimme am Telefon. Wie sie sich Sorgen um ihn machte, wie sie ihn dazu brachte, ihr zu erzählen, in welchem Bett er lag. Noch bevor Max aufwachte, lag sie neben ihm, kroch unter die Decke, schmiegte sich an ihn.

Ich bin bei dir, sagte sie.

Lass mich in Ruhe, Baroni, sagte Max.

Erst als ihre Hände nicht mehr aufhörten, seinen Kopf zu streicheln, machte er die Augen auf. Das vertraute Gesicht zu sehen machte ihn glücklich, ihre Finger auf seinem Rücken, ihr Lächeln, das sagte, wir schaffen das.

Er presste sich fest an sie, umarmte sie, ließ sich festhalten von ihr. Hanni tat ihm gut. Über eine Stunde lang waren sie ohne ein Wort, nur ihr Körper und seiner, sein Kopf an ihren Brüsten, mit geschlossenen Augen. Im Dunkel unter seinen Lidern war alles so wie immer, Tilda servierte Rindssuppe in ihrer Küche, Baroni und la Ortega kochten Tapas, den kleinen, korrupten Beamten hatte Max nie kennengelernt. Hannis Haut war wie ein Märchen, aus dem ihn Baronis Klopfen einfach herausriss.

Besuchszeit, schrie er. Hanni öffnete.

Max duscht. Er hört das Wasser, er hört, wie sie reden, über Tilda, über Wagner. Das Wasser ist nicht laut genug, um zuzudecken, was passiert ist. Max möchte mit Hanni ins Ausland, nach Ungarn, nach Tschechien, weit weg, sich verstecken mit ihr, untertauchen in einem kleinen Landgasthaus, das Telefon ausschalten, den Fernseher, alles. Keine Bilder mehr sehen von Suchmannschaften, keine tragischen Stimmen aus dem Radio hören. Nur Hanni und Max.

Es ist kurz vor acht. Wie das Wasser über ihn rinnt, auf seiner Haut nach unten, warm. Es ist egal, wie hässlich dieses Bad ist, es ist angenehm, er räkelt sich, streckt sein Gesicht nach oben, spürt, wie die Tropfen aufschlagen auf seiner Wange, wie sie ihn berühren. Zehn Minuten lang. Max unter der Dusche, Hanni und Baroni draußen.

Wie sie über Paul reden.

Wie Hanni davon erzählt. Dass Paul bei ihr war, dass er sie gebeten hat, Max zurückzuholen, dass er sich Sorgen macht. Dass fast alle Kinder überprüft worden sind. Alle männlichen Kinder von damals, alle, von denen man wusste, dass sie von Wagner stammten. Jeder einzelne von ihnen wurde befragt, nach seinem Alibi. Keiner von ihnen konnte es gewesen sein. Keiner. Paul war überzeugt, dass es nicht anders sein konnte, sagt Hanni. Entweder Tilda hat sich getäuscht, oder es war einer seiner Söhne, jemand, der ihm zum Verwechseln ähnlich sieht, sein Gesicht, seine Züge. Tilda hat nicht unterschieden zwischen Damals und Heute. Für Paul war das die einzige Möglichkeit, etwas anderes konnte er sich nicht vorstellen.

Er glaubt nicht daran, sagt Hanni. Nicht an Wagner. Er will euch beide zurück im Dorf, er will, dass ihr dabei seid, wenn sie Tilda finden.

Max hört, was sie sagt. Er fragt sich, ob es richtig ist, was sie vorhaben. Er duscht. Das Wasser fällt. Er weiß, dass Paul alles tut, um Tilda zu finden, er hofft auf Wunder, er sucht Stecknadeln im Wald, es ist das einzige, was er tun kann.

Max trocknet sich ab. Paul hält sich an die Fakten, Paul kann nicht neben der Spur fahren, er muss im Rahmen bleiben. Max muss das nicht.

Hanni gähnt, die Badezimmertür steht offen. Hanni und Baroni starren in den Fernseher. Wie sie über sie reden. Überall, auf allen Sendern, im Radio. Tilda. Sobald die Augen aufgehen, ist sie wieder da, die Angst um sie, die Sorgen, die Verzweiflung. Er muss sie anrufen, er muss noch einmal mit ihr reden, bevor sie zu Wagner gehen. Er muss sich anziehen, er muss ihre Nummer wählen, ihre Stimme hören. Er muss sie fragen, nur einmal noch. Sie muss es ihm noch einmal sagen, bevor er ihm weh tut. Er wählt. Es läutet.

Dann ihre Stimme.

– Max.
– Wie geht es dir?
– Schön, dich zu hören, Max.
– Wie es dir geht, Tilda.
– Nicht gut.
– Du musst durchhalten.
– Sie müssten mich längst gefunden haben.
– Bald, Tilda, bestimmt.
– Es ist alles so unwirklich, Max. Dass ich hier bin, dass es dunkel ist. Dass ich nicht an meinem Schreibtisch sitze.
– Da wirst du bald wieder sitzen.
– Wenn ich die Augen zumache und mich zwinge, nicht daran zu denken, dann geht es.
– Dann mach sie bitte nicht wieder auf, so lange nicht, bis wir bei dir sind.
– Ich schaffe das, solange ich das Telefon habe.
– Wie lange noch, was denkst du?
– Ich habe keine Ahnung, wie alt der Akku ist. Vielleicht einen Tag, vielleicht zwei. Ich weiß es nicht.

– Paul vermutet, dass du eines seiner Kinder gesehen hast, einen jungen Mann, der ihm ähnlich sieht.
– Ich weiß.
– Und?
– Blödsinn, Max. Ich weiß, was ich gesehen habe, das war kein Doppelgänger, das war er, älter als damals, aber er war es.
– Du bist dir sicher?
– Du glaubst mir nicht?
– Doch, Tilda.
– Warum fragst du dann?
– Ich war gestern bei Wagner.
– Was machst du dort? Das ist Polizeiarbeit, Max. Warum machst du das?
– Weil Paul nicht an Wunder glaubt. Weil in diese Richtung nicht ermittelt wird. Und weil ich wissen wollte, wer dieser Wagner ist.
– Und?
– Ich glaube dir.
– Das kannst du, Max. Ich bin mir sicher, absolut sicher.
– Er tut so, als wüsste er von nichts.
– Trau ihm nicht.
– Es scheint unmöglich, dass er das Gefängnis verlassen hat. Er sitzt seit achtzehn Jahren in seiner Zelle, dokumentiert, keiner zweifelt auch nur eine Sekunde daran.
– Irgendwie hat er es angestellt.
– Wenn er es war, dann bringe ich ihn dazu, mir zu sagen, wo du bist.
– Wie, Max?
– Ich liebe dich.
– Was hast du vor, Max? Rede mit mir. Ich glaube, es ist besser, wenn du deine Finger davon lässt.
– Ich melde mich.

Er drückt den roten Knopf.

Während er mit Baroni nach unten geht, bleibt Hanni im Bett. Sie hat kaum geschlafen, sie ist direkt nach der Sperrstunde im Würstelstand losgefahren, sie ist müde, sie wartet, bis Max zurückkommt. Sie weiß nicht, was er vorhat. Sie hat mit einem Kuss nach ihm geworfen, kurz bevor die Tür zuging. Baroni und Max sind die Treppen nach unten. Durch die Gaststube nach draußen.

Ihre Köpfe schmerzen. Fünfhundert Meter bis zum Gefängnis. Der kleine Umweg zum Lebensmittelgeschäft.

Baroni fragt, ob Max das wirklich machen will, ob es nicht sein könnte, dass Wagner tatsächlich nichts damit zu tun hat. Max schüttelt nur den Kopf und schweigt. In dem kleinen Laden kaufen sie zwei Flaschen Wasser und eine Rolle Frischhaltefolie. Zwei Euro für die Wahrheit.

Es ist früh. Noch keine Besucher. Der Zeitpunkt ist günstig, sagt Vinzenz am Telefon, sie sollen kommen, gleich. Seine Stimme hinter den Mauern, Tischbesuch, Wagner. Vormittag. Wie sie durch die Pforte gehen.

Wie sie ihre Handys abgeben, ihre Schlüssel, wie die Rolle Frischhaltefolie in der Innentasche von Max' Jacke bleibt. Wie sie die Stiegen nach oben gehen, wie sie den kahlen Raum betreten. Tische, Stühle, Gitter an den Fenstern. Der Beamte, der sie nach oben gebracht hat, weist ihnen einen Platz zu. Nur kurz warten sie, dann kommt Vinzenz. Er geht auf sie zu, er flüstert und hält seine Hand auf.

Schnell, sagt er.

Baroni gibt ihm den Scheck, drückt ihn unauffällig in die offene Wärterhand. Ungesehen verschwindet das Stück Papier in Vinzenz' Hosentasche. Gerade als er ansetzen will, noch etwas zu flüstern, ihnen zu sagen, wie es vor sich gehen wird, kommt Wagner. Ein Beamter hat ihn bis zur Tür gebracht, Vinzenz deutet auf den leeren Stuhl und wartet, bis Wagner sich setzt.

Sie können sich hier ungestört unterhalten, sagt er. Sobald die Zeit läuft, klopfe ich an die Scheibe, haben Sie das verstanden?

Max und Baroni nicken.

Wagner schaut verständnislos. Er versteht nicht, was der Wärter meint, von welchen fünf Minuten er spricht. Vinzenz geht aus dem Raum. Wagner schaut ihm nach. Dann setzt er sich.

Wieder ist da dieses selbstgefällige Gesicht, dieses überlegene Grinsen, seine Unschuld, von der er sie mit jedem Satz überzeugen will. Max sieht in seinem Gesicht, wie er sich wundert über den neuerlichen Besuch, wie er Baroni erkennt, erfreut über den prominenten Gast. Er begrüßt Baroni, er drückt sich gewählt aus, er stellt sich auf einen Sockel und schaut auf sie herunter, arrogant, überlegen. Er sagt, dass er von dem Drama in den Nachrichten gehört hat, dass er noch einmal betonen muss, dass er nichts damit zu tun hat. Nichts.

Wagner. Wie er grinst, dezent, aber er grinst. Wie er den Kopf schüttelt, wie Baroni mit den Beinen zappelt, wie er auf die Uhr schaut und immer wieder zu der Glasscheibe, hinter der die Beamten in ihre Bildschirme starren. Nichts rührt sich hinter der Jalousie, nur Konturen von Körpern. Nur Wagners Stimme und die von Max. Er sagt ihm, dass er mit Tilda telefoniert hat, dass sie sich absolut sicher ist, dass er es war. Dass sie sich nicht täuscht. Max weiß, dass sich hinter diesem Grinsen eine Fratze verbirgt.

Dreckschwein, sagt er und berührt die Frischhaltefolie in seiner Tasche.

Wagner schüttelt den Kopf.

Was sind Sie bloß für ein Prolet, sagt er.

Ich bring dich schon noch zum Reden, sagt Max.

Wie er Wagner zu hassen beginnt.

Wie er sich vorstellt, was passieren wird in wenigen Minuten, wie er das Klopfen hört in Gedanken.

Ich kümmere mich um seinen Kopf, sagt Max.

Wovon reden Sie, sagt Wagner.

Es geht sehr schnell. Sie konnten sehen, wie zwei Beamte den Nebenraum verließen, durch die kleinen Schlitze in der Jalousie, nur noch einer bleibt im Raum zurück. Vinzenz.

Er klopft.

Blitzschnell springt Baroni auf und zieht Wagner den Stuhl weg. Wagner begreift nicht, was passiert, er stürzt zu Boden, er schaut Richtung Glaswand, er sucht nach Hilfe, doch Baroni setzt sich auf ihn, hält seine Arme fest. Keiner kommt in den Raum. Keiner hilft ihm. Keiner stört sie. Keiner sieht, wie Max die Rolle aus der Tasche zieht. Wie Wagners Kopf unter der Plastikfolie verschwindet.

Alles läuft so ab, als hätten Max und Baroni für diesen Auftritt hundertmal geprobt, sie ergänzen sich perfekt. Baroni hält Hände, Beine, Füße. Max nimmt Wagner die Luft. Da ist niemand, der ihn davon abhält, niemand, der ihm sagt, dass es nicht richtig ist, was er macht, niemand, der sagt, er soll damit aufhören. Da ist nur Wagner, wie er zappelt, lautlos beginnt, um sein Leben zu betteln. Wie er zuckt. Wie er sich wehren will, wie Baroni ihn festhält, wie er seinen Kopf hin und her schleudert. Wie Max ihn festhält. Verzweifelte Laute, Stöhnen, Wagner.

Max wartet ab. Er lässt die Folie auf seinem Kopf. Kurz noch. Er denkt an Tilda. Eine halbe Minute lang, eine Minute. Sie kauert in dieser Kiste, sie hat Durst, Hunger, sie kann nirgendwo hin, sie ist eingesperrt, kann sich nicht rühren, hat Angst. Und er ist verantwortlich dafür. Wagner. Tilda hat ihn gesehen. Eineinhalb Minuten. Gequältes Stöhnen. Dann reißt Max die Folie von Wagners Kopf. Er ringt nach Luft. Er bettelt, panisch, er hat Angst. Sie sollen damit aufhören. Sie sollen bitte damit aufhören.

Max flüstert.

- Du sagst mir jetzt, wo sie ist. Oder du stirbst.
- Ich weiß es nicht. Ich habe nichts damit zu tun. Ich weiß es nicht. Um Gottes Willen, ich weiß es nicht. Bitte. Warum tun Sie das?

Max spuckt ihn an. Wieder wickelt er Plastikfolie von der Rolle ab. Fest wickelt er sie um Wagners Kopf. Seine Gliedmaßen schreien verzweifelt um Hilfe, seine Augen sind weit aufgerissen, sein Mund steht offen, unter dem Plastik stöhnt er. Max und Baroni halten ihn am Boden, er bekommt keine Luft, er kämpft um sein Leben.

Max denkt daran, dass er Tilda vielleicht nie wieder sehen wird, eineinhalb Minuten denkt er daran. Er ist wütend, er hasst diesen Mann am Boden, er ignoriert sein Stöhnen, er will ihn bestrafen, noch eine halbe Minute lang. Dann wieder die Frage. Und wieder keine Antwort, nur Betteln, Wimmern, Flehen um Hilfe. Das verständnislose Gesicht eines alten Mannes.

Beeil dich, sagt Baroni.

Ein letztes Mal, sagt Max.

Wieder die Frischhaltefolie über Wagner. Max wiederholt immer dieselbe Frage, er ist ihm ganz nah, flüstert sie durch das Plastik in Wagners Ohr. Wo ist sie? Er hört nicht auf, die Plastikfolie liegt auf Wagners Haut.

Max will eine Antwort, er will wissen, wo sie ist, er will, dass er es ausspuckt, dass es aus diesem widerlichen Mund kommt, er will, dass sich dieser Mund bewegt, dass er die richtigen Worte sagt, schnell. Er will es. Er drückt Wagners Kopf nach unten. Er sieht diese Augen. Die Folie, die auf ihm liegen bleibt. Wie sich sein Gesicht abbildet. Wie er atmen will, überleben will.

Wie es plötzlich an die Scheibe klopft.

Laut. Vinzenz.

Seine Faust knallt gegen die Scheibe, er klopft, er schlägt, Wagner wird still, fast hört er auf zu atmen, seine Beine werden ruhiger, das Klopfen wird lauter, Wagner beginnt zu sterben.

Die Folie bleibt auf seinem Gesicht.

Wie es still wird unter dem Plastik. Wie Max flüstert, immer und immer wieder seine Frage. Wo sie ist. Wo er sie vergraben hat. Er wird die Folie nicht von seinem Kopf reißen, Wagner wird schweigen, er wird nichts sagen, die Folie bleibt auf ihm, er wird dafür bezahlen, er wird aufhören zu atmen, er wird sterben.

Dreckschwein, sagt Max.

Vinzenz schlägt an die Scheibe. Max rührt sich nicht. Nur Baroni bewegt sich. Er stößt Max zurück, reißt die Folie von Wagners Kopf und stopft alles in seine Tasche. Max fällt nach hinten, er richtet sich wütend wieder auf, er will nach Wagner greifen, aber Baroni hält ihn davon ab, zieht Wagner hoch, er ringt um Luft.

– Nicht, Max, nicht, verdammt, was tust du?
– Wo ist sie? Wo ist sie? Diese verdammte Drecksau soll mir sagen, wo sie ist.
– Hör auf. Er weiß es nicht, er war es nicht, komm schon, du hilfst mir jetzt, ihn auf den Stuhl zu setzen, schnell, sie kommen zurück.

–
– Du sollst dich hinsetzen, Max.
– Er war es.
– Nein, Max. Hast du nicht gesehen, was eben passiert ist? Wenn er nur das Geringste damit zu tun hätte, wüssten wir es jetzt.
– Ich werde es aus ihm herausholen, er wird es mir sagen, er wird sein beschissenes Maul aufmachen und reden.
– Nein, Max, das wird er nicht. Wir gehen jetzt hinunter in dieses Scheißgasthaus, wecken Hanni und hauen von hier ab.
– Schau ihn dir doch an. Er ist schuldig. Und dafür wird er bezahlen.
– Er ist fertig, Max, der alte Mann bekommt kaum noch Luft. Du lässt jetzt die Finger von ihm, sie sehen jetzt alles, was hier passiert, verstehst du das? Sie sind wieder da, alle Beamten sind an ihren Plätzen, sie haben ausgeraucht, alles, was du jetzt tust, hat Konsequenzen.
– So schnell geben wir nicht auf.
– Willst du auch hier enden? Da drüben im Gasthaus liegt Hanni, sie wartet auf dich, Max. Sie will ein Leben mit dir, sie will dich nicht hier drin besuchen müssen. Niemand hat etwas davon, wenn du ihn umbringst.

Max sitzt still. Wagner sitzt still. Nur Baroni redet.

Er will Max zurück auf den Boden bringen, er reißt ihn aus seinem Rausch, er erinnert ihn daran, was sie hier wollten, er will ihn dazu bringen, die Dinge wieder klar zu sehen. Max, wie er seine Hände kaum festhalten kann, wie sie sich auf ihn stürzen wollen, wie sie Wagner weh tun wollen, ihn für das bestrafen, was er Tilda antut. Baroni hält ihn zurück. Er legt seine Hände auf die von Max und drückt sie nach unten.

Nicht, sagt er.

Doch, zischt Max.

Baroni hält ihn zurück. Wagner wischt sich Schweiß von der Stirn, er atmet schwer. Drei Männer um einen Tisch. Die Beamten sehen nichts Besonderes, sie wissen nicht, was passiert ist, sie wissen nicht, warum die Beine von Max zittern, warum er zappelt, sie wissen nicht, dass er sich am liebsten noch einmal auf Wagner stürzen möchte. Nichts davon. Nur Vinzenz hat zugesehen. Keiner hört Wagner atmen, er sitzt ordentlich auf seinem Sessel, rührt sich nicht. Er steht nicht auf und schreit um Hilfe, er bleibt sitzen, hört zu, wie Baroni Max beruhigt, er ringt immer noch nach Luft. Wagner.

Wie er sich sammelt, sich erholt, leise stöhnt. Er erholt sich von einem Hundert-Meter-Lauf, er ist auf einen Berg gestiegen, er ist schnell die Treppen nach oben gelaufen, er bringt sein Herz wieder dazu, normal zu schlagen, er bringt seinen Körper wieder unter Kontrolle, gleichmäßig atmet er ein und aus. Bis nichts mehr daran erinnert, was passiert ist. Nichts außer seinen Augen.

Wagner steht auf.

- Ich nehme an, es hat keinen Sinn, mich bei der Anstaltsleitung über diesen Vorfall zu beschweren. Aus diesem Grund werde ich mich jetzt zurückziehen. Von weiteren Besuchen bitte ich Sie Abstand zu nehmen.
- Ich will zum Direktor, Baroni.
- Wir gehen jetzt, Max.
- Wir gehen noch lange nicht, wir gehen jetzt zum Direktor und schauen uns dieses verschissene Gefängnis genauer an.

Wagner geht zur Tür. Einmal noch dreht er sich kurz um und schaut Max an. Drei Sekunden lang, bevor er verschwindet. Drei Sekunden diese Augen.

Das hättest du nicht tun sollen, sagen sie.

Acht

Die Vorzimmerdame bringt Kaffee.

Max und Baroni sitzen tief in einer beigen Ledercouch und warten auf den Anstaltsleiter. Baroni hat bei seiner Sekretärin um einen Termin gebeten, er hat sie umgarnt, sie hat ihn kurz mit Blum sprechen lassen. Baroni hat ihm erzählt, dass Max der Stiefsohn der Entführten ist, der Frau, deren Geschichte die Nachrichten seit Stunden überflutet. Er hat ihn gebeten, ihnen zu helfen, mit ihnen zu reden, der Direktor wollte sie zuerst abwimmeln, irgendwann gab er aber nach. Auch wenn er nicht verstand, wozu dieses Gespräch gut sein sollte, er ließ sich überzeugen von dem Drängen in der Stimme des Fußballstars, von der Verzweiflung in den Augen von Max. Er versprach ihnen, sich die Zeit zu nehmen, in einer guten halben Stunde würde er ihnen zur Verfügung stehen.

Eine halbe Stunde, eine Stunde, egal, denkt Max.

Er wird bleiben, bis er weiß, was hier passiert ist. Er will das Gefängnis sehen, jeden Winkel, er will das Loch suchen, aus dem Wagner gekrochen ist, um Tilda einzugraben, er will mit dem Anstaltsleiter reden, mit dem Mann, der für diese Schweinerei verantwortlich ist. Mit dem Mann, dessen Angestellte unbeaufsichtigte Treffen mit Häftlingen verkaufen. Max ist außer sich, er will nicht glauben, dass sie falsch gelegen sind, dass sie Wagner Unrecht getan haben, dass sie ihn umsonst gequält haben. Max will irgendetwas, nur nicht dass sich herausstellt, dass sie einen Fehler gemacht haben, dass Wagner unschuldig ist, dass Tilda Unrecht hatte. Er will einen Grund für das, was er getan hat.

Während er wartet und sich nicht von der Stelle rührt, begreift er langsam, was passiert ist im Besucherraum. Dass sie beinahe einen Menschen umgebracht, ihm mit einer Frischhaltefolie das Leben genommen haben. Fast wäre Wagner tot vor ihnen gelegen, fast wären sie in Handschellen abgeführt worden, fast. Eine halbe Minute länger und er wäre tot gewesen.

Wie dankbar Max plötzlich ist. Dass Wagner lebt. Dass Baroni ihn gestoppt hat. Wie dankbar er in diesem Vorzimmer sitzt und Kaffee trinkt, wie egal es ihm ist, dass sie warten müssen, dass Zeit vergeht. Nichts anderes ist wichtig in diesem Moment, nur dass es so ausgegangen ist. Tilda ist plötzlich weit weg. Dass er beinahe zum Mörder geworden ist, macht ihm mehr Angst, als es das Bild von Tilda unter der Erde tut. Nirgendwo ist ein Fernseher, der an sie erinnert, keine Suchhunde bellen. Max und Baroni sitzen einfach nur da und warten. Über eine Stunde lang.

Dann geht die Tür auf.

Sebastian Blum bittet sie in sein Zimmer. Er ist hilfsbereit und freundlich, er zeigt sich geschmeichelt, dass der Fußballstar, dessen Fan er schon vor vielen Jahren war, in seinem Büro Platz nimmt, dass er sich mit ihm unterhält. Ein Vorzeigebeamter, denkt Max, die Krawatte perfekt gebunden, die Brille geputzt, nichts in dem Büro steht am falschen Platz. Blum ist die Ordnung in Person, alles an ihm. Alles auf seinem Schreibtisch ist sauber, gestapelt, geschlichtet, in diesem Büro werden keine Regeln gebrochen, niemals. Das steht auf Blums Stirn, es ist in seiner Stimme, in seinen Worten, überall.

– Was kann ich für Sie tun, meine Herren?
– Sie wissen ja, warum wir hier sind.

– Nein, eigentlich nicht. Wir haben der Kriminalpolizei heute Morgen bereits alle gewünschten Auskünfte gegeben. Ich muss gestehen, ich habe nicht wirklich verstanden, was einer unserer Häftlinge mit der Sache zu tun haben soll.
– Meine Stiefmutter liegt irgendwo unter der Erde.
– Ich weiß, Herr Broll, und das bedaure ich sehr. Ich möchte Ihnen mein Mitgefühl aussprechen.
– Sie wird sterben, wenn wir nicht alles versuchen.
–
– Sie wird verdursten.
– Man wird sie finden, bestimmt wird man sie finden.
– Und wenn nicht, wird sie verdursten. Einfach so. Verdursten, verstehen Sie das?
– Das tut mir alles sehr leid.
– Mir auch.
– Ich verstehe aber immer noch nicht ganz, warum Sie hier sind. Was Sie hoffen, hier in meinem Gefängnis zu finden.
– Den, der meiner Stiefmutter das angetan hat.
– Bitte?
– Leopold Wagner hat Tilda Broll entführt und vergraben.
– Sie scherzen?
– Sie wird sterben.
– Es tut mir leid, aber ich denke, ich kann Ihnen nicht weiterhelfen.
– Ich weiß nicht, wie er es gemacht hat, aber er hat es gemacht.
– Sie müssen entschuldigen, aber es klingt äußerst absurd, was Sie sagen. Sie denken, dass ein Häftling die Justizanstalt einfach so verlässt und wieder zurückkommt, dass Herr Wagner ihre Stiefmutter entführt hat?
– Genau das.

– Das ist mehr als lächerlich. Die Herren von der Kripo haben heute hier anscheinend viel Zeit vergeudet. Genauso wie Sie.
– Er hat sie vergraben wie einen toten Hund.
– Ich bitte Sie. Es gibt Regeln hier, meine Herren, Regeln, die ein solches Vorhaben unmöglich machen.
– Irgendwie hat er diese Regeln gebrochen.
– Es ist erschütternd, was mit Ihrer Stiefmutter passiert ist, aber Ihr Weg zu uns war wohl umsonst. Ich bin seit fünfundzwanzig Jahren in diesem Haus und etwas Derartiges ist noch nie vorgekommen. Das von Ihnen gezeichnete Szenario ist absurd, meine Herren. Tut mir sehr leid, Ihnen das sagen zu müssen, Ihnen nicht weiterhelfen zu können, ich wäre gerne behilflich, aber ich fürchte, ich kann es in diesem Fall beim besten Willen nicht sein.
– Jemand muss ihn rausgelassen haben.
– Verstehen Sie das bitte nicht falsch, dass ich lache, aber das ist völlig absurd. Absolut niemand ist in den letzten zwanzig Jahren aus meinem Gefängnis ausgebrochen. Mein Personal befolgt strikte Anweisungen, die modernste Überwachungstechnik steht uns zur Verfügung. Was Sie da sagen, ist lächerlich.
– Lächerlich?
– Es tut mir leid, Sie zu enttäuschen, aber ich kann es nicht anders ausdrücken.
– Von hier bis ins Dorf und wieder zurück sind es, wenn er schnell fährt, fünf Stunden. Zwei Stunden kommen für die Entführung dazu, vielleicht noch eine Stunde als Reserve. Er musste also gerade einmal acht Stunden draußen gewesen sein.
– Herr Broll, der Häftling Wagner hat beinahe die letzten beiden Jahrzehnte hier im Haus verbracht, er war in der Schlosserei, am Hof, im Speisesaal, im Aufent-

haltsraum, alle paar Jahre einmal in der Krankenstation, sehr häufig in der Bibliothek, er war auf den Gängen, aber nirgendwo sonst. Einen achtstündigen Ausflug hat Herr Wagner nicht gemacht, dafür lege ich meine Hand ins Feuer.
– Sie irren sich.
– Bei allem Respekt und allem Verständnis für Ihre Situation, ich irre mich nicht.

Baroni mischt sich ein. Er spürt, wie es in Max rumort, dass er sich kaum noch halten kann.

– Eine Frage.
– Ja, Herr Baroni? Ich bedaure zwar die Umstände, aber es ist schön, dass ich Sie kennenlernen darf, ich fand Sie immer großartig. Ich meine, ich finde Sie natürlich immer noch großartig, ich bewundere Ihre Art, Fußball zu spielen.
– Das freut mich sehr, ich danke Ihnen. Und ja, die Umstände sind grässlich.
– Fragen Sie nur, Herr Baroni, fragen Sie.
– Glauben Sie, dass es möglich ist, einen Ihrer Mitarbeiter zu bestechen? Könnte jemand in Ihrem Gefängnis empfänglich sein, sagen wir einmal für Geldgeschenke? Und könnte dieser Jemand in der Folge etwas tun, das ungesetzlich ist?
– Was ist das für eine Frage? Die Zeiten der Korruption in Österreich sind vorbei, und speziell in meinem Gefängnis hat es so etwas nie gegeben. Niemals.
– Sind Sie sicher?
– Einhundert Prozent.
– Was ist mit diesem Vinzenz?
– Vinzenz Stuck. Ein guter Mann. Sie wollen ihm hoffentlich nichts unterstellen?

Doch, wollen wir, sagt Max.

Er unterbricht. Er ist wütend, er will, dass dieser kleinliche Buchhalter endlich redet, dass er ihm das Gefängnis zeigt, dass er etwas erzählt, das ihn weiterbringt.

- Ich bitte Sie, meine Herren, seien Sie doch vernünftig.
- Mein Freund Max meint das nicht so, Sie müssen das verstehen, die Situation ist außergewöhnlich.
- Ich habe ja Verständnis dafür, Herr Baroni, aber hier finden Sie keine Antworten, nichts, das seiner Stiefmutter weiterhelfen könnte. Ich verbürge mich für alle meine Leute.
- Könnten Sie uns herumführen?
- Wie meinen Sie das?
- Mir ist klar, wie absurd Ihnen das alles vorkommt, aber wir machen uns große Sorgen, wir möchten der kleinsten Spur nachgehen, Max möchte sichergehen, dass er alles getan hat, um seiner Stiefmutter zu helfen. Das verstehen Sie doch, oder?
- Selbstverständlich verstehe ich das, ich bedauere, wie gesagt, sehr, was passiert ist.
- Vielleicht können Sie ja noch ein klein wenig Zeit erübrigen und so freundlich sein, uns Ihr Haus zu zeigen. Eine Führung würde auch mich brennend interessieren, Sie wissen ja: so oft kommt man nicht ins Gefängnis.

Blum lächelt.

Er wirft Baroni einen verschwörerischen Blick zu und willigt ein. Stolz führt er sie durch sein Haus, zeigt ihnen meterdicke Mauern, moderne Zellenblöcke, die Werkstätten, die Überwachungsräume und alles andere.

Stolz wandelt Blum vor ihnen her und betont alle fünf Minuten, dass sein Gefängnis das sicherste weit und breit ist, dass es sich um ein österreichisches Vorzeigegefängnis für Langzeithäftlinge handelt. Perfekter Strafvollzug.

Während Blum erklärt, antwortet, ausführt, suchen Max und Baroni nach Lücken, nach Möglichkeiten, die perfekte Ordnung des Direktors zu durchbrechen, Schließzeiten zu umgehen, Wachübergaben, sie suchen nach Türen in den Mauern, die nicht da sind, nach einem Tunnel, nach irgendetwas, das Tilda recht gibt, das ihnen sagt, dass sie keinen Unschuldigen beinahe zu Tode gequält haben. Wagner. Immer wieder er im Kopf von Max, sein Gesicht, seine Augen, wie er ihn ansah, als er aus dem Raum ging. Wie er um sein Leben bettelte unter der Plastikfolie, wie echt es klang, seine Angst. Max geht durch die Gänge und beginnt zu zweifeln. Überall Gitter, eingesperrte Menschen. Vielleicht hat sie sich doch geirrt. Tilda.

Wie Baroni Fragen stellt, wie Blum sie beantwortet, eine nach der anderen. Wie sinnlos sich Max plötzlich vorkommt, wie fehl am Platz, wie sehr er sich zurückwünscht zu Hanni, in das schäbige Bett, an ihre Haut. Wie Max Baroni am Arm zieht und ihn mit traurigen Augen bittet zu gehen, dem Direktor für seine Mühe zu danken, von diesem Ort zu verschwinden. Wie sie zurück zum Eingang gebracht werden, wie der Direktor sich freundlich von ihnen verabschiedet und ihnen Glück wünscht. Wie sie ihre Telefone und Schlüssel aus dem Garderobenschrank nehmen und hinaus auf die Straße treten.

Wie sie wortlos zurück zum Gasthaus gehen.

Neun

Wie schön sie ist.

Wie sie nackt da liegt. Wie sehr er sie liebt. Wenn er ein Vogel ist, hat sie ihn eingefangen, ohne seine Flügel zu stutzen, sie lässt ihn fliegen, wartet auf ihn in ihrem Nest. Wie sie in der weißen Bettwäsche liegt, wie friedlich sie aussieht, wie sie ihm wieder Mut macht, ohne ein Wort zu sagen. Wie sehr er sie jetzt braucht. Hanni.

Er ist nach oben zu ihr, er wollte sich zu ihr legen, bei ihr sein, sich verstecken unter ihrer Haut. Er hat Baroni um eine Auszeit gebeten, um zwei Stunden mit Hanni, zwei Stunden zum Nachdenken. Sie würden danach entscheiden, was weiter passieren sollte. Was geschehen ist, kann er sich nicht verzeihen, was er getan hat, wozu er bereit gewesen ist.

Max steht vor ihr. Sie ist sein Trost, sie macht alles wieder gut, Hanni lässt ihn vergessen, was draußen vor sich geht, was mit Tilda passiert. Kurz, einen Augenblick lang abtauchen mit ihr, die Augen zumachen, nichts mehr hören, nichts mehr sehen. Nur sie und er. Niemand sonst. Nur sie beide, still, friedlich.

Wie er sich zu ihr legt, sie nicht wecken will, wie er sich einfach nur hinlegt und beginnt, sie zu streicheln, genauso wie sie es getan hat am Morgen, lautlos, liebevoll. Wie er sich an sie schmiegt. Wie er sie spürt, ihre kühle Haut. Wie er plötzlich spürt, dass sich nur sein Brustkorb hebt, dass nur er atmet, dass nichts Warmes mehr aus ihrem Körper kommt. Dass nichts mehr sich bewegt. Keine Zehe, kein Finger, kein Arm, kein Auge mehr, das aufgeht.

Max bewegt sich nicht. Seine Finger stehen still, er spürt sie. Er weiß, dass sie nicht mehr da ist, dass sie weg ist für immer, dass Hanni tot neben ihm liegt. Nackt und schön in dem fremden Bett. Hanni Polzer, weit von zuhause, weit von ihrem Würstelstand. Weit weg von Max.

Er liegt neben ihr. Er kann sich nicht bewegen, nicht aufspringen, von ihr weggehen. Er kann nicht. Nicht telefonieren, nichts. Nur neben ihr liegen, neben ihrem toten Mund. In dem hässlichen Zimmer, auf der durchgelegenen Matratze, auf den weißen Laken.

Hanni und Max.

Wie er ihre Hand nimmt. Wie er sie hält und nicht loslässt. Wie Tränen über seine Wange rinnen. Wie sie in den weißen Stoff fallen. Träne für Träne. Wie sie sich lösen von seiner Haut, wie sie nach unten fallen, tief. Ihre Finger ineinander, seine, ihre. Wie Max fest zudrückt, wie ihre Finger still bleiben. Wie Max seinen Kopf zur Seite dreht.

Wie die Tränen nicht aufhören zu fallen. Wie er sieht, was passiert ist. Wie er auf den Tisch starrt, der in der Ecke steht. Die Frischhaltefolie. Eine Rolle, noch neu, nur ein Streifen ist abgeschnitten. Er hat sie zurückgelassen für ihn.

Max bewegt sich nicht. Nur seine Augen, wie sie auf den Tisch starren, auf die Folie.

Wie er beginnt zu schreien.

Zehn

Seit über zwei Stunden sitzt Max auf dem Stuhl.

Er bewegt sich nicht. Wie kalt sie war. Wie sehr er sich in den Besucherraum zurückwünscht, die Uhr zurückdrehen will, wie sehr er es bereut, dass er Wagner nicht getötet hat. Wie es immer wieder durch seinen Kopf geht. Dreißig Sekunden länger, und Hanni wäre noch am Leben. Wagner wäre tot, nicht Hanni. Er hätte sie nie berührt, sie nicht ausgezogen, sie nicht kaputt gemacht. Ihren Körper, ihr Lachen, ihren Mund. Wie Max ihre Hand hielt. Wie er neben ihr lag. Wie sie sie wegbrachten. Wie sie aufgehört hat, da zu sein.

Er sitzt auf dem Stuhl und schweigt.

Er spürt, wie es weh tut. Wie Baroni ins Zimmer kam. Dann die Polizei, das kleine Zimmer wurde voll. Uniformen, Stimmen. Baroni musste Max mit Gewalt von Hanni wegholen, Max klammerte sich an ihr fest, legte sich auf sie, versteckte sich hinter ihr. Baroni versuchte verzweifelt, Max zu beruhigen, ihn dazu zu bringen, mit dem Schreien aufzuhören, aufzustehen, sich auf den schäbigen Stuhl zu setzen. Er umarmte ihn, hielt ihn fest, bis sie Hanni wegbrachten. Bis alle wieder verschwunden waren, bis nur noch das weiße Laken da war, Baroni und Max, am späten Nachmittag allein.

Zuerst nur Tränen, Schluchzen, kein Wort, das geholfen hätte. Jedes Mal, wenn Baroni ansetzte zu reden, begann Max wieder zu schreien. Baroni umarmte ihn, bis Max bereit war einzusehen, dass Hanni offiziell eines natürlichen Todes gestorben war, dass die Polizei keine Anzeichen auf Fremdeinwirkung sah, dass sie einfach aufgehört hatte zu atmen. Erstickt worden, hingerichtet von einem geisteskranken Dreckschwein. Nichts davon.

Er musste es akzeptieren. Dass nur ein Unglück passiert war, kein Mord. Keine Untersuchung. Keine Spuren, niemand hat ihn gesehen, niemand kennt sein Gesicht, er kann es nicht gewesen sein, er war im Gefängnis. Wagner. Kein Wort über ihn. Weil niemand ihnen glauben wird. Dass er Max bestraft hat, dass er ihm alles genommen hat, dass er ihm das Herz zerfetzt hat. Dass fast nichts mehr davon übrig ist.

Keiner wird es glauben. Dass die Frischhaltefolie am Morgen noch nicht da war, dass sie nicht auf dem Nachtkästchen lag, dass Wagner sie dort hingelegt hat, für Max. Sie würden keine Spuren finden, nichts von ihm, es würde immer Plastikfolie bleiben, die auf einem Tisch liegt. Nichts sonst. Deshalb kein Wort zu den Polizisten, zu den Kriminalbeamten, die durch das Zimmer schlichen, auf Hanni starrten, auf Max. Kein Wort darüber in dem kleinen Gasthauszimmer. Kein Wort über ihren Besuch bei Wagner.

Baroni hatte Max angefleht, es für sich zu behalten, das Gefängnis wäre die Alternative gewesen. Sie hätten alles erzählen müssen, die Vorgeschichte. Mordversuch, weil sie einen Häftling gefoltert, ihn fast umgebracht hatten. Max schwieg.

Im Gefängnis nützen wir niemandem, hat Baroni gesagt. Max hat nur genickt.

Nachmittag. Im Zimmer ist es still.

Er sitzt auf seinem Stuhl. Niemand weiß, was sie wissen. Max wünscht sich, Wagner wäre tot. Hanni würde noch leben. Er wünscht es sich und weiß, dass es Unsinn ist, dass nichts sie zurückbringen wird, kein Hoffen, kein Wünschen. Es tut so weh. Überall. Dass sie nicht mehr da ist. Dass sie sie weggebracht haben in dem Blechsarg. Hanni.

Baroni neben ihm. Er hält ihm sein Telefon hin, er hat Tildas Nummer gewählt.

Rede mit ihr, sagt er.

– Max?
–
– Es tut mir so leid, Max.
– Sie ist tot.
– Warum, Max? Was ist passiert? Paul sagt, es war Herzversagen.
– Kein Herzversagen, Tilda.
– Was dann, rede mit mir.
– Hanni ist tot. Und du liegst in einer Kiste unter der Erde.
– Wenn du mehr weißt als Paul, dann sag es mir. Was ist passiert?
– Es war Wagner.
– Was redest du da?
–
– Du sollst mit mir reden, Max, ich habe nicht mehr viel Zeit.
– Er hat sie mit einer Plastikfolie erstickt.
– Blödsinn, Max. Paul sagt, die Kollegen vor Ort haben kein Fremdeinwirken festgestellt.
– Es war so, Tilda. Frischhaltefolie. Er hat sie für mich dagelassen.
– Was redest du da?
– Ich habe dasselbe mit ihm gemacht heute Morgen. Wir haben den Wärter bestochen, ihm Folie um den Kopf gewickelt. Er hat uns mit ihm alleingelassen, ich wollte, dass er mir sagt, wo du bist, ich wollte dich

doch nur finden. Ich wollte das nicht, Tilda. Nicht Hanni.

- Ihr habt Wagner in Frischhaltefolie eingewickelt?
- Ich hätte ihn umbringen sollen.
- Was machst du nur, Max?
- Dreißig Sekunden länger und sie wäre noch am Leben. Dieses Schwein, dieses verdammte Schwein.
- Max, hör mir zu, hör mir jetzt gut zu. Was auch immer du getan hast, kein Wort darüber zu Paul, zu niemandem, verstehst du.
- Er hat mich bestraft.
- Dieser Mann ist gefährlich, Max. Du fährst jetzt mit Baroni zurück ins Dorf, du wirst dich in die Reihe zu den anderen stellen und nach mir suchen. Du wirst sofort zurückfahren, hast du das verstanden?
- Nein.
- Bitte, Max.
- Warum tut er das?
- Rache.
- Warum, um Himmels Willen?
- Weil ich ihn eingesperrt habe. Jetzt sperrt er mich ein.
- Warum so grausam?
- Du kennst die Geschichte?
- Ja.
- Was du nicht weißt, ist, dass ich eine von den Frauen war.
- Was warst du?
- Ich wollte ein Kind. Dein Vater und ich. Eine Schwester für dich, oder einen Bruder. Aber es hat nicht funktioniert, lange nicht, und dann war da dieser Wagner, ungeheuer erfolgreich, fast jede Befruchtung ein Treffer. Wir haben es uns so gewünscht, Max.
- Du warst schwanger?

– Ja.
– Wieso habt ihr mir das verschwiegen?
– Wir wollten warten bis zur dreizehnten Woche. Und dann war da diese Frau, die behauptete, ihr Kind sei von Wagner, er habe ihr sein Sperma eingesetzt, und nicht das ihres Mannes.
– Was redest du da?
– Ich war nicht von deinem Vater schwanger.
– Diese verdammte Drecksau.
– Ich habe abgetrieben.
– Und ihn ins Gefängnis gebracht.
– Das war nicht das Schlimmste für ihn. Dass ich sein Kind abgetrieben habe, war schlimmer. Er hat sich unzählige Male fortgepflanzt, Kinder waren ihm heilig, er war besessen davon, Vater zu sein, immer noch eines in die Welt zu setzen. Und ich habe eines getötet. Dafür bezahle ich jetzt.
– Das ist doch krank, das kann doch alles nicht sein.
– Doch, Max. Mörderin, hat er geschrien, damals im Gerichtssaal, ich müsste eingesperrt werden und nicht er. Er war außer sich.
– Er hat nichts gesagt. Ich hätte ihn fast umgebracht, kein Wort darüber, dass er etwas mit alldem zu tun hat.
– Er wusste, dass du ihn nicht umbringst.
– Er hat Hanni getötet. Sie ist nicht mehr da, Tilda. Sie haben sie in einen eurer Blechsärge gelegt.
– Ich weiß, Max, und deshalb lässt du jetzt deine Finger von Wagner, er ist zu allem fähig.
– Sie lag einfach da. Er hat sie nackt ausgezogen, ich dachte, sie schläft.
– Du musst dich jetzt zusammenreißen. Baroni soll dich von dort wegbringen.
– Nein.

- Bitte, Max, ich muss jetzt auflegen, du tust jetzt, was ich dir gesagt habe, und in ein paar Stunden rufst du mich wieder an.
- Bitte nicht, Tilda. Lass mich nicht allein.
- Ich muss.

Ihre Stimme verschwindet. Max sitzt hilflos auf seinem Stuhl. Das Telefon in seiner Hand. Baroni, wie er ihn hochzieht und aus dem Zimmer schiebt.

Wir müssen zu diesem Vinzenz, sagt Max. Er hat ihn rausgelassen. Er muss es gewesen sein.

Du hältst jetzt endlich deinen Mund, sagt Baroni.

Elf

Max war fast drei Jahre lang allein gewesen, bevor Hanni ihn am Friedhof verführt hat.

Max hatte seinen Vater gepflegt, bis er starb, er hatte die Gräber für ihn geschaufelt und sich jeden Tag ein Stück mehr von ihm verabschiedet. Da war kein Platz für die Liebe, für Haut, für Glück, da war nur das Sterben, das ihn festhielt im Dorf, die letzten gemeinsamen Monate mit ihm, und dann sein Tod, die Trauer, die ihn niederstreckte, lähmte, die nichts zuließ, keine Zunge in seinem Mund.

Max hatte seine Liebe in Wien gelassen, Emma Huber, er hatte sich gegen sie entschieden und für seinen Vater, gegen Wien und für das Dorf. Er konnte sie lange nicht vergessen, lange niemanden in seine Nähe lassen. Zwei Jahre, acht Monate und vier Tage nach seinem letzten Geschlechtsverkehr stieg Hanni zu ihm ins Grab und küsste ihn.

Immer wenn jemand stirbt, immer wenn ein Grab fertig ausgehoben ist, wenn alles gut gegangen ist, keine Erde eingebrochen, das Grab für die Beerdigung bereit ist, immer dann, wenn Max die Schaufel zufrieden zur Seite legt, klettert er noch einmal hinunter und legt sich hin. Das war immer schon so.

Probeliegen, sagt Baroni.

Max will wissen, wie es sich anfühlt, wie er seine Toten bettet. Und er genießt die Ruhe da unten, an diesem Ort, an den außer ihm niemand lebendig hinkommt. Dass Baroni ihm für diese Angewohnheit regelmäßig den Vogel zeigt und dass sie ihm schon einmal beinahe das Leben gekostet hat, ist ihm egal. Immer noch legt er sich hinunter.

Heute wie damals.

Hanni war plötzlich da, sie stand oben, schaute zu ihm hinunter, lachte.

Die alte Bäckerin war gestorben, Max hatte ein Leben lang Brot bei ihr gekauft, sie hatte ihm Schaumrollen geschenkt, als er ein Kind war, er mochte sie. Deshalb trank er einen Schnaps auf sie. Unten im Grab, der Flachmann, aus dem sein Vater vierzig Jahre getrunken hatte, in seiner Hand. Er schaute den perfekt geschalten Grabwänden entlang nach oben. Wie sie ihn angrinste. Und wie er liegen blieb. Zuerst lachte sie, dann wurde sie still, schaute nur nach unten in seine Augen. Eine Frau an einem Grab, wie sie nach unten schaut. Ein offenes Grab, in dem ein Mann liegt und zurücklächelt, der ihre Blicke erwidert. Max und Hanni.

Er wusste, wer sie war, dass sie den Würstelstand nach dem Unfalltod ihrer Eltern übernommen hatte, er hatte sie schon als Kind gekannt, doch nie hatten sie mehr als drei Sätze miteinander geredet. Er hatte Würste gegessen in ihrer Nähe, sie hatte ihn freundlich angelächelt und ihm das Geld aus der Hand genommen. Mehr nicht. Max wollte nichts wissen von Frauen, nichts von ihrer Herzlichkeit, von ihrem Humor, von ihrem wundervollen Körper, diesen herrlichen Brüsten. Drei Jahre lang war Hanni eine von vielen im Dorf, doch plötzlich saß sie neben ihm.

Prost, sagte sie.

Willst du auch einen, fragte er.

Er war aufgestanden und hatte ihr die Hand gegeben. Sie hatte sie genommen, ohne zu zögern war sie nach unten gestiegen, vorsichtig war sie an Max hinuntergeklettert, vorsichtig hatte sie sich gesetzt.

In 2,20 Meter Tiefe lehnten ihre Rücken an den Grabwänden, sie saßen sich gegenüber. Wortlos ging der Flachmann von ihm zu ihr und wieder zurück. Eine halbe Stunde lang in kleinen Schlucken.

– Bist du öfter hier? Schönes Plätzchen.
– Schön, dass du da bist.
– Warum lachst du? Hier wollte ich immer schon mal hin.
– Ist nicht die beste Gegend hier für ein hübsches Mädchen.
– Das Mädchen findet es schön hier.
– Wirklich?
– Wir könnten uns öfter hier treffen.
– Hier ist ab morgen geschlossen, leider.
– Schade.
– Hanni Polzer, du bist witzig.
– Du auch.
– Schön, dich kennenzulernen.
– Max?
– Ja.
– Darf ich dich küssen?
– Warum?
– Weil dir das gut tut.
– Tut es das?
– Das weißt du.
– Und dann?
– Gehen wir nach oben und ziehen uns aus.
– Und dann?
– Schläfst du mit mir.
– Wir sind auf einem Friedhof.
– Darf ich?
– Wir sitzen in einem Grab.
– Mach einfach die Augen zu und halt die Klappe.

Sie war wie eine Lawine, wie tausend Finger, die im selben Moment über seinen Rücken strichen, tausend Hände, Münder, ihre Zunge. Im Grab der alten Bäckerin haben sie sich zum ersten Mal geküsst.

Max erinnert sich. Wie leidenschaftlich sie war. Damals und gestern. Wie sehr sie ihn geliebt hat. Wie sehr er sich bemüht hat, sie zu lieben. Wie sie zusammenkamen und wieder auseinandergingen. Er konnte sich nicht endgültig für sie entscheiden, Emma spukte immer noch durch seinen Kopf, Emma Huber, seine erste große Liebe, Emma, von der er sich vor einem Jahr endgültig verabschiedet hatte. Emma ging. Hanni blieb.

Max war ihr so dankbar, dass sie nicht aufgehört hatte, an ihre Liebe zu glauben. Dass sie immer noch da war und auf ihn gewartet hatte. Hanni. Wie schön dieses Jahr mit ihr war. Wie weh es tut, dass sie jetzt in einem Blechsarg liegt, dass sie allein ist, ihr Haut, kalt. Dass sie ihn nie wieder anlachen wird, mit ihm schwitzen, ihn necken, küssen, ihn in den Arm nehmen, ihn halten wird. Wie sie darauf wartet, dass er sie eingräbt, Erde auf sie schaufelt. Wie weh es tut.

Wie Max laut *Stopp* schreit und aus dem Wagen aussteigt.

Er wird nicht ins Dorf zurückfahren, nicht einfach so, er wird nicht einfach sein Maul halten und Tränen in ihr Grab werfen, er wird nicht tatenlos warten, bis der nächste Mensch stirbt, den er liebt. Das wird er nicht.

Sie stehen an einer Autobahnraststation und Max tritt auf eine Mülltonne ein.

– Wir bleiben.
– Was soll das bringen, Max?
– Wir suchen jetzt diesen Vinzenz und prügeln die Wahrheit aus ihm heraus.

– Das muss nicht sein, dass er ihn herausgelassen hat. Nur weil er uns geholfen hat, heißt das nicht, dass er auch Wagner geholfen hat. Ich glaube nicht, dass er etwas damit zu tun hat, er wollte einfach weg, nach Thailand, er hat seine Chance gerochen und zugegriffen.
– Er war es.
– Es ist wirklich besser, wenn wir zurückfahren, Max. Es ist genug passiert.
– Dieser Scheißkerl wird uns sagen, was er weiß, das verspreche ich dir.
– Wagner ist gefährlich, Max.
– Das bin ich auch.

Mit diesen vier Worten beendet Max das Gespräch und setzt sich ans Steuer. Fragend schaut er Baroni an, er lässt ihm die Wahl, einzusteigen oder stehen zu bleiben auf dem Parkplatz. Drei Sekunden lang, vier. Wie Max den Wagen startet und losfahren will, wie er die Beifahrertür zuzieht, wie er Gas gibt. Wie Baroni die Tür aufreißt und in den Wagen springt.

Scheißdreck, sagt er.

Scheißdreck, sagt Max.

Sie nehmen die nächste Ausfahrt, Baroni telefoniert. Er spricht mit einer Justizwachebeamtin, er fragt nach ihm, er fragt, ob er da ist, wo er wohnt. Freundlich erklärt er, Vinzenz habe in der Kneipe, in der sie sich kennengelernt haben, seine Jacke vergessen mit seiner Geldtasche darin, er will sie ihm zurückbringen. Vinzenz ist nicht zur Arbeit gekommen, antwortet sie ihm und gibt ihm seine Adresse. Baroni bedankt sich, er tippt die Adresse ins Navi, Max gibt Gas.

Er will Antworten, er will retten, was noch zu retten ist, er will nicht weinen, nicht an sie denken, er will ihre Haut vergessen, ihre Finger, die sich nicht mehr bewegten. Er will nicht begreifen, was passiert ist, es nicht verstehen, er will nur zu diesem korrupten Scheißkerl, er will Tilda finden.

Ohne Worte zurück in die Stadt. Nur die Frau im Navi spricht. In dreihundert Metern werden sie rechts abbiegen. Max malt sich aus, was er mit ihm machen wird, er fährt zu schnell, er überfährt rote Ampeln, er bleibt nicht stehen. Bis die gelangweilte Stimme ihn stoppt.

Sie haben Ihr Ziel erreicht, sagt sie.

Die Tür ist versperrt.

Niemand öffnet. Ein kleines Stöckelgebäude, ein liebevoll gepflegter Innenhof, eine junge Frau, die ihr Baby hin und her schiebt. Max hört nicht auf zu klingeln, er klopft an die Tür, ruft seinen Namen. Keine Antwort, kein Vinzenz, niemand, der ihnen die Tür aufmacht, sie hereinbittet und ihnen erzählt, was sie wissen wollen. Nichts, nur die Frau mit dem Kind, die neugierig in ihre Richtung starrt.

Der kommt so schnell nicht wieder, sagt sie.

Max geht zu ihr. Das Kind brüllt. Er ist ungeduldig, er will wissen, was sie weiß, schnell, sofort.

- Wo ist er hin?
- Was wollen Sie denn von ihm?
- Wir sind befreundet.
- Dann müssten Sie doch wissen, dass er weg ist.
- Wohin?
- Er verlässt das Land, ohne seine Freunde zu informieren?
- Ich will wissen, wo er hin ist.
- Ich muss mich um mein Kind kümmern.
- Du sagst mir jetzt sofort, wo er hin ist, sonst muss sich irgendwer um dich kümmern.

Baroni greift ein. Er stellt sich zwischen die beiden, lächelt sie an, spielt mit seinem Charme, er versucht, die verschreckte Frau doch noch dazu zu bringen, ihren Mund aufzumachen. Er sagt, wie wichtig es sei, Vinzenz zu finden, dass er helfen könnte, ein Verbrechen aufzuklären, dass sie dafür aber sofort mit ihm sprechen müssen. Baronis Stimme ist weich, vertrauenswürdig, er umgarnt sie, beruhigt sie, lenkt von Max ab, der von einem Bein auf das andere tritt.

Max ist ungeduldig, er hat keine Lust, sich mit dieser Frau abzugeben, sich ihr Vertrauen zu erschleimen. Sie soll einfach sagen, was sie weiß, wo er hin ist, schnell. Max ist ungeduldig, er wäre bereit, ihr weh zu tun, einer völlig Fremden, er wäre dazu in der Lage. Er spürt es, seine Ungeduld, die fast weh tut, die Angst, die ihn antreibt, der Hass auf Wagner, der Schmerz, den er mit Gewalt unten hält. Später wird er weinen. Später wird er zusammenbrechen. Später. Nicht jetzt. Jetzt wird er diese Frau dazu bringen zu reden.

Kurz bevor Max Baroni zur Seite schieben will, bevor er sie aufheben und schütteln will, redet sie. Sie weiß, dass er gepackt hat, dass er sein Zimmer gekündigt hat, dass er nicht wiederkommen wird. Er hat sich für immer von ihr verabschiedet, sagt sie. Er ist zum Flughafen. Er will nach Thailand.

Dieses Arschloch, sagt Max.

Schnell, sagt Baroni.

Er fährt.

Es gibt nichts anderes zu tun, nichts, das sinnvoller wäre, nichts, das sie schneller zu Tilda bringen würde. Vinzenz ist der Schlüssel zu ihrem Grab. Max ist überzeugt davon, und egal ob er recht hat oder nicht, nichts kann ihn davon abhalten weiterzufahren. Baroni sitzt neben ihm. Er wird ihn nicht allein lassen, er wird bei ihm bleiben, bis zum Schluss. Max weiß das.

Noch eine Stunde Autobahn.

Vinzenz ist vor fünf Stunden aufgebrochen. Vielleicht ist er noch da, sie werden ihn am Flughafen finden, er wird dort auf seine Maschine warten, er wird ihnen sagen, was sie wissen wollen, er wird Wagner belasten, er wird. Max hofft. Was aber, wenn er schon in der Luft ist, weg für immer? Was, wenn sie ihn nicht finden? Was dann? Vinzenz. Sie werden ihn ausrufen lassen, sie werden bei der Information auf ihn warten, sie werden ihn zum Reden bringen, irgendwo im Keller, zwischen Gates und Toiletten.

Bitte beeil dich, sagt Max.

Baroni weiß, was Max denkt, was er sich ausmalt, was er hofft, worüber er nicht sprechen will. Über Hanni, dass er nichts davon wissen, nichts spüren will. Nur Wagner, Tilda, Vinzenz. Max will sich ablenken, er will nicht, dass es passiert ist, dass Hanni tot ist, er ignoriert es, will es nicht wahrhaben, er schweigt, so als wäre es nicht passiert, solange er nicht darüber redet.

Max kaut an seinen Nägeln. Er reißt kleine Stücke Haut von sich und verschluckt sie. Dreißig Minuten noch. Er beißt ein großes Stück Nagel ab, sein Daumen blutet. Noch zwanzig Minuten. Baroni versucht, ein Gespräch zu beginnen, aber Max kann nicht. Nicht reden. Weiterfahren. Ankommen. Er spürt, wie es ihn zerreißen würde von innen, wenn er nur an sie denken würde, an ihre kalte Haut. Wie er sie nach unten drückt, die Bilder von ihr, ihre Stimme. Wie sie um ihr Leben ringt. Max will nichts davon, nichts wissen, er schiebt es von sich, lässt sich nicht die Luft nehmen, sich nach unten ziehen, er bleibt oben, er muss Tilda finden, muss wach bleiben, darf nicht weinen, nicht an sie denken. Nicht an sie denken. Sie ist wie eine Mure, die droht, ihn zu überrollen, kaputt zu machen. Hanni.

Er beißt noch einen Nagel ab.

Sie ist tot.

Nicht an sie denken. Nicht jetzt. Später. Wie er weinen will und nicht kann. Wie alles zu Ende ist. Wie sie die Autobahn verlassen. Wie Max kämpft. Wie er ihre Stimme hört.

Sie haben Ihr Ziel erreicht, sagt sie.

Sie haben ihr Ziel erreicht.

Zwölf

Baroni hat sich um alles gekümmert.

Trotzdem kamen sie zu spät. Noch vom Auto aus hat er herausgefunden, wann er fliegt, welche Airline, Abflugzeit, welches Gate. Es war der einzige Direktflug, Wien-Bangkok. Baroni hat ihn ausrufen lassen, doch niemand hat sich gemeldet, keine Spur von ihm. Auskünfte über Passagierlisten bekam er nicht. Verzweifelt versuchte er, Max und sich in den Abflugbereich zu bringen, aber er scheiterte, sein charmantes Lächeln war zu wenig, dass er früher ein Star war, reichte nicht, sie blieben hinter der Sicherheitskontrolle, weit entfernt von Vinzenz, von der Wahrheit.

Ohne Ticket kein Zutritt, sagte eine blonde Dame.

Dann geben Sie mir zwei Tickets, sagte Baroni.

Zweitausendeinhundertzwanzig Euro bezahlte er, nur um mit Max durch die Sicherheitskontrolle zu kommen, um zum richtigen Gate zu gelangen, um auf dem kleinen Bildschirm zu sehen, dass das Boarding für den Flug nach Bangkok bereits beendet war.

Sie rannten quer durch das Gebäude, sie rempelten, stolperten, sie waren außer Atem, als sie bei der Dame ankamen, die sie stoppte.

Es gibt keine Möglichkeit mehr, das Flugzeug zurückzuholen, hieß es, die Startvorbereitungen haben bereits begonnen.

Baroni beschwerte sich, man habe ihm Tickets für diesen Flug verkauft, man müsse sie an Bord lassen, er schimpfte, bettelte, doch sie ließen sie nicht mehr nach unten, nicht mehr in das Flugzeug, nicht mehr zu Vinzenz. Man werde sich bemühen, bei einer Umbuchung behilflich zu sein, sagte die Stewardess.

Scheißdreck, sagte Baroni.

Die Dame versuchte Baroni zu beruhigen. Max stand an der Scheibe und starrte nach unten. Nichts ging mehr. Er sah, wie sie die Bremsklötze wegschoben, wie sie das Flugzeug langsam von ihm wegschoben. Wie Max auf die vielen kleinen Fenster starrte, wie sein Gesicht ganz nah an der Scheibe war. Wie seine Augen nach ihm suchten. Nach Vinzenz. Wie erfolglos seine Augen waren, ihn nicht fanden, keine Spur von ihm, nichts. Wie leer plötzlich alles war. Wie Baroni hinter ihm stand und ihm die Hand auf die Schulter legte, ratlos, verzweifelt.

Wie Max Tildas Nummer wählte.

- Es tut mir so leid, Tilda.
- Was, Max? Was ist los?
- Er ist weg. Der Einzige, der uns hätte weiterhelfen können, der Wärter. Er sitzt in einem Flugzeug nach Thailand.
- Ich sagte, du sollst deine Finger davon lassen, Max.
- Ich will nicht, dass du stirbst.
- Das werde ich nicht.
- Ich weiß nicht, was ich tun soll.
- Nochmal, Max, du kommst zurück und wirst nach mir suchen. Und du wirst mich finden, Max.
- Er fliegt einfach davon.
- Hörst du mir überhaupt zu? Ich habe dich um etwas gebeten, ich habe dich gebeten, nach Hause zu kommen.
- Er fliegt in Urlaub.
- Dieser Wärter, er hat Wagner aus dem Gefängnis gelassen?
- Ich könnte mit Hanni am Strand liegen.
- Ob er Wagner rausgelassen hat, Max.
- Ja.

– Dann seid ihr jetzt wenigstens sicher.
– Du verstehst das nicht, Tilda. Er war unsere einzige Chance zu beweisen, dass es Wagner war, dass er das Gefängnis verlassen hat.
– Die Suchmannschaften werden mich finden.
– Was, wenn nicht?
–
– Ich kann dich nicht auch noch verlieren, Tilda.
– Wirst du nicht.
– Das Gebiet ist zu groß, sie werden dich nicht finden. Länger als ein paar Tage hältst du das nicht durch, du wirst verdursten, verhungern.
– Sei still, Max.
– Die brauchen viel mehr Zeit, das geht sich nicht aus. Du wirst einfach sterben, sie werden dich erst finden, wenn du tot bist.
– Du sollst damit aufhören, verdammt.

Das Telefon war plötzlich still. Sie hatte aufgelegt. Das Flugzeug rollte auf die Startbahn, Max schaute ihm nach. Er wusste, dass es falsch war, was er gesagt hatte, dass er ihr eigentlich Mut hätte machen müssen, anstatt sie mit den Tatsachen zu konfrontieren. Er sah das Unglück vor sich, die Welle überschwemmte ihn, der letzte Fetzen Hoffnung ertrank auf der Startbahn. Vinzenz saß in diesem Flugzeug, die einzige Möglichkeit, Wagner zu überführen, flog in die Luft, nach Asien, an einen wunderschönen Strand in die Sonne.

Alles war kaputt. Alles war aussichtslos, alles tat weh. Alle Ampeln standen auf rot, nichts war gut. Nur Baronis Hand auf seiner Schulter hielt ihn davon ab, sich hinzulegen, mit dem Atmen aufzuhören. Baronis leise Stimme in seinem Ohr. Wie er Max sanft vom Fenster wegschob und in einen Sessel drückte.

Ich kümmere mich darum, sagte er. Du wartest hier.

Max nickte nur. Tildas Stimme hallte nach in seinem Kopf. Er blieb sitzen, das Flugzeug rollte Richtung Startbahn. Max rührte sich nicht. Bis sich Baroni wieder neben ihn setzte. In seiner Hand hielt er eine Flasche Wein. Mit einem Lächeln streckte er sie Max entgegen. Dankbar nahm Max sie ihm aus der Hand.

– Wo warst du?
– Wie gesagt, ich habe mich darum gekümmert.
– Was soll das heißen? Was kannst du jetzt noch tun?
– Wir müssen das Flugzeug aufhalten, oder?
– Und?
– Darum habe ich mich gekümmert.
– Ach so, der große Baroni hat mit dem Manager gesprochen und jetzt blasen sie den Thailand-Flug einfach ab.
– So ungefähr.
– Komm schon.
– Ich habe ein Handy gestohlen.
– Ein Handy?
– Das war die einzige Möglichkeit, Max.
– Warum hast du ein Handy gestohlen, Baroni? Wo ist es?
– Im Müll.
– Im Müll?
– Ich konnte ja wohl kaum mein eigenes benutzen.
– Was hast du getan?
– Ich habe dafür gesorgt, dass unser Freund noch ein wenig hier bleibt.
– Wie?
– Schau, schau.
– Was?
– Die Maschine bleibt stehen.

– Kann nicht sein.
– Doch.
– Wie hast du das gemacht?
– Setzen wir uns lieber ein bisschen weiter hinten hin. Gleich wimmelt es hier von Polizisten.
– Du bist verrückt.
– An Bord dieser Maschine befindet sich eine Bombe, Max.
– Eine Bombe?
– Genau.
– Du bist ja wahnsinnig.
– Trink lieber und schau dir das in Ruhe an. Uns kann nichts passieren.

Der Wein ging hin und her, dutzende Polizisten stürmten das Flugfeld, überall waren Polizeiautos, Feuerwehr, der Flughafenalltag brach plötzlich zusammen, von einer Minute zur anderen machte sich Chaos breit.

Nebeneinander saßen sie und schauten dem Spektakel zu. Zuerst wollte Max aufspringen und davonlaufen, aber Baroni hielt ihn zurück. Er flüsterte. Baroni war gelassen, er war sich sicher, dass niemand ihn gesehen hatte, wie er das Telefon einfach aus der Tasche der alten Frau genommen hatte. Er war hinter ihr am Kiosk gestanden, er hatte es gesehen, das Telefon, es war einfach dagelegen, er hatte es nur nehmen müssen. Schnell hatte er sich umgedreht, war weggegangen, dann hatte er den Notruf gewählt. Das fremde Telefon in seiner Hand, er hatte telefoniert, so wie hunderte andere am Flughafen auch, mit verstellter Stimme hatte er ihnen von der Bombe erzählt. Kurz und sachlich, Flugnummer und Airline. Dann hatte er das Telefon unbeobachtet in einen Papierkorb geworfen, war seelenruhig durch den Duty-Free-Shop gewandert und hatte

Wein gekauft. Nichts würde ihnen passieren. Nichts würde den Passagieren passieren, da war keine Bombe.

Er überzeugte Max, sitzen zu bleiben, er drückte ihm die Flasche in die Hand, beruhigte ihn, er sagte, er solle einfach nur zuschauen, trinken, still sein.

Wie Polizisten in die Maschine stürzten, wie die Anzeigetafeln blinkten, sich Abflüge verspäteten, Flüge gestrichen wurden, wie Menschen ungeduldig fluchten, neugierig schauten, wortlos Angst hatten vor den vielen Uniformen. Wie sie nervös waren überall rund um Max und Baroni, wie sie mutmaßten, verzweifelt versuchten, von den Flughafenmitarbeiterinnen Informationen zu bekommen. Doch niemand sagte etwas. Ohne Erklärung blinkten die Anzeigetafeln, blieben die Türen zu den Ausgängen versperrt. Max und Baroni schauten zu.

Sie blieben, wo sie waren, und warteten, bis die Passagiere zurück ins Flughafengebäude gebracht werden würden. Was sie zu sehen bekamen, war spektakulär, die zusammenbrechende Welt um sie war beeindruckend laut und hektisch, und sie lenkte Max wunderbar ab. Von den Gedanken an ihre kalte Haut. Von Tilda.

Es gab plötzlich wieder Hoffnung. Man würde die Passagiere zurück ins Flughafengebäude bringen, irgendwohin in einen Transferraum, sie würden Vinzenz wiederfinden, sie würden ihn zum Reden bringen. Aber nichts passierte, das Flugzeug blieb, wo es war, in Sichtweite von Max und Baroni. Sie waren sprungbereit, ihre Augen klebten an den verschlossenen Flugzeugtüren. Nichts rührte sich. Niemand kam heraus, die Passagiere blieben an Board, von Vinzenz war nichts zu sehen. Nur Polizisten am Rollfeld, Maschinengewehre, Sondereinheiten, Schutzkleidung.

Wir sollten noch eine Flasche trinken, sagte Max.

Ist gut, sagte Baroni und verschwand im Duty-Free-Shop.

Dass er das für ihn getan hatte, berührte Max. Dass der verrückte Kerl ein Handy gestohlen und mit einer Bombe gedroht hatte. Ihm war nichts anderes übriggeblieben, hatte Baroni gesagt und gelacht.

Max wusste, dass er helfen wollte, dass er Max nie im Stich lassen würde. Dass Baroni wusste, wie es in ihm aussah, dass da nur noch Einzelteile waren. Dass nichts mehr an seinem Platz lag. Baroni wollte helfen. Um jeden Preis. Wie dankbar ihm Max dafür war. Dass er immer noch da war, dass er nicht zurück ins Dorf gefahren war, dass er bei ihm war. Baroni, sein Freund. Baroni, der bereit war, Flugzeuge vom Himmel zu holen. Wie Max ihn anschaute. Wie Baroni mit der Flasche in der Hand zurückkam, auf ihn zuging. Wie freundlich sein Gesicht war, wie zuversichtlich, wie sehr es sich wünschte, dass es Max gut ging, besser, dass es wieder so werden würde, wie es davor gewesen war.

Danke, sagte Max.

- Das musst du nicht sagen.
- Doch, muss ich.
- Ich hoffe nur, sie lassen den kleinen Dreckskerl jetzt dann endlich aus der Maschine.
- Du bist mein Held, Baroni.
- Das ist schön.
- Was ist schön?
- Dass du es endlich herausgefunden hast.
- Was?
- Dass ich anders bin.
- Warum bist du anders?
- Es war nicht leicht die letzten Jahre.
- Was denn, um Gottes Willen, Baroni?

– Dass ich diese übermenschlichen Kräfte habe, weil ich ja von einem anderen Planeten komme. Es war sehr schwer für mich, nicht mit dir darüber reden zu können.
– Depp.
– Du hast gesagt, ich bin dein Held.
– Ja, bist du ja auch.
– Kannst du dir vorstellen, wie schlimm es für Clark Kent gewesen sein muss, dass er es Lana nicht sagen konnte? Dass er sein Geheimnis immer für sich behalten musste, dass er dem Menschen, den er am meisten liebte, nicht sagen konnte, was wirklich mit ihm los war?
– Baroni?
– Ja?
– Du kommst von keinem anderen Stern.
– Doch, Max. Ich wollte es dir immer schon sagen, aber ich konnte nicht.
– Du bist so ein Depp.
– Lach mich jetzt ja nicht aus, Max, es war nicht leicht, mich zu outen.
– Baroni?
– Du willst jetzt sicher wissen, ob ich fliegen kann, oder ob ich den Röntgenblick habe, stimmt's?
– Stimmt.
– Schön, dass du lachst.
– Ich lache nicht.
– Doch, tust du.
– Hanni ist tot.
– Und trotzdem lachst du.
– Das macht der Wein.
– Egal, Hauptsache, du lachst.
– Was machen wir, wenn sie die Passagiere nicht aussteigen lassen?

– Die werden aussteigen.
– Und wenn nicht?
– Dann holen wir ihn uns persönlich aus diesem Scheißflugzeug.
– Danke, dass du das alles für mich tust.

Baroni wehrte ab, schüttelte den Kopf, wollte nichts mehr davon hören. Sie saßen auf ihren Stühlen und warteten, sie tranken aus der Flasche und zogen Blicke auf sich. Zwei Männer, unbeeindruckt von der Tragödie. Ausgelassen, zwischen Himmel und Hölle. Sie redeten Unsinn, genossen es, die Wirklichkeit auszublenden, zu vergessen, was passiert war, zu ignorieren, was als nächstes passieren würde, was kommen musste. Schluck für Schluck versuchten sie so zu tun, als würde Tilda in ihrer Küche stehen und Hanni den Saunaofen einheizen.

Sie versuchten es.

Bis vor zehn Sekunden.

Plötzlich ist alles wieder da.

Sie springen auf, die Flasche fällt auf den Boden.

Sie rennen. Max und Baroni, ihre Beine, ihre Augen. Direkt vor ihnen sitzt er, am anderen Ende der Halle, neben ihm ein Rucksack. Vinzenz. Wie sie rennen, wie sie über Koffer stolpern, mit Reisenden zusammenstoßen, wie sie auf ihn zu rennen, wie sie sich fragen, warum er nicht in diesem Flugzeug sitzt, warum er vor ihnen in diesem Sessel herumlümmelt. Wie sie ihm immer näher kommen. Wie er sie sieht und aufspringt. Wie auch er zu rennen beginnt.

Drei Männer laufen, atmen wild, springen über Taschen und Beine. Das Wachpersonal wird aufmerksam, will sie höflich stoppen, aber sie laufen weiter.

Wir müssen zu unserem Gate, schreit Baroni.

Vinzenz, auf seinem Rücken ein Rucksack, er ist langsamer als Max und Baroni, er rennt, er stürzt eine Treppe nach unten, er kann nicht weiter, kein Ausweg, Sackgasse. Er schaut um sich, merkt, dass er nicht weiter kann, er reißt die Toilettentür auf. Fast stolpert er über einen alten Mann, er drängt sich an ihm vorbei, Baroni und Max hinter ihm, der Alte, wie er schimpft, und die Tür, wie sie zufällt. Vinzenz, wie er sich in eine Kabine rettet, wie sie nach ihm greifen, wie sich das Schloss dreht. Wie Max an der Tür rüttelt, wie Baroni die Eingangstür blockiert.

Alles verändert sich.

Vor fünf Minuten saßen sie noch oben und tranken Wein, kurz vergaß Max, was passiert war, alles, was er in den riesigen Fernsehern über ihren Köpfen gesehen hatte. Suchmannschaften, Paul, ein Foto von sich selbst, eines von Hanni. Von einem weiteren Unglücksfall in der Familie Broll war die Rede, sie machten keinen Halt, sie machten sich über sie her, die Journalisten brachten Hannis Tod mit der Entführung in Verbindung, doch Paul dementierte. Von Herzversagen sprachen sie, von einer Serie grausamer Schicksalsschläge, die nicht nur die Familie Broll erschütterten, sondern die ganze Nation. Wie Geier waren sie, sie kreisten über ihm, während er trank. Schluck für Schluck wurden die Stimmen leiser in seinem Kopf, die Bilder verschwammen, alles wurde weich, die Welt um ihn herum hörte kurz auf, ihn zu bedrohen, er betäubte sich, alles was weh tat.

Warmer Wein.

Baroni neben ihm auf dem Sessel. Wie das Lachen kurz zu Max zurückkam. Wie Polizisten über das Rollfeld liefen. Wie Baroni den Kondomautomaten von der Wand reißt und ihn unter die Türklinke klemmt. Flughafentoilette, weiße Fliesen, Pissoirs. Baroni blockiert die Tür, niemand wird sie stören, keiner wird Max abhalten, von dem, was er vorhat. Er rüttelt an der Kabinentür.

Vinzenz rührt sich nicht von der Stelle, verzweifelt versucht er abzuwenden, was kommen muss.

– Was wollt ihr von mir?
– Wir wollen, dass du deinen Mund aufmachst, dass du herauskommst und einem Polizisten da draußen erzählst, wie du Wagner aus dem Gefängnis gelassen hast.
– Was habe ich? Ihr spinnt doch.
– Du kommst zu uns oder wir kommen zu dir.
– Ich habe nichts damit zu tun, ich habe niemanden aus diesem beschissenen Gefängnis gelassen.
– Wagner.
– Blödsinn.
– Zuerst hast du uns mit ihm allein gelassen und dann hast du ihm irgendein Türchen aufgemacht.
– Haut ab, ihr seid ja nicht ganz dicht. Lasst die Tür in Ruhe, Hilfe.
– Er hat meine Freundin umgebracht.
– Ihr sollt damit aufhören.
– Und du bist dafür verantwortlich.

Max sieht Hanni vor sich, während er die Tür eintritt. Wie sie ihn anschaut. Wie sie sich eine Haarsträhne aus dem Gesicht nimmt.

Vinzenz schreit.

Dreizehn

Hier ist das Glück, hat sie gesagt, seine Hand genommen und auf ihren Bauch gelegt.

Wie meinst du das, hat Max gefragt.

Kurz blieb ihm das Herz stehen, kurz dachte er, dass sein Leben plötzlich eine harte Rechtskurve genommen hatte, dass sich von einem Moment zum anderen alles verändern würde. Wie seine Hand ängstlich auf ihrem Bauch lag, wie er Leben darunter vermutete, ein Kind. Wie Hanni ihn beruhigte.

Nicht schwanger, sagte sie.

Wie kommst du darauf, sagte Max.

Sie lächelte ihn an, zerraufte seine Haare, sie wusste genau, was er sich gedacht hatte, dass Panik ihn gepackt hatte, sie kannte ihn besser als er sich selbst.

- Ich glaube, ich könnte das nicht.
- Doch, Max, du könntest das.
- Ich bin ja selbst noch ein Kind. Die Verantwortung würde mir nicht gut tun.
- So schlimm ist das nicht, Max.
- In drei, vier Jahren vielleicht.
- Du wärst ein wunderbarer Vater.
- Sie schreien und stinken, und sie sind immer da, gehen nicht weg, sie brauchen dich, sie fressen dich auf, beuten dich aus, das kann nicht gesund sein, Hanni.
- Kindskopf.
- Eben.
- Ernsthaft, Max.
- Wie kommst du jetzt darauf?
- Ich wünsche mir das schon sehr lange.

– Es geht uns doch gut so, wie es ist.
– Du musst keine Angst davor haben.
– Habe ich aber.
– Dann küss mich.
– Nicht ohne Kondom.

Das war vor drei Monaten. Max lachte laut.

Jetzt liegt er auf dem Toilettenboden, Baroni neben ihm. Über ihm dieser Polizist, der immer wieder dieselben Fragen stellt. Ob es ihnen gut geht, ob sie verstehen, was er sagt, ob sie wissen, wo sie sich befinden.

Dieses Gesicht über ihm, die Uniform, neben der Uniform noch ein Polizist, daneben noch einer. Max und Baroni. Sie rühren sich nicht, liegen auf den weißen Fliesen, überall ist Blut, Baronis Lippe ist aufgeplatzt, aus der Nase von Max tropft es immer noch. Ohne Worte liegen sie da, immer noch fassungslos und überrascht von dem, was passiert ist. Sie antworten nicht, sie nicken nur.

Aufgeregt zieht man sie hoch, setzt sie hin, lehnt sie an die Wand. Verzweifelt versuchen die Polizisten sie zum Reden zu bringen, sie wollen wissen, was passiert ist, warum sie am Boden liegen, warum die Klotür in Fetzen liegt, warum sie verletzt sind, wer das getan hat. Sie vermuten einen Zusammenhang mit dem, was oben passiert, mit der Bombe, die es nicht gibt. Sie wiederholen ihre Fragen, bis Baroni ihnen sagt, dass sie nichts gesehen haben, dass sie angegriffen und niedergeschlagen wurden. Von hinten, dass sie nicht wissen, wer es getan hat, dass sie nichts gesehen haben, dass sie bewusstlos wurden. Dass es ihnen leid tut, nicht weiterhelfen zu können. Dass es unfassbar ist, was passiert ist.

Nichts von Vinzenz. Nichts davon, dass Max die Tür eingetreten hatte, dass er ihn gepackt hat und seinen Kopf in die Schüssel stecken wollte. Nichts davon, dass Vinzenz sich wehrte, dass alles anders kam, als sie es sich gedacht hatten.

Max packte seinen Kopf und drückte ihn nach unten. Er war so wütend, so voller Hass, er wollte ihn kaputt machen, ihm weh tun, er wollte, dass sein Kopf in der Schüssel verschwand, dass er nie mehr auftauchte, dass er bestraft wurde, dass er aufhörte zu lügen, gestand, sagte, was sie wissen wollten. Er wollte Vinzenz die Luft nehmen, er ignorierte seine Hilferufe, Max zerrte an ihm, Vinzenz hielt die Hände vor sein Gesicht, er kauerte in der Ecke und flehte Max an, damit aufzuhören. Doch Max machte weiter, bis Vinzenz' Gesicht die Klobrille berührte. Bis Vinzenz aufsprang und zuschlug.

Baronis Kopf prallte zuerst gegen die Klowand, dann auf den Fliesenboden, sein Gesicht schlug auf, seine Lippe platzte. Er war neben Max gestanden, hatte zugeschaut, was Max tat, er wollte da sein, er hätte Max gestoppt, wenn die Situation eskaliert wäre. Vinzenz hatte sie überrascht, beide, seine Faust kam zu schnell, sein Oberkörper, den er nach oben wuchtete, gegen Baroni warf. Er stieß ihn um, warf ihn zu Boden, Baronis Kopf berührte die weißen Fliesen. Die Faust kam in das Gesicht von Max. Vinzenz. Er schlug einfach zu. So lange, bis es still war am Flughafenklo, bis sich Max und Baroni nicht mehr rührten, keinen Finger mehr hoben. Nichts mehr sagten. Benommen liegen blieben.

Vinzenz saß auf ihnen, hielt Baroni mit seinem rechten Bein unten, Max mit seinem linken. Er drohte weitere Schläge an. Aus Max' Nase kam Blut, es war nicht zu stoppen, er legte seinen Kopf nach hinten, doch immer wieder kam es in kleinen Rinnsalen nach unten und verteilte sich, auf seinem Hemd, auf dem Boden. Baroni hielt sich seinen Kopf, leise stöhnten sie. Wie der

Schmerz plötzlich da war. Wie er sich auf sie gestürzt hatte, anstatt einzutauchen in der Schüssel. Wie ein wildes Tier war er, brüllend hatte er sich verteidigt, abgewendet, was gekommen wäre, das dreckige Wasser in seinem Gesicht, Schläge.

Rührt euch nicht von der Stelle, sagte er.

Seine Augen waren groß, überrascht von dem, was seine Fäuste getan hatten. Vinzenz zitterte. Baroni lag da und rührte sich nicht, sein Kopf war dabei zu explodieren, er schwieg. Max bäumte sich noch einmal auf.

- Ich habe euch doch gesagt, dass ich nichts damit zu tun habe. Ich habe dieses Schwein nicht aus dem Stall gelassen, das müsst ihr mir glauben.
- Wer dann?
- Ich nicht.
- Du hast uns mit ihm alleingelassen.
- Ja, und nichts weiter. Ich habe meine Sachen gepackt und jetzt fliege ich weg. Mit eurem Geld. Danke nochmal.
- Er hat sie mit einer Frischhaltefolie umgebracht.
- Das tut mir leid.
- Dafür bezahlst du.
- Nicht ich.
- Doch.
- Ich kann es in dich hineinprügeln, wenn du willst, so lange, bis du es kapierst. Ich war es nicht. Ich nicht.
- Ich finde dich in deinem Scheißthailand.
- Redet mit dem Direktor.
- Haben wir schon.
- Dann tut es noch einmal.
- Warum?
- Weil er mehr weiß als ich. Und jetzt auf Wiedersehen.

Dann schwieg auch Max.

Die Faust von Vinzenz kam erneut zu schnell. Vinzenz nahm seinen Rucksack und ließ sie stöhnend zurück, wimmernd. Ungesehen verschwand er, niemand folgte ihm, keiner fand ihn, hielt ihn auf. Max hatte im Ohr, was er gesagt hatte, er wollte mehr wissen, aber er konnte sich nicht rühren, er konnte sich nicht bewegen, ihm war schwindelig, seine Beine hätten ihn nicht getragen. Keinen Meter. Max blieb liegen. Baroni neben ihm.

Zwei Männer am Toilettenboden, verprügelt, unfähig sich zu bewegen, ihm nachzulaufen, ihn zu verfolgen. Beinahe ohnmächtig lagen sie da, keiner von beiden sagte etwas, ihre Augen waren geschlossen. Zehn Minuten lang, eine halbe Stunde, eine Stunde. Sie wussten es nicht, sie lagen einfach nur da. Bis die Tür aufging. Bis Menschen kamen, Hilfe holten, Polizisten, Uniformen. Bis dieses Gesicht über Max auftauchte und begann, Fragen zu stellen. Bis die Beamten sie aufsetzten und an die Wand lehnten.

Baroni und Max. Baronis Kopf, die Nase von Max.

Zwei Sanitäter kümmern sich um sie. Sie sind freundlich, die Polizisten klopfen ihnen aufmunternd auf die Schultern, Baroni muss ein Autogramm geben. Den Vorschlag, Max und Baroni in ein Krankenhaus zu bringen, lehnen sie ab, sie versprechen den Beamten, im Revier vorbeizukommen, um ihre Aussagen zu Protokoll zu geben, sie schütteln Hände und lassen die Uniformen wieder ziehen.

Außen am Gang setzen sie sich wieder hin. Kurz noch. Wieder ist alles anders, wieder haben sie nichts, keine Spur, keine Antworten, nichts, das Wagner dazu bringen würde zu reden. Nur das, was Vinzenz gesagt hat, bevor er verschwunden ist.

– Sollen wir ihn noch einmal suchen?
– Nein, Baroni.
– Warum nicht?
– Weil er es nicht war.
– Du bist dir sicher?
– Ja.
– Eben wolltest du ihn noch baden.
– Hast du nicht gehört, was er gesagt hat?
– Warum sollte er die Wahrheit sagen?
– Warum sollte er lügen? Wir lagen bereits am Boden, er hätte einfach gehen können.
– Mein Kopf. Dieser verdammte Scheißkerl.
– Wir schauen scheiße aus, Baroni.
– Mehr als das.
– Und was jetzt?
– Vor genau einem Jahr habe ich Emma hier getroffen. Kurz bevor sie zurück nach London geflogen ist.
– Wie kommst du jetzt auf Emma?
– Ich wollte sie bitten, hier zu bleiben, ich wollte wieder nach Wien, mit ihr leben.
– Du hast es aber nicht getan.
– Einen Moment lang wollte ich es.
– Du hast dich richtig entschieden, Max. Hanni war gut für dich.
– Das wäre alles nicht passiert.
– Wie meinst du das?
– Wenn ich mich anders entschieden hätte. Hanni würde noch leben.
– Das ist Unsinn.
– Ist es nicht.
– Das ist Schicksal, Max.
– Scheißschicksal.
– Was willst du jetzt machen?

– Wir sollten schnell von hier verschwinden, bevor sie dich einsperren.
– Wohin?
– Zurück ins Gefängnis.
– Was willst du ihm sagen, Max? Dass einer seiner Mitarbeiter behauptet hat, er hätte etwas mit Wagners Ausflügen zu tun. Mit Mord, Max. Wir haben nichts in der Hand, gar nichts. Der, der ihn anschwärzt, haut gerade nach Thailand ab.
– Willst du, dass Tilda stirbt?
– Das bringt doch nichts, Max.
– Wieso hätte er das über Blum sagen sollen? Wozu? Er wollte, dass wir ihm glauben, er wollte uns helfen, Baroni, an diesem Tipp ist etwas dran, und was, das werden wir jetzt herausfinden.
– Was willst du denn noch tun, Max?
– Blum hat etwas damit zu tun.
– Das ist doch alles Wahnsinn. Schau uns doch an. Bis jetzt war alles sinnlos, was wir getan haben. Wir sollten uns ins Auto setzen und zurück ins Dorf fahren, duschen, uns umziehen und nach Tilda suchen. Das ist das Einzige, was Sinn macht.
– Er hat etwas damit zu tun.
– Siehst du das nicht, Max? Deiner Meinung nach ist jeden Tag ein anderer der Schurke, und immer bist du dir sicher, hundertprozentig sicher, Max. Es reicht jetzt.
– Nein, es reicht nicht. Ich will sie retten, ich will nicht, dass sie da unten verreckt, ich will alles tun, was möglich ist, ich will mir nicht vorwerfen müssen, dass ich es hätte verhindern können. Ich will, dass sie lebt, dass wir sie aus dieser beschissenen Kiste holen.
– Das will ich auch, Max, aber es klingt alles so unwahrscheinlich. Du hast Blum kennengelernt, der war es

nicht, der hat nichts damit zu tun, der ist dazu nicht in der Lage. Korrekter als der ist niemand.

- Er hat etwas damit zu tun.
- Vielleicht, Max, vielleicht auch nicht.
- Irgendwie hat Wagner es geschafft, aus diesem Scheißgefängnis zu kommen, und irgendjemand hat ihm dabei geholfen. Warum nicht Blum?
- Wir fahren jetzt also dahin und beschuldigen ihn. Wir können ihn ja auch gleich verprügeln, Max, ihn mit Folie einwickeln, willst du das?
- Ich will nur mit ihm reden.
- Vielleicht sollten wir jetzt einfach aufhören, vielleicht ist genau jetzt der richtige Zeitpunkt.
- Noch nicht. Ich will nur noch einmal mit ihm reden, dann fahren wir zurück. Bitte. Nur kurz noch, ein letzter Versuch.

Baroni sagt nichts.

Max weiß, dass er bereits mehr getan hat, als jeder andere jemals für ihn tun würde. Baroni steigt seit zwei Tagen über alle Schatten, die er wirft, er geht über alle Grenzen, weil er helfen will. Er will ein Freund sein. Doch jetzt sagt sein Gesicht, dass er nicht mehr kann, dass er Angst vor sich selbst hat, davor, was er noch bereit ist zu tun. Davor, dass etwas Schlimmes passiert, etwas, das alles endgültig kaputt macht.

Du musst nicht mitkommen, sagt Max.

Doch, muss ich, sagt Baroni.

Viel zu schnell fahren sie über die Autobahn. Sie sind aus der Toilette, langsam die Treppen nach oben, unauffällig durch die Halle zum Auto. Niemand hat sie aufgehalten, die neugierigen Blicke ignorierten sie.

Baroni gibt Gas. Max versucht, nicht zu denken, sich nicht zu erinnern, nichts zu hören als die Musik aus dem Radio. Wie die Landschaft vorbeizieht, wie das Schlagzeug in den Lautsprechern laut ist, Gitarren, Lkws. Wie Max versucht, nicht zu denken, kurz stillzustehen, wie sich aber doch immer wieder Bilder zwischen die Musik und die weißen Streifen auf dem Asphalt schleichen. Bilder von Hanni. Von Tilda. Von Emma. Wie allein er sich plötzlich fühlt. Wie sehr er sich hasst dafür, dass er so mit Tilda geredet hat, dass er seine Angst noch zusätzlich zu ihrer in ihre Kiste gelegt hat. Wie er sie vor sich sieht. Wie sie in der Sauna sitzt neben Hanni, wie sie miteinander lachen. Wie sie dem Gefängnis immer näher kommen, Wagner.

Wie Max sich wünscht, noch einmal mit ihm allein zu sein, wie er sich überlegt, was er zu Blum sagen wird. Was zu Tilda, wenn er sie wieder hört. Er weiß es nicht. Sie werden bald da sein. Max weiß gar nichts mehr. Er zieht den Wattestöpsel aus seiner Nase und wirft ihn aus dem Fenster. Er will atmen, er will mit ihr reden, er hasst sich, er könnte sich seine Zunge aus dem Mund reißen, er möchte es ungeschehen machen. Was er zu ihr gesagt hat. Was, wenn er nie wieder mit ihr reden wird? Tilda.

Baroni fährt doppelt so schnell, wie er darf. Max wählt ihre Nummer. Doch da ist nur das Freizeichen, viermal, fünfmal, keine Mobilbox. Es hört nicht auf, nur der monotone Ton, eine Minute lang, zwei. Nichts von Tilda. Wie der Ton immer wieder kommt. Wie Baroni rast. Wie Max wieder an seinen Fingernägeln zerrt. Wie er sagt, dass da niemand ist, wie er es laut vor sich hersagt. Wie er den roten Knopf drückt nach vier Minuten und den mächtigen Windrädern zuschaut, die an ihnen vorbeiziehen.

Vierzehn

Er hat es wieder versucht.

Immer wieder drückte er den grünen Knopf. Immer wieder legte er auf und wählte noch einmal. Doch da war nichts von ihr, kein Laut, keine Sekunde lang ihre Stimme. Nichts. Max stellte sich den Moment vor, in dem sie begriffen hatte, dass die Batterien leer waren, dass sie allein war, ohne Hilfe, ohne Stimmen von oben, ohne Verbindung zur Welt.

Wie sie ihre Beine kaum bewegen konnte.

Wie sie aufhörte, an ihre Rettung zu glauben.

Max stellte sich vor, dass es das letzte Mal gewesen war, dass er mit ihr geredet hatte, dass er sie nie wiedersehen würde, dass er sie nie wieder in ihrer Küche besuchen, sie anlachen, sie umarmen würde. Sie würde tot sein wie Hanni, so wie alle anderen, die er eingräbt, sie würde verfaulen, nur noch Knochen würden von ihr übrigbleiben. Knochen und Erinnerungen, Fotos, Kleidung, Haarbürsten. Max erinnerte sich daran, was von seinem Vater übriggeblieben war, wie er gemeinsam mit Tilda alles in Kartons gepackt hatte. Wie er die Kartons auf den Müll gebracht hatte. Schuhe, Hosen, Hemden.

Sie parken.

Baroni und Max vor dem Gefängnis.

Wie sehr sich Max wünscht, noch einmal mit ihr reden zu können. Wie Baroni ihm Mut machen will, ihm versichern, dass sie es auch ohne Telefon schafft, dass sie bald gefunden wird. Wie Max ihn bittet aufzuhören, still zu sein. Und wie die Türen aufgehen. Baroni hat es erneut geschafft, den Direktor dazu zu bewegen, sie zu empfangen.

Er habe noch viel zu tun, sagt er, er sei wohl noch die halbe Nacht mit Verwaltungsangelegenheiten beschäftigt. Blum stellt Wasser auf den Tisch, seine Sekretärin ist nicht mehr da, seine Stimme ist freundlich, immer noch hilfsbereit. Besorgt starrt er auf das blutige Hemd von Max, auf seine Nase, auf Baronis Lippe.

– Was kann ich noch für Sie tun, meine Herren?
– Sie wissen, wie er es gemacht hat.
– Was sollte ich wissen, Herr Broll?
– Sie wissen es.
– Das mit Ihrer Freundin tut mir sehr leid. Ich habe es nachmittags im Radio gehört.
– Er hat sie umgebracht.
– Wer hat sie umgebracht? Im Radio hieß es, es habe sich um Herzversagen gehandelt.
– Und Sie wissen, wie er es angestellt hat.
– Meine Herren, glauben Sie immer noch, dieser Wagner verlässt mein Gefängnis, wann er will?
– Schaut so aus.
– Deshalb sind Sie noch einmal gekommen?
– Sie haben damit zu tun, Sie wissen, wer es war, oder Sie waren es selbst.
– Ich denke, es ist besser, wenn Sie jetzt gehen.
– Nein, ist es nicht.
– Zu diesen aberwitzigen Vorwürfen habe ich nichts zu sagen.
– Während Sie uns Ihr schönes Gefängnis gezeigt haben, ist er hinausspaziert und hat Hanni umgebracht.
– Ich bitte Sie, meine Herren. Das ist doch völliger Unsinn. Ich verstehe, dass Sie Erklärungen für den Tod Ihrer Freundin suchen, und ich verstehe auch, dass Sie den Vermutungen Ihrer Stiefmutter nach-

gehen, aber ich muss es Ihnen noch einmal sagen: Es kann so nicht gewesen sein. Ich habe kein Interesse, meinen Insassen Sonderausgang zu verschaffen, mein Gefängnis wird strikt nach Vorschrift geführt.

- Blödsinn.
- Sie können gerne noch länger hier sitzen bleiben, mir Gesellschaft leisten, Sie werden aber einsehen müssen, dass Sie sich irren.
- Ich weiß es.
- Ganz egal was Sie zu wissen glauben, es wird Sie nicht weiterbringen, mir bei der Arbeit zuzusehen. Seien Sie doch vernünftig und denken Sie nach. Was Sie sagen, ergibt keinen Sinn.
- Irgendetwas stimmt hier nicht.
- Herr Baroni, vielleicht schaffen Sie es, Ihren Freund davon zu überzeugen, dass es besser wäre, vor Ort zu suchen und nicht innerhalb dieser Mauern. Hier werden Sie nichts finden.
- Wir bleiben.
- Max, wir gehen.
- Er weiß etwas, wir können jetzt nicht gehen, ich spüre es.
- Das reicht jetzt, Max.
- Bitte, Baroni.
- Nein.
- Ich garantiere Ihnen, das ist die richtige Entscheidung. Ich hätte Ihnen so gerne weitergeholfen, was passiert ist, tut mir sehr leid für Sie. Sie können aber gerne noch einmal mit Wagner reden, wenn Sie das wollen, aber mehr kann ich leider nicht für Sie tun.

Leck mich, denkt Max.

Blum nickt aufmunternd. Max schneidet eine Grimasse. Er sieht beängstigend aus, blutverschmiert, sein

Mund eine Fratze, enttäuscht und wütend. Wieder ist alles ohne Ausweg, wieder weiß er nicht, was er tun soll, glauben soll. Wieder zieht ihn Baroni hoch und drängt ihn in die richtige Richtung. Sie folgen dem Direktor Richtung Besucherraum. Baroni schiebt Max vor sich her, er flüstert, redet ihm gut zu, sagt ihm, dass es nichts bringt, Blum weh zu tun, ihn zum Reden zu bringen, er bittet ihn, ruhig zu bleiben, vernünftig, er sagt, dass einzig und allein Wagner ihnen helfen kann.

Von mir aus, sagt Max.

Dann geht die Tür auf.

Scheibenbesuch.

Drei Wachleute und der Direktor.

Lassen Sie sich ruhig Zeit, sagt er.

Baroni und Max setzen sich nebeneinander vor die Glasscheibe. Sie warten auf ihn, auf Wagner, auf Hannis Mörder, auf dieses Gesicht, auf dieses Grinsen. Wie Max es zerschlagen will. Das Glas, sein Gesicht. Wie es in den Raum kommt, wie Wagner sich setzt. Wie er Max zuzwinkert und den Hörer nimmt.

- So sieht man sich wieder.
- Ich werde dich töten.
- Das wird schwierig, solange ich hier drin bin.
- Ich töte dich.
- Sie hatten die Gelegenheit, noch eine bekommen Sie nicht.
- Wo ist Tilda?
- Sie können mir diese Frage noch hundertmal stellen, Sie werden keine Antwort bekommen.
- Warum hast du sie umgebracht?
- Sie war sehr hübsch, Ihre Freundin.
- Drecksau.
- Etwas üppig, aber hübsch.

– Halt dein verdammtes Maul.
– Werden eigentlich Sie selbst ihr Grab ausheben? Sie werden da wohl kaum drum herum kommen, das sind dann wohl die Schattenseiten Ihres Berufes, nicht wahr?
– Wo ist Tilda?
– Sie kommen nicht besonders gut voran mit der Suche, ich habe es in den Nachrichten gesehen. Muss ganz schön unangenehm sein da unten.
– Bitte.
– Sie bitten mich, das ist reizend. Eben wollten Sie mich noch töten.
– Sag mir, wo sie ist, und du siehst mich nie wieder.
– Das kann ich leider nicht tun.
– Bitte.
– Jetzt wird es peinlich, Max Broll bettelt. Gleich werfen Sie sich auch noch auf Ihre Knie und beginnen zu schluchzen, bitte verschonen Sie mich.
– Bitte.
– Das muss Sie sehr viel Überwindung kosten. Ich kann mir vorstellen, was Sie mit mir anstellen würden, wenn Sie könnten.
– Was hat sie dir getan?
– Sie meinen Ihre werte Mutter?
– Was?
– Sie hat mich hier vergraben.
– Das ist fast zwanzig Jahre her.
– Es wird mit den Jahren nicht schöner hier drin.
– Warum jetzt?
– Es hat sich so ergeben.
– Blum. Er hat etwas damit zu tun.
– Ach kommen Sie, schauen Sie sich den Mann doch nur an, der hat in seinem gesamten Leben noch keinen Strafzettel bekommen, was soll er mit all dem zu tun haben? Das ist lächerlich.

– Irgendjemand hat dich hier rausgelassen.
– Das muss wohl zwangsläufig so gewesen sein, wenn Sie mit Ihrer Theorie richtig liegen.
– Dreckschwein, verdammtes.
– Sehr schade für Sie, dass die Gespräche hier nicht überwacht werden, sonst würde man Ihnen jetzt wohl glauben. So aber bleiben Sie ein Spinner in einem schmutzigen Hemd, ein verwirrter Geist, der seine Zeit in einem Gefängnis vertrödelt, anstatt ernsthaft nach seiner sterbenden Mutter zu suchen.
– Sie muss nicht sterben.
– Doch, doch, doch, das geht leider nicht anders.
– Sie wollen sie da unten verrecken lassen.
– So wie es aussieht, kommen Sie mit dem Löchergraben gar nicht mehr nach. Sie sollten wirklich nach Hause fahren und schon mal damit anfangen.

Max lässt den Hörer fallen. Er spuckt auf die Scheibe, dann schlägt er seine Faust auf das Glas, dorthin, wo Wagners Gesicht ist. Max weiß, dass er nicht reden wird, dass er sich nur weiter lustig über ihn machen wird, er weiß, dass jede weitere Minute Zeitverschwendung ist.

Zwei Wachbeamte stehen plötzlich hinter ihm, machen ihn darauf aufmerksam, dass es verboten ist, auf die Scheibe zu schlagen, sie warnen ihn, weil er noch einmal zuschlägt. Die Finger von Max auf dem Glas. Ein dumpfes Geräusch, verzweifelt, kraftlos, wie es verstummt. Wie Max aufsteht, weil er sich nicht länger mit diesem Schwein unterhalten will, weil er es nicht mehr kann, keinen Augenblick länger, er will weg aus diesem Raum, weg von dieser Scheibe, weg von Wagner. Sofort. Sie gehen.

Max und Baroni sind schon beinahe verschwunden, da hören sie ihn klopfen, laut, sie drehen sich um und sehen ihn, wie er deutet. Baroni soll den Hörer nehmen, er müsse ihm noch etwas sagen, er fuchtelt mit seinen Händen, winkt, bewegt seine Lippen. Baroni dreht sich um, geht zu ihm, nimmt den Hörer und setzt sich. Zehn Sekunden lang, dann springt er auf. Auch er wirft den Hörer weg und schlägt seine Faust auf die Scheibe.

Was will er, fragt Max.

Als nächstes wird er sich um la Ortega kümmern, sagt er.

Ach du Scheiße, sagt Max.

Baroni rennt.

Wagner hat ihm Angst gemacht, er hat ihm gedroht, er wird auch ihn bestrafen, auch ihm seine Liebe nehmen, la Ortega töten, sie ersticken, sie aufschneiden, sie erschlagen. Er weiß von ihr, er kennt sogar ihren Namen, er hat sich informiert, vielleicht hat er sie gemeinsam beobachtet, durch das Terrassenfenster, er wird sich um sie kümmern, hat er gesagt. Baroni stürzt aus dem Raum, Max hinter ihm. Wagner hat gegrinst dabei, Max hat gesehen, wie sich seine Lippen bewegten, wie sie hinterher zufrieden aufeinander lagen und sich freuten über Baronis Reaktion, über sein entsetztes Gesicht.

Mit einem schnellen Nicken haben sie sich verabschiedet von Blum, sie drehen sich nicht mehr um, sie rennen, sie stolpern die Stufen nach unten, Baronis Flecken im Gesicht leuchten rot.

Wir müssen sofort zurück, sagt Max.

Wir müssen hier warten, sagt Baroni.

Fünfzehn

Es sind diese Ohren.

Baroni ist sich hunderprozentig sicher, dass es seine sind. Wagners Ohren.

Sie saßen im Auto vor dem Gefängnis, sie warteten auf ihn, auf ein Auto, das das Gelände verließ, das durch das Tor kam, auf einen Kofferraum, in dem er ungesehen verschwinden konnte. Ein Lieferwagen, ein Wärter, der nach Hause fuhr. Es musste so sein, es gab keine andere Möglichkeit. Sie waren gerannt, aus dem Gebäude gestürzt und hatten sich auf die Lauer gelegt. Wagner würde sich bald auf den Weg machen, sie würden ihn aufhalten, bevor noch etwas passieren würde.

Max und Baroni vor dem Gefängnis, in ihrem Auto, angespannt, ängstlich. Sie hätten jedes Auto angehalten, es durchsucht, Kofferraumdeckel aufgerissen, sie waren sich so sicher, dass er kommen würde, bald, dass sie ihn auf einer Rückbank kauernd finden würden. Eine andere Möglichkeit gab es nicht. Baroni wollte die Gefahr im Keim ersticken, er wollte jagen, nicht zum Gejagten werden, er wollte Wagner aus dem Auto reißen und unschädlich machen. Ganz egal wie.

Max tat, was Baroni wollte, er widersprach nicht, er tat, was Baroni seit zwei Tagen tat, er versuchte für ihn da zu sein, ein Freund zu sein, ihn zu unterstützen, nicht zu hinterfragen, auf Baronis Gefühl zu vertrauen. Sie starrten auf die Ausfahrt, auf den Schranken, sie warteten, waren sprungbereit. Egal wie er es machte, sie würden ihn stoppen, es würde nicht passieren, dass er la Ortega verletzte, es würde nicht passieren, dass Tilda wirklich starb. Dass sie aufhörte zu atmen.

Sie kauerten in einem Auto, auf einem Gefängnisparkplatz in Ostösterreich, blutverschmiert, verzweifelt. Baroni und Max waren bereit, Dinge zu tun, die sie in ihren schlimmsten Phantasien nicht getan hätten. Überall war Gewalt, Zerstörung, alles rund um sie drohte unterzugehen, überschwemmt zu werden von Leopold Wagner. Sie hatten es gewagt, ihn anzugreifen, dafür mussten sie nun bezahlen. Hanni. La Ortega. Baroni hatte Angst um sie. Es war in seinen Augen, in jeder seiner Bewegungen. Doch nichts passierte. Kein Auto kam, nichts war zu sehen von Wagner, niemand verließ das Gefängnis. Da war nichts. Nur die Augen von Max und Baroni.

Und die Frau mit dem Kind.

Und diese Ohren.

Sie ist ungefähr vierzig Jahre alt, das Kind auf ihrem Arm, sie parkt direkt neben ihnen, steigt aus, sie nimmt das Kind vom Rücksitz und geht an ihnen vorbei, ganz nah, Baroni könnte sie berühren, würde er seine Hand aus dem Fenster strecken. Das Kind schaut ihn an, kurz lächelt es. Diese Lippen, die kleine Nase, Kinderaugen. Langsam zieht das Gesicht des Kindes vorbei. Wie Baroni starrt, wie dieses Kindergesicht plötzlich da war, aus dem Nichts kam, parkte, wie die Frau auf den Eingangsbereich zugeht. Wie sie mit dem Kind hinter der Glastür einfach verschwindet.

– Hast du das gesehen, Max?
– Ja.
– Das ist unglaublich, Max.
– Deine Freundin schwebt in Lebensgefahr und du schaust anderen Weibern nach?
– Blödsinn, Max. Das Kind.
– Ein Kind, und?

– Hast du diese Ohren gesehen?
– Nein, habe ich nicht, ich beobachte das Tor und keine Kinderohren.
– Das sind seine Ohren, Max.
– Wessen Ohren?
– Wagners Ohren.
– Das Kind hat seine Ohren?
– Genau.
– Wahrscheinlich gestohlen. Das Kind ist zu ihm in die Zelle und hat sie einfach mitgenommen, ausgerissen vielleicht, abgeschnitten. Was meinst du?
– Idiot. Das muss eines seiner Kinder sein.
– Die offizielle Besuchszeit ist längst vorbei.
– Egal, Max, hast du das nicht gesehen? Ähnlicher kann man einem Menschen nicht sehen. Keine Ahnung, wer diese Frau ist, aber das Kind ist von Wagner.
– Du redest Scheiße, Baroni.
– Ich beweise es dir.

Baroni steigt aus und verschwindet im Eingangsbereich.

Max wartet, beobachtet weiter die Ausfahrt. Es kann nicht sein, was Baroni sagt. Wie sollte es möglich sein, dass Wagner ein Kind hat, ein Baby, eine Frau, die weiß, wer er ist, und trotzdem mit ihm schläft, eine Frau, die ihn besucht. Das kann nicht sein, niemand geht mit diesem Schwein ins Bett. Auch wenn er es geschafft haben sollte, jemanden zu verführen, spätestens wenn sie herausgefunden hätte, wer er ist, hätte sie beschlossen, ihn nie wiedersehen zu wollen. Keine Mutter würde ihn im Gefängnis besuchen, ihrem Kind einen solchen Vater schenken. Keine. Doch Baroni ist sich sicher, er hat seinen Posten verlassen, er riskiert, dass Wagner entkommt. Er ist einfach ausgestiegen und zurück ins Gefängnis, seine Augen waren so überzeugt von diesem Unsinn, hätte er darauf wetten müssen, hätte er sein Haus eingesetzt.

Max lässt das Tor nicht aus den Augen. Minuten vergehen. Warum hat Baroni ihn alleingelassen? Was, wenn Wagner wirklich kommt? Wenn er in einem Auto durch das Tor kommt? Alleine kann er ihn nicht aufhalten, alleine kann er das Auto nicht überprüfen, durchsuchen, den Fahrer dazu bringen stehenzubleiben, die Türen aufreißen. Warum musste Baroni dieser Frau nachgehen, seinen Hirngespinsten, warum hat er ihn alleingelassen? Warum ist Baroni ein so gottverdammter Spinner? Warum? Max starrt auf das Tor.

Dann geht die Autotür auf.

– Bingo.
– Was, Bingo?
– Weißt du, wer das war?
– Es ist mir scheißegal, wer das war, du sollst mich nicht allein lassen, ich kann das hier nicht ohne dich.
– Planänderung, Max.
– Was ist los, verdammt?
– Die Justizwachebeamtin war sehr freundlich, sie hat mir alles erzählt.
– Was?
– Das war die Frau von Blum.
– Schön für ihn.
– Und das war sein Sohn.
– Bravo, Baroni, und?
– Das Kind ist knapp ein Jahr alt, Frau Blum zweiundvierzig. Sie haben es offenbar jahrelang versucht, jahrelang hat es nicht funktioniert.
– Was willst du damit sagen?
– Mein lieber Max, unser gottverdammter Wagner hat wieder zugeschlagen.

– Blödsinn.
– Die Beamtin sagt, im Gefängnis gab es schon seit Jahren Gerüchte darüber, das Ehepaar Blum war in fünf verschiedenen Befruchtungskliniken, hat unzählige Versuche hinter sich, sie haben wohl ein Vermögen ausgegeben, sagt sie.
– Du meinst, Blum hat sich von Wagner helfen lassen?
– Und Wagner hat sich von Blum helfen lassen.
– Blum soll also Wagner dazu überredet haben, seine Frau zu befruchten?
– Und Wagner hat seine Finger wieder nicht von seinem eigenen Sperma lassen können.
– Blödsinn.
– Doch, Max.
– Nur wegen einem Paar Ohren.
– Genau so war es. Blums Frau bekommt ein Kind, und Wagner bekommt Ausgang und das perfekte Alibi.
– Das ist doch an den Haaren herbeigezogen. Dass er ihr das Kind gemacht haben soll, dass Blum sich hat helfen lassen, dass es sein Sohn sein soll.
– Doch, Max, ich schwöre dir, das Kind ist von ihm. An solche Zufälle glaube ich nicht.
– Dumm nur, dass wir nichts davon beweisen können, mein lieber Baroni. Wir können sie ja kaum zu einem Vaterschaftstest zwingen.
– Doch, können wir.

Baroni startet den Wagen. Auf die Einwände von Max hört er nicht, er weiß, was er tut, er glaubt daran, er sieht die Rettung in den kleinen Kinderohren, aufgeregt versucht er Max davon zu überzeugen, ihm klar zu machen, dass es ihre einzige Chance ist, dass sie etwas abseits parken müssen. Baroni versteckt den Wagen hinter Mülltonnen, so, dass sie den Eingang gerade noch sehen können, dass sie sie sehen können, wenn sie wieder zu ihrem Auto zurückkommt, wenn sie losfährt.

Max weiß, was er vorhat, er wehrt sich, will das Tor nicht aus den Augen lassen, er glaubt nicht an Baronis wahnwitzige Theorie, er will bleiben, warten, Wagner aus dem Auto reißen. Doch Baroni lässt ihm keine Wahl. Mit ernsten Augen schaut er Max an, sie sagen, dass er sich zurückhalten soll, dass er still sein soll, ihm vertrauen.

Max lehnt sich zurück. Seine Augen verabschieden sich von dem Gedanken, Wagner in einem Kofferraum zu sehen, ihn unschädlich zu machen, ihm Tildas Versteck aus dem Mund zu reißen. Baroni hat anders entschieden. Max nickt nur. Alles, was passiert ist, war so unsinnig, nichts brachte ihn Tilda näher, alles war nur ein Versuch, nicht mehr. Max. Hoffnungslos, verzweifelt, wütend in einem Auto, müde. Baroni neben ihm, nervös, bereit loszufahren, der Frau zu folgen.

Gespannt starrt er zum Eingang. Zwanzig Minuten lang. Zwanzig Minuten kein Wort. Dann, wie Blums Frau aus dem Gefängnis kommt. Wie sie das Kind in den Wagen setzt und losfährt. Baroni startet, folgt ihr. Über eine Landstraße, an Äckern vorbei, in eine Wohnsiedlung. Sie fährt langsam, vorsichtig, Baroni hält Abstand. Erst als sie in eine Einfahrt einbiegt, gibt er Gas. Unmittelbar nachdem sie die Tür aufmacht, bleibt er direkt hinter ihr stehen und springt aus dem Auto.

Max soll die Frau festhalten, Baroni würde sich inzwischen um das Kind kümmern. Er hat Max nicht darum gebeten, er hat es ihm aufgetragen, ihm befohlen. Seine Stimme war hart, sie war voller Angst, Angst um la Ortega.

Vor einem hübschen Einfamilienhaus sind die Augen der Frau groß. Die Hand von Max liegt auf ihrem Mund, seine Arme halten sie fest, sie stöhnt, will sich losreißen, sie ist panisch, sie versteht nicht, was passiert, sie greift nach ihrem Kind, erreicht es nicht. Max hält sie.

Aufhören, sagt Baroni, sonst stirbt das Kind.

Innerhalb von Sekunden wird es still, das Stöhnen verebbt. Zwei Minuten später sitzen alle in Baronis Wagen und fahren in Richtung Autobahn.

Das Kind schreit.

Sechzehn

Kein Stillstand.

Max fährt, Blums Frau neben ihm, Baroni und das Kind hinter ihnen. Der Junge hört nicht auf zu schreien, er ist laut, weint, schluchzt, er will zu seiner Mutter, er will nach Hause, er will, dass Max anhält, er will trinken, schlafen, geborgen sein, beschützt.

Baronis Hand auf dem Kind. Blums Frau, die reden will, die fleht, die Max immer wieder bittet, stehen zu bleiben, sie wieder zurückzubringen, sie zu ihrem Kind zu lassen. Doch Max schreit sie an. Sie soll still sein, sie soll endlich still sein. Nichts sagen. Das Schreien soll aufhören, sie soll ihren Mund halten, das Kind soll schlafen, keiner soll reden, nur das Geräusch der Räder auf der Fahrbahn, sonst soll da nichts sein, nichts, das Max daran erinnert, dass die Welt dabei ist, kaputt zu gehen. Wie er sie anschreit. Wie sie zusammenzuckt, nach hinten schaut, zu ihrem Kind. Wie Baroni es festhält.

Eine Stunde noch bis ins Dorf. Eine Stunde noch bis zu Tilda, bis sie in ihrer Nähe sind, in la Ortegas. Fünfzig Minuten. Was dann? Max überlegt, aber er kann nicht, er will nicht, nichts entscheiden, nichts Falsches tun. Nicht noch etwas. Er will nur, dass Tilda lebt. Dass Baronis Freundin in Sicherheit ist. Dass Blum redet. Dass Wagner redet. Sie müssen zurück. Zurück in Baronis Villa, hinauf in den zweiten Stock, hinter alarmgesicherte Türen. Baroni hat sie angerufen, la Ortega alles erklärt, sie angefleht, die Türen zu versperren, die Fenster, im Haus zu bleiben, nirgendwo hinzugehen, bis er da ist. La Ortega hat es ihm versprochen.

Alles wird gut, hat Baroni gesagt.

Alles wird gut, hat Max wiederholt. Immer wieder kommt es leise aus seinem Mund. Kaum hörbar. Alles wird gut. Das Kind wird schlafen, die Frau wird erzählen, alles wird sich aufklären, die Kripo wird Blum befragen, dann Wagner, er wird ihnen alles sagen, was sie wissen wollen. Tilda wird überleben.

Das Kind schreit. Baroni streichelt heimlich über den kleinen Kopf, hält heimlich seine Hand. Ein kleiner Junge am Rücksitz. Wie Baroni ihn hält. Seine Ohren, das Blut, das rinnt in ihm. Wagners Blut. Max fragt sich, wie jemand so sein kann, warum jemand so etwas tut. Warum Hanni nicht mehr da ist. Zwanzig Minuten noch. Dann wird er sie dazu bringen zu reden. Nicht jetzt. Später. Jetzt ist alles friedlich. Das Baby ist eingeschlafen. Nur das Auto, das fährt. Vier Menschen darin.

Wie Max leise weint.

Wie es Nacht wird.

Siebzehn

Tilda und Hanni.

Sie haben Balken über Balken gelegt, sie haben mitgeholfen, das Fundament zu gießen, sie waren wundervoll. Hanni an der Mischmaschine, vier Schaufeln Sand, eine Zement, Wasser. Tilda mit der Schubkarre. Beide hatten Bänder in den Haaren, beide hatten blaue Arbeitsanzüge an. Sie saßen nebeneinander und aßen Semmeln, tranken Bier aus der Flasche, sie scherzten, lachten, bis die Sauna fertig war. Dann zogen sie sich aus und schwitzten. Drei Tage lang hatte die Saunarunde gemeinsam gebaut, bis das neue Paradies fertig war, die Sauna im Friedhofsgarten. Drei Tage lang harte Arbeit, Gemeinschaft. Die Pfarrersköchin, der alte Lehrer, Max. Drei Tage lang die Vorfreude, dann verschwanden die nackten Leiber zum ersten Mal in dem kleinen Holzhäuschen. Pfarrer Stein stand oben am Fenster und schaute finster.

Hanni und Max waren damals kein Paar. Sie wollte ihn wieder zurück, aber Max ließ sich Zeit. Zwischenzeit. Er hatte sie verlassen, weil immer noch Emma in seinem Kopf war, diese Liebe, die ihn von klein auf begleitet hatte, er hatte zu wenig an ein neues Glück mit Hanni geglaubt, er konnte es nicht besser, ließ Hanni einfach gehen. Er wollte nur ihr Freund sein, mit ihr Pferde stehlen, mit ihr trinken, schwitzen, sie anschauen, wenn sie nackt neben ihm saß, sich vorstellen, wie es sich anfühlte, sie zu berühren. Nicht mehr. Er begehrte sie, doch er berührte sie nicht, er konnte nicht, lange nicht. Ihren wundervollen Körper spüren.

Jahrelange Zwischenzeit. Die Zeit zwischen zwei Küssen. Jahrelang Hannis Wunsch, ihn wieder zurückzubekommen, jahrelang seine Abwehr, sein Zögern, seine Unsicherheit. Dann vor einem Jahr seine Zunge wieder in ihrem Mund, ihre in seinem, die Vertrautheit, die wieder sein durfte, Emma, die für immer aus dem Dorf ging, aus seinem Leben.

Wie schön dieses halbe Jahr war. Schöner als alle vorher. Hanni war Heimat, mehr als es ein Haus je sein konnte, ein Dorf, eine Stadt, ein Land. Hannis Körper, Hannis Lachen, ihre Hände, ihre Worte beim Einschlafen, ihre sanfte Stimme beim Aufwachen. Mit ihr war alles besser, sein Leben, sie wiegte alles auf, sie war der Preis für alles, worauf er verzichtet hatte, die Belohnung für Entbehrungen, für sein Leben im Friedhofswärterhaus, für sein Leben mit der Schaufel. Hanni. Es war wunderschön. Bis vorgestern. Bis heute früh, als sie kalt neben ihm lag.

Max schwitzt.

Sauna, sein nackter Körper, Schweiß.

Jede Pore schreit, weint, es rinnt aus ihm, alles, ob er will oder nicht. Er hat mit ihr geredet. Mit Blums Frau. Dann hat er sich vor den Fernseher gesetzt und zugesehen, wie sie nach Tilda suchten. Er wollte abwarten, bis Paul mit ihr fertig war, bis sie auch ihm alles erzählt hatte, bis die Dinge ihren Lauf nehmen würden. Max starrte in den Fernseher. Max wollte, dass sich alles auflöste, dass alles einfach aufhörte, dass die Bilder verschwammen, dass die Tränen endlich aus ihm herauskamen und er sich fallenlassen konnte, nicht mehr aufstehen musste.

Dann ist er einfach aufgestanden.

Die Treppen nach unten in den Garten.

Er hat eingeheizt und sich ausgezogen. Er hat es nicht mehr ausgehalten vor dem Fernseher, er wollte davonlaufen, vor den Suchmannschaften und kreisenden Hubschraubern, sich vor ihnen verstecken, er wollte weg von diesen Bildern, von den Übertragungswagen, von den Versorgungszelten für die Journalisten. Er wollte nichts mehr sehen, nichts mehr hören, er wollte nur noch schwitzen, alles hinter sich lassen, es von sich abwaschen, es herausholen aus sich, alles, was weh tat, alle Bilder, jeden einzelnen Gedanken. Jeden Hund, der nach ihr schnüffelte. Jedes Stück Erde, das sie umdrehten. Alles.

Auf allen Kanälen war es, ein Medienspektakel, sie warfen alles in die Schlacht, was ihnen zur Verfügung stand, sie versuchten dieselbe Geschichte jede Stunde neu zu erzählen, sie zeigten immer dieselben Bilder von Tilda, von Hanni, von Max. Verzweifelt hatten sie wieder und wieder versucht, ihn anzurufen, ihn zum Reden zu bringen, ihn zu überreden, sich fotografieren zu lassen im Kreise der Suchenden, sie bettelten ihn, boten ihm sogar Geld.

Sie hatten herausgefunden, wo er war und was er dort wollte, sie hatten von Tildas Verdacht gehört, von Wagner, irgendjemand hatte geredet. Doch sie waren skeptisch, formulierten es vorsichtig, sie sprachen von einem möglichen Racheakt, an den die Vergrabene glaubte, sie selbst aber nicht, die Medien verfolgten diese Spur nicht weiter, sie wussten, dass es zu nichts führte, dass es sinnlos war, reinen Vermutungen hinterherzurennen. Sie konzentrierten die Berichterstattung auf die Suche, für etwas anderes gab es keine Basis, die Polizei ermittelte nicht gegen Wagner, er war nur ein Hirngespinst, dem niemand hinterherlaufen wollte.

Tilda Broll lag irgendwo begraben, das war die Nachricht, nichts anderes. Ob man sie rechtzeitig finden würde, fragten sie sich, was sie am Telefon erzählte, wollten sie wissen, sie spekulierten, gaben Auszüge aus Gesprächen mit der Kripo wieder, die ihnen zugespielt worden waren. Alles drehte sich um Tilda, um die Suche, um ihren Gesundheitszustand, Experten mutmaßten, wie lange sie im besten Fall noch überleben würde. Moderatorenstimmen. Die immer gleichen Bilder aus dem Wald, die Wiesen, die Schlucht.

Nichts mehr über Hanni, nur kurz war sie Thema, ihr Tod war nur ein trauriger Zufall, nur ein weiterer Schlag, der die Familie Broll plötzlich getroffen hatte. Nichts davon, dass die Welt von Max in Trümmern lag, dass Wagner ein verdammtes Dreckschwein war, dass er für alles verantwortlich war, dass er sie umgebracht hatte, dass Blums Frau in Baronis Schlafzimmer eingesperrt war. Nicht, dass la Ortega sich um den Kleinen kümmerte, dass sie mit ihm spielte am Wohnzimmerboden, dass er einschlief auf ihrem Schoß, während seine Mutter eingesperrt im Schlafzimmer auf und ab ging und darauf wartete, dass jemand mit ihr redete. Nichts davon war auf dem Bildschirm.

Die Wirklichkeit war unsichtbar.

Keiner konnte sehen, wie sich in Baronis Schlafzimmer die Wahrheit zeigte. Wie klar wurde, dass Tilda recht hatte. Auf den Bildschirmen sah man nur betroffene Dorfbewohner, die Gutes über sie sagten, die für sie beteten und den verfluchten, der ihr das angetan hatte. Alle Augen richteten sich auf das Gebiet, in dem gesucht wurde, auf die Frauen und Männer, die seit Tagen durch den Wald strichen. Wie erfolglos sie waren. Wie verzweifelt. Ganz Österreich schaute zu, rechnete mit dem Schlimmsten, immer weniger glaubten an ein gutes Ende. Daran, dass jemand noch etwas für Tilda Broll tun konnte. Während sich in Baronis Villa der Himmel lichtete, verloren die Suchenden die

Hoffnung. Mit jeder Stunde wurden die Beine langsamer, die Gedanken schwerer.

Die Stimmung im Tal war düster.

Max gießt auf.

Wasser über den Ofen, Wasser, das sich heiß auf seine Haut legt. Max in der Sauna. Er wird hier bleiben, er wird sich nicht mehr bewegen, nackt bleiben. Er hat alles getan. Mehr als er konnte, er hat keine Kraft mehr. Max. Wie heiß es ist. Wie er weinen will, noch mehr, alles herausweinen will aus sich. Wie er es nicht kann und sich mit kleinen, unbeholfenen Tränen zufrieden gibt.

Max im Friedhofsgarten, allein. Max in der Blocksauna. Ohne Tilda. Ohne Hanni.

Wie sie aus dem Auto stiegen vor zwei Stunden.

Wie sie ankamen, in Baronis Wohnzimmer saßen und überlegten, was zu tun war, was weiter passieren sollte, was sie mit der Frau machen würden, was mit dem Kind. Wie der Junge auf la Ortegas Schoß lag. Wie dieses kleine unschuldige Atmen aus ihm kam, wie die Schritte der Mutter laut waren auf dem Schlafzimmerfußboden. Nur ihre Schritte. Ihre Angst. Und die Angst von allen anderen. Überall im Haus war sie. Weil sie eine Frau entführt hatten, ein Kind, weil Wagner gedroht hatte, la Ortega zu töten, weil Tilda unter der Erde und Hanni tot war. Angst. Wie sie auf der Couch saßen. Wie sie die besorgten Schritte hörten und nicht weiter wussten.

Sie würden das Kind töten, hatte Baroni gesagt. Sollte sie schreien, sollte sie Hilfe holen, aus dem Fenster winken, springen, sie würden nicht zögern. Baroni ließ keinen Zweifel daran und versperrte die Tür.

Es musste sein. Max hielt ihn nicht davon ab. Sie zwangen sich, nicht zu zweifeln, ob es richtig war, was sie taten, nicht an die Konsequenzen zu denken. Keine Sekunde lang. Ob Baroni recht hatte oder nicht, war nicht mehr wichtig, ob es tatsächlich Wagners Sohn war, ob Wagner dieser Frau tatsächlich geholfen hatte, schwanger zu werden. Es war egal. Sie war da, sie hatten sie mitgenommen, eingesperrt, ihr gedroht. Irgendetwas würde sie wissen, irgendwie würde sie ihnen weiterhelfen können, es musste so sein. Eine andere Möglichkeit gab es nicht. Sie war die Einzige, die ihnen jetzt noch helfen konnte, mit ihr zu reden war die letzte Chance, zu verhindern, was kommen sollte.

Eine verängstigte Frau. Ihre Schritte im Nebenzimmer. Das Kind. Wie es atmete.

Ich will allein mit ihr reden, sagte Max vor einer Stunde.

Dann ging die Schlafzimmertür hinter ihm zu.

- Geht es ihm gut? Was haben Sie mit ihm gemacht? Bitte. Warum tun Sie das? Warum sagt mir niemand, was hier los ist, warum reden Sie nicht mit mir, bitte, sagen Sie etwas. Warum entführen Sie uns, wollen Sie Geld? Bitte, ich flehe Sie an, lassen Sie mich zu meinem Kind.
- Warum ist meine Freundin tot?
- Ich will sofort zu meinem Kind, auf der Stelle. Ich habe keine Ahnung, wovon Sie reden, was zum Teufel Sie von mir wollen, ich will mein Kind, jetzt, Sie lassen mich sofort zu ihm.
- Wenn Sie nicht still sind, steckt mein Freund da draußen Ihren Sohn in den Kachelofen und heizt ein. Verstehen Sie das? Ich habe nichts mehr zu verlieren. Entweder Sie beruhigen sich und beantworten meine Fragen, oder Ihr Junge wird gegrillt.
- Sie sind ein Monster.

– Von mir aus.
– Was sind Sie bloß für ein Mensch?
– Bis heute früh war ich einer von den Guten.
– Warum tun Sie das?
– Warum ist meine Freundin tot?
– Woher soll ich das wissen, ich kenne Sie doch gar nicht, ich kenne auch Ihre Freundin nicht, ich habe keine Ahnung, wovon Sie reden, keine.
– Es war Herzversagen, sagen die Ärzte.
– Das tut mir leid, ehrlich, aber was hat das mit mir zu tun? Bitte, lassen Sie mich zu meinem Kind, bitte, lassen Sie uns gehen.
– Es war kein Herzversagen. Es war Mord.
– Sie haben die Falsche, Sie müssen sich geirrt haben, was auch immer Ihnen zugestoßen ist, Sie müssen mir glauben, ich habe nichts damit zu tun.
– Aber Ihr Mann.
– Was soll das? Was soll mein Mann damit zu tun haben? Das ist doch Unsinn.
– Ein Häftling aus dem Gefängnis Ihres Mannes hat heute früh meiner Freundin Plastikfolie um den Kopf gewickelt. So lange, bis sie tot war.
– Das ist ja schrecklich, was Sie da sagen. Aber ich kann es noch hundertmal wiederholen, ich habe nichts damit zu tun. Und mein Mann auch nicht.
– Ihr Mann hat den Häftling aus dem Gefängnis gelassen. Damit er meiner Freundin das antun kann.
– Ich werde jetzt das Fenster aufmachen und schreien.
– Wenn Sie schreien, drückt mein Freund dem Jungen einen Polster auf den Kopf.
– Bitte, warum tun Sie mir das an?
– Weil Sie wissen, dass Ihr Mann damit zu tun hat.
– Nein.
– Leopold Wagner. Sagt Ihnen das etwas?

–
– Sie kennen ihn.
– Nein.
– Doch.
– Bitte nicht.
– Sie kennen diesen Mann. Und Sie wissen auch, was er getan hat.
– Bitte hören Sie auf damit.
– Sie müssen mir helfen.
– Wie könnte ich das? Sie entführen mich, halten mich hier fest und bedrohen mein Kind.
– Sie haben die Nachrichten gesehen, Sie haben von der Frau gehört, die vergraben wurde.
– Ja. Und?
– Das ist meine Stiefmutter. Und Wagner ist auch dafür verantwortlich.
– Bitte lassen Sie uns gehen.
– Sie liegt irgendwo da draußen unter der Erde, eingesperrt in einer Kiste. Sie wird sterben, wenn Sie nicht reden.
– Was wollen Sie von mir?
– Sie müssen aussagen. Dass Sie Wagner kennen, dass er Ihnen ein Kind gemacht hat. Und dass Ihr Mann ihn als Gegenleistung dafür aus dem Gefängnis gelassen hat.
– Hören Sie auf damit, das ist doch schwachsinnig.
– Meine Freundin atmet nicht mehr, verstehen Sie das? Sie ist tot. Gestern noch bin ich neben ihr gelegen, ihr Körper war warm, sie hat mich geküsst. Jetzt ist sie kalt. Sie bewegt sich nicht mehr. Und Sie sind verantwortlich dafür.
– Aufhören, hören Sie auf.
– Stellen Sie sich vor, Ihr Kind hört auf zu atmen.
– Nein.

– Sie sollen es sich vorstellen.
– Sie sollen damit aufhören.
– Ich weiß, dass Wagner Ihnen geholfen hat. Irgendwie hat er es hinbekommen, er hat Ihnen dieses Kind gemacht, Ihr Mann hat keinen anderen Ausweg mehr gesehen.
– Nicht.
– Sie müssen sehr verzweifelt gewesen sein.
– Bitte.
– Sie wollten dieses Kind unbedingt, ich verstehe das, und ich verstehe auch, dass Sie alles dafür tun wollten. Nur haben Sie sich mit dem Falschen eingelassen.
– Ich weiß.
– Was wissen Sie?
– Bitte lassen Sie mich gehen.
– Dieses Schwein hat Sie befruchtet. Und es war sein Sperma und nicht das Ihres Mannes.
– Sie sollen aufhören damit, hören Sie auf, halten Sie Ihren Mund, halten Sie Ihren verdammten Mund.
– Er ist ein Mörder, verstehen Sie, Ihr Mann hat einem Mörder geholfen, er hat Mitschuld, er ist dafür verantwortlich, und wenn Sie jetzt nicht reden, wird noch jemand sterben.
–
– Bitte, reden Sie mit mir. Ihr Sohn schläft da draußen am Schoß von la Ortega, es geht ihm gut, sie hat mit ihm gespielt, er hat gelacht, er hat gegessen. Sie müssen sich keine Sorgen machen. Ihrem Sohn wird nichts passieren, das schwöre ich Ihnen. Wenn Sie mit mir sprechen.
–
– Wir haben nicht mehr viel Zeit. Sie ist seit zwei Tagen unter der Erde. Wenn Sie uns helfen, können wir sie vielleicht noch rechtzeitig finden.

– Ich wollte doch nur ein Kind.
– Ich weiß.
– Er hat gesagt, Wagner kann uns helfen.
– Ihr Mann hat einen großen Fehler gemacht.
– Ja, das hat er.
– Bitte reden Sie jetzt mit mir. Sie sind die Einzige, die noch helfen kann.
– Ich müsste meinen Mann belasten.
– Ja, das müssen Sie.
– Ich müsste behaupten, ich wäre freiwillig mit Ihnen mitgekommen.
– Ja, das wäre hilfreich.
– Ich mache es, wenn Sie mir dafür etwas versprechen.
– Was?
– Niemand wird erfahren, wessen Kind es ist.
– Das verspreche ich Ihnen.
– Woher wussten Sie es?
– Die Ohren.
– Es tut mir alles so unendlich leid.

Sie hatte zu weinen begonnen, laut. Sie schluchzte, brach einfach zusammen. Max stand vor ihr und hörte ihre Worte, die sich zwischen den Tränen ihren Weg nach draußen suchten. Alles über Wagner. Wie er in ihr Haus kam, wie er sich in ihrem Keller ausbreitete, über Mikroskopen saß, wie sie immer wieder vor ihm lag, wie er in sie hineingegriffen hat mit seinem Werkzeug.

Er kann uns helfen, hatte ihr Mann gesagt.

Er ist ein Mörder, hatte sie gesagt und sich auf den Stuhl gelegt.

Sie versuchten es immer wieder. Wagner kam regelmäßig, er nahm so viele Inseminationen vor, bis sie schwanger wurde. Dass Wagner ein Häftling war, war nicht wichtig, sagte sie. Sie wollte ein Kind. Was er getan hatte, stand nicht auf seiner Stirn, er war freundlich, ein höflicher Mensch, sagte sie. Er kam und ging wieder. Nach der Geburt des Kindes sah sie ihn nicht wieder. Wie leid es ihr tat, sagte sie. Immer wieder, wie leid es ihr tat.

Sie schluchzte, als Max ihr den Jungen brachte. Er legte ihn ihr schlafend in die Arme und setzte sich vor den Fernseher. Er verfolgte, was draußen passierte. Dann drückte er den Knopf und stand auf.

Ich hole dich, wenn sich etwas tut, sagte Baroni.

Danke, sagte Max und ging nach unten.

Es ist heiß.

Max bleibt sitzen. Die Polizei ist bereits auf dem Weg zu Blums Haus, sie werden ihn festnehmen. Und sie werden mit Wagner reden. Er wird die Wahrheit sagen, alle werden die Wahrheit sagen, sie werden reden, Max wird schweigen. Nichts mehr sagen. Nichts mehr tun. Still sein. In seinem Bett liegen und die Decke über alles ziehen. Für immer.

Er nimmt den Kübel und leert ihn auf den Ofen.

Über eine Stunde lang sitzt er nur da und spürt das Loch, das Hanni in ihn gerissen hat, die Leere, die da plötzlich ist, den Schmerz, der ihn fest auf die Bank drückt, die Hitze, die ihn fast umbringt. Seine Augen sind geschlossen. Sein Herz ist geschlossen.

Leise geht die Tür auf.

Achtzehn

– Was willst du hier?
– Bei dir sein.
– Deine Allergie, du musst hier raus.
– Ach was.
– Das musst du nicht tun.
– Tut mir wirklich leid, was passiert ist.
– Ich weiß.
– Ich habe uns was zum Trinken mitgebracht.
– Das ist gut.
– Das Einzige, was hilft, ich weiß.
– Was ist mit Blums Frau?
– Paul hat bis jetzt mit ihr geredet.
– Sie hat ihm alles erzählt?
– Ja.
– Was hat sie über uns gesagt?
– Dass sie freiwillig mit uns mitgekommen ist.
– Keine Entführung?
– Paul ist sehr froh darüber, dass er uns nicht einsperren muss.
– Und jetzt?
– Sie machen ihre Arbeit. Sie suchen Blum.
– Sie haben ihn noch nicht?
– Nein, aber sie werden ihn finden.
– Was ist mit Wagner?
– Zuerst brauchen sie Blum.
– Und la Ortega?
– Sie ist oben. Sie kümmert sich um Blums Frau und das Baby.
– Ist die Alarmanlage an?
– Ja, Max, mach dir keine Sorgen.
– Große Scheiße, Baroni.

– Große Scheiße, Max.
– Was kommt jetzt?
– Tilda.
– Wann?
– Bald, Max. Ich bin mir sicher, dass Wagner reden wird.
– Gib mir die Flasche.
– Trink nur, ich bring dich dann nach oben.
– Dein Ausschlag. Du bist schon überall rot.
– Egal.
– Das schaut beängstigend aus, Baroni, du solltest besser gehen.
– Nein, ich bleibe bei dir.
– Hier ist das Ende der Welt.
– Das wird schon, Max.
– Ich muss sie anrufen.
– Du wirst bald neben ihr sitzen und mit ihr reden.
– Vielleicht bin ich ein Arschloch.
– Warum?
– Weil ich so über alles rede.
– Blödsinn, Max.
– Ich müsste trauriger sein.
– Wie traurig denn noch?
– Ich müsste nach ihr suchen und nicht hier sitzen. Ich müsste weinen, verzweifelt sein, ich müsste bei ihr sein, bei Hanni, sie anschauen, mich verabschieden von ihr, sie halten. Ich dürfte nicht hier sitzen, nicht lachen, nicht trinken, ich müsste bei Hanni sein, Tilda suchen. Das müsste ich.
– Müsstest du nicht.
– Doch.
– Wer sagt denn, wie man sein muss, wenn man jemanden verliert? Wer sagt, was erlaubt ist und was nicht? Niemand, Max. Besauf dich, wenn du willst, betäub

alles, was weh tut. Du hast viel mehr getan als jeder andere.

– Vielleicht war es zu wenig.
– Wir haben beinahe jemanden umgebracht, Max, wir wurden verprügelt, wir haben eine Frau und ihr Kind entführt. Das reicht, Max.
– Sie könnte noch am Leben sein.
– Nein, Max. Das war Schicksal.
– Blödsinn. Es war unsere Schuld.
– Wenn schon, dann war es Wagners Schuld. Wenn er Tilda das nicht angetan hätte, hätten wir keine Frischhaltefolie gekauft.
– Wenn wir keine Frischhaltefolie gekauft hätten, hätte Wagner auch keine gekauft.
– Wagner hat sie getötet, Max, nicht wir. Wir würden immer noch auf deiner Terrasse sitzen und Wein trinken, wenn er nicht aufgetaucht wäre, wenn das vor zwanzig Jahren nicht passiert wäre.
– Sie kommt nicht wieder, Baroni.
– Doch, sie kommt wieder.
– Hanni. Sie wird nie wieder neben mir liegen.
– Nein, das wird sie nicht.
– Scheißdreck, Baroni.
– Scheißdreck, Max.

Abend im Dorf. Abend in der Sauna.

Baronis Körper ist übersät mit roten Flecken. Er trinkt und kratzt sich abwechselnd, er legt Max den Arm um die Schultern, er will ihn aufmuntern, er will bei ihm sein, für ihn da sein. Egal was kommt. Baroni weiß, dass Max' Welt kaputt ist, dass nichts mehr an seinem Platz steht, dass alles zerfetzt herumliegt. Baroni hält ihn fest. Nackt zwei Männer in der Sauna. Ihre Oberkörper ineinander, Schnaps in ihren Mündern. Versteckt in der kleinen Blocksauna im Friedhofsgarten.

Baroni und Max, allein. Bis Paul die Tür aufreißt und sie wieder zurück in die Welt holt.

Ein Mann, atemlos, vollgepackt mit Neuigkeiten. Er berichtet ihnen, dass Blum gefunden wurde, dass er bereits verhört wurde, dass er gestanden hat, alles. Max und Baroni hören, was Paul ihnen erzählt, dass Blum Wagner immer in seinem Auto aus dem Gefängnis gebracht hat, im Kofferraum, dass eine Türe in der Schlosserei direkt auf den Hof führt, dass ihm ein Aufseher namens Vinzenz Stuck geholfen hat, dass er geschwiegen hat für ihn, Wagner immer wieder die Gelegenheit gegeben hat, allein zu sein, ohne Mithäftlinge, um ungesehen mit Blum verschwinden zu können.

Paul erzählt. Er steht in der Tür, schaut die nackten Männer an, schaut zu, wie sie trinken, er redet pausenlos, fasst zusammen, was er von Blums Frau gehört hat, von den Kollegen, die Blum verhörten, er wiederholt sich, so, als könnte er nicht glauben, was er sagt. Wagner hat das Gefängnis regelmäßig verlassen. Immer wieder ist er gegangen und wieder zurückgekommen, ungesehen. Er hat Blums Auto verwendet, um ins Dorf zu kommen. Wagner hatte Blum in der Hand. Ein Gefängnisdirektor hat seinen Häftling um Geburtshilfe gebeten, ihn mit zu sich nach Hause genommen, um seine Frau künstlich befruchten zu lassen. Paul schüttelt den Kopf.

Unglaublich, sagt er.

Was ist mit Wagner, fragt Max.

Paul nimmt sich die Flasche und macht die Tür zu. Während er trinkt, zieht er seine Hose nach unten und knöpft sein Hemd auf. Nackt setzt er sich neben Max und Baroni, nackt trinkt er in langen Schlucken, bevor er antwortet.

Er ist nicht mehr da, sagt er.

Wagner ist nicht mehr an seinem Platz, nicht mehr in seiner Zelle. Nicht im Gefängnis. Blum hat ihn mit nach draußen genommen, bevor er verhaftet wurde. Ohne Blum und ohne Vinzenz konnte Wagner nicht mehr zurück.

Sie schweigen.

Er konnte nicht mehr zurück. Weil Blum gestanden hatte. Weil endlich die Wahrheit ans Licht gekommen ist. Weil Blum in einem Verhörraum sitzt statt am Steuer seines Wagens. Wagner ist weg. Keine Spur von ihm. Sie bekamen keine Antworten, kein Wort, kein Verhör, nichts von ihm. Nur die Wahrheit. Dass er es war. Dass er sie eingegraben hat, dass Blum davon wusste, dass Wagner ihn zum Mitwisser gemacht hatte.

Kein Wagner. Nur Ratlosigkeit und Verzweiflung in Pauls Gesicht, weil sie keine Spur haben, nichts wissen, nicht mehr als vorher. Nichts über Tilda. Wo sie ist, diese Kiste, ihr Grab. Nichts. Nur der Mund von Max, der schreien will und nicht kann. Neben ihm Baronis Fragen und die traurigen Antworten von Paul.

Wie er sich entschuldigt. Dass er Tilda nicht geglaubt hat, dass er daran gezweifelt hat, dass er nicht persönlich mit Wagner gesprochen hat, der Spur nicht nachgegangen ist.

Das war Schicksal, sagt Baroni.

Wir finden sie nicht, sagt Paul und trinkt.

Seit fünfzig Stunden sind hunderte Menschen ununterbrochen auf der Suche nach ihr, doch nichts, keine Spur von ihr. Das Gebiet, in dem man ihr Handy geortet hat, ist zu groß, es kann noch Tage dauern, Wochen, bis sie die Stelle finden, an der er sie vergraben hat.

Die Zeit reicht nicht. Ohne Wagners Hilfe werden sie Tilda nicht finden. Ohne ihn wird sie sterben. Und Paul weiß das.

– Sie kann nicht mehr.
– Doch, sie kann.
– Sie sagt, dass ihre Beine weh tun, dass es unerträglich ist, sich nicht bewegen zu können, sie sagt, sie kann kaum noch.
– Sie sagt gar nichts mehr, weil dieses beschissene Handy keinen Akku mehr hat. Vielleicht hören wir sie nie wieder.
– Ich habe eben mit ihr telefoniert.
– Was hast du?
– Ich habe sie vor zwanzig Minuten angerufen, ich musste ihr sagen, dass sie recht hatte.
– Das kann nicht sein.
– Doch.
– Ich habe zwanzigmal versucht, sie zu erreichen, da war immer nur das Freizeichen, ich dachte, sie ist weg. Für immer.
– Ich habe ihr gesagt, sie soll es ausschalten, wenn sie schläft.
– Warum tust du das? Bist du verrückt geworden?
– Ich will nicht, dass sie die Verbindung zu uns verliert, ich habe ihr gesagt, sie soll den Akku schonen.
– Warum sagst du mir das nicht?
– Jetzt sage ich es dir.
– Scheiße, Paul.
– Mehr als das, Max.

Stundenlang hat Paul ihnen allen Hoffnung gemacht, doch jetzt ist seine Stimme leise, man hört sie kaum noch. Seit unzähligen Stunden ist er unterwegs, hat nicht geschlafen, hat mit tausend Menschen gesprochen, sich Sorgen gemacht ununterbrochen, Angst um sie gehabt, er hat gesucht, telefoniert, die Kollegen aus Wien angetrieben, immer neue Peilungen angeordnet, gefleht und gebettelt, auf ein Wunder gehofft. Doch die Technik half nicht weiter, sie scheiterten immer wieder, Tildas Handy ließ sich nicht orten, nicht genauer, als sie es ohnehin schon wussten, unzählige Stunden an teuren Geräten blieben ohne Ergebnis, der Radius wurde nicht kleiner. Tilda ist irgendwo und irgendwo ist unendlich weit weg. Zu weit, um sie zu finden. Paul kann nicht mehr. Max und Baroni können nicht mehr. Drei Männer auf der Saunabank.

Über zehn Minuten lang sitzen sie da, ohne zu reden. Sinnlos starren sie die Polarfichte an.

Zehn Minuten lang nichts.

Schicksal, sagt Baroni noch einmal.

Ich scheiß auf das Schicksal, sagt Max.

Dann stößt er die Tür auf.

Neunzehn

Mitternacht. Max im Auto.

Er fährt schnell. Es ist warm in ihm, der Alkohol macht ihn mutig. Im Auto über die dunkle Landstraße, Richtung Waldrand, dorthin, wo die Übertragungswagen stehen, wo die Kameras sind, die Journalisten, wo die Meute auf Beute wartet. Keine Straßenlaternen, er ist allein auf der Straße, kein Gegenverkehr, nur er und das, was er vorhat, die Worte, die er sich zurechtlegt, sein Plan, der Tilda retten soll, der letzte Ausweg, vielleicht ein weiterer sinnloser Schlag ins Wasser. Vielleicht. Aber es gibt nichts zu tun sonst. Er will sich nicht damit abfinden, dass jemand anderer entscheidet, dass das Schicksal die Menschen aus seinem Leben reißt, einfach so. Das kann er nicht. Egal was kommt. Er wird alles getan haben. Er wird sie retten. Egal wie. Er schlängelt sich die Kurven entlang, die Schlucht hinauf.

Er hat sich nicht umgezogen, vor dem Saunahaus hat er wieder sein verschwitztes, blutiges Hemd übergezogen, immer noch klebt dieser unendlich lange Tag daran, alles, was war, Vinzenz, Hanni, Wagner. Mit jedem Blick auf sein Hemd ist es wieder da, jede Einzelheit. Wie sie durch den Flughafen gelaufen sind, wie sie liegen geblieben sind auf dem Toilettenboden, wie sie wieder aufgestanden sind und diese Frau in ihr Auto gesetzt haben. Wie sie zurück ins Dorf gefahren sind, hoffnungsvoll. Wie sie dachten, dass alles zu Ende sein würde, bald.

Wie Paul nur noch da saß, nackt, und trank.

Aussichtslos alles.

Dunkel. Von der Landstraße biegt er auf einen kleinen Weg ab. Max fährt auf die Lichter zu. Er will es zu Ende bringen. Er parkt und geht zu den Übertragungswagen, bleibt stehen und schreit. Zuerst seinen Namen. Und dann, dass er reden will, jetzt. Angespannt wartet er, bis sie sich um ihn scharen, schaut zu, wie sie aus ihren Löchern kriechen, wie ihre gierigen Augen ahnen, was jetzt kommen wird.

Max Broll, der Stiefsohn der Entführten, der Freund der toten Hanni Polzer, Max Broll, der Totengräber. Wie sie ihre Zähne fletschen, auf ihn zugehen, ihn umkreisen. Sie wissen noch nichts von den neuesten Entwicklungen, nichts von Blum, nicht dass er Leopold Wagners Schuld bestätigt hat, dass er ein Mörder ist. Sie drängeln, die ersten Fragen schießen in seine Richtung, sie halten ihm ihre Mikrofone hin.

Max schaut in die Kameras.

Sein Gesicht ist ungerührt, seine Worte ruhig und klar: Der Alkohol macht alles leichter, Max ist mutig, Max ist stark, nichts bringt ihn aus der Ruhe, er weiß, was er zu tun hat. Alles, was er in den letzten zwei Tagen erlebt hat, kommt plötzlich aus ihm, er lässt nichts aus, erzählt alles, er lässt sie nicht zu Wort kommen, reiht Ereignisse aneinander, zeichnet ein Bild von all dem Schrecklichen, das hinter ihm liegt. Von Wagner, von Blum, von Hanni. Sachlich, ohne Tränen, er informiert sie, nicht mehr. Er füttert sie, und sie fressen ihm aus der Hand, hängen an seinen Lippen, sie nehmen, was er ihnen vor die Füße wirft. Max weiß, was sie brauchen, er weiß, was eine gute Nachricht spannend macht. Er bedient sie, er legt seinen Köder aus, er nimmt das Schicksal in die Hand.

Max spricht den Namen aus. Wagner. Er sagt der Welt, wer für diese Verbrechen verantwortlich ist. Leopold Wagner.

Mörder, sagt er. Geisteskranker Häftling. Impotenter Scheißkerl.

Max schlägt um sich. Es fallen Worte, von denen Max weiß, dass sie ihn treffen, dass sie ihn aufscheuchen, ihn zu ihm treiben. Unmännlich. Unfähig, Kinder zu zeugen. Größenwahn, Feigling, Schwächling. Max provoziert ihn, beleidigt ihn, kränkt ihn, verletzt seinen Stolz. Er spricht von den unzähligen Kindern, die das Glück haben, ihren Vater nicht zu kennen, er schaut in die Kameras und pinkelt in Wagners Gesicht. Mit Anlauf wirft er sich gegen ihn, reißt ihn um, egal wo er sich versteckt, wo er sich verkrochen hat. Egal was kommt.

Mitten in der Nacht. Max im Kreis der Journalisten. Eigentlich sollte er schlafen, neben seiner Freundin liegen, ihre Haut spüren. Doch er redet mit Journalisten, er steuert sie, lenkt sie, er lässt sich fotografieren, er hört sie bereits tippen, telefonieren, er diktiert ihnen die Wahrheit in ihre Mikrofone. Wort für Wort. Er beantwortet ihre Fragen, die sie nicht stellen, weil er weiß, was sie wissen wollen, er lässt nichts offen. Max Broll, blutig, verwundet.

Er sieht wie ihre Augen leuchten. Das Blitzlicht, die Scheinwerfer. Von Minute zu Minute werden es mehr, es spricht sich herum, dass etwas passiert ist, dass Broll bei den Wagen steht und die Bombe zum Platzen bringt, dass das Drama einen neuen Höhepunkt erreicht. Wie verblüfft sie sind, wie sie den Kopf schütteln und bereits in ihren Köpfen an der Moderation arbeiten, an Schlagzeilen. Max hört sie, er kann sie bereits vor sich sehen, schwarz gedruckt, eingeblendet auf den Bildschirmen.

Paukenschlag im Fall Broll.

Totengräber schlägt um sich.

Broll belastet Leopold Wagner.

Der Kindermacher hat wieder zugeschlagen.

Max steht vor ihnen. Er erzählt Ungeheuerliches. Er bettelt nicht. Er tut nicht, was sie von ihm erwartet hätten, er bittet Wagner nicht um Hilfe, er fleht ihn nicht an, ihm zu sagen, wo Tilda ist, wo er sie vergraben hat. Das tut er nicht. Max steht da und holt aus. Er schlägt zu, macht Wagner zum Verbrecher, zum Mörder, Ausbrecher, zum Schänder, zum impotenten Clown, zum Psychopathen, der seiner eigenen Frau kein Kind machen konnte. Er fordert ihn heraus.

Leck mich am Arsch, sagt er. Wir finden sie auch ohne dich.

Dann dreht er sich um und geht.

Er drängt sich an den Journalisten vorbei, beantwortet keine einzige Frage, das Gebrüll ignoriert er, die aufgeregte Meute, die ihm zu seinem Wagen nachläuft. Er steigt in seinen Wagen und fährt. Blitzlichtgewitter. Broll in seinem Auto, ein neues Motiv, Broll am Steuer, sein Gesicht hart und angriffslustig. Wie er vom Gelände fährt, zurück auf die Landstraße.

Max weiß, dass sein Gesicht in wenigen Stunden die Zeitungen pflastern wird, dass es in wenigen Minuten über die Bildschirme flimmert, dass Wagner ihn hören wird, egal wo er ist. Er wird alles hören, was er gesagt hat. Jedes einzelne Wort, die Wahrheit, die ihn für immer hinter Gitter bringen wird. Wagner wird zu ihm kommen, egal ob das ganze Land nach ihm sucht. Max weiß es, er spürt es, er ist sich sicher, Wagner wird sich dafür rächen, er wird Max bestrafen wollen, ihm für jedes falsche Wort ein Stück Haut abziehen. Wagner wird kommen. Weil Max ihn mit Dreck beworfen hat. Weil er will, dass Max still ist, für immer.

Max fährt.

Er hat keine Angst mehr, er hat nichts mehr zu verlieren. Er wird alles für sie tun, für Tilda, er wird nicht zögern, keine Sekunde. Egal was kommt, er ist verantwortlich dafür, er hat den Löwen geweckt, ihn aufgestachelt. Für alles, was jetzt kommen wird, übernimmt er die Verantwortung. Er und Baroni.

Sie waren sich einig, sie würden es gemeinsam zu Ende bringen. Sie würden alles genau so machen, wie Max es vorgeschlagen hat. Max sollte nach seinem Auftritt sofort zurückkommen, nach Hause fahren, hinauf in seine Wohnung gehen und auf Wagner warten. Baroni hatte Max nicht davon abgehalten, zu den Journalisten zu fahren, im Gegenteil. Er war ihm nachgerannt, nackt durch den Garten, hinauf in seine Wohnung, sie hatten alles geplant, sie hatten sich ausgemalt, was passieren sollte. Alles, was kommen sollte. Sie waren sich so sicher.

Max parkt. Steigt aus.

Die paar Journalisten, die ihm gefolgt sind, werden früher oder später verschwinden, sie werden merken, dass es nichts mehr zu holen gibt in dieser Nacht, sie werden abrücken. Es wird still werden rund um das Friedhofswärterhaus. Max steigt langsam die Stiegen nach oben und macht das Licht an. Wie leer seine Wohnung ist. Wie er sich auf seine Couch setzt und mit dem Warten beginnt. Allein. Zehn Minuten lang, zwanzig. Wie er sich Bier holt, wie der Dosenverschluss knackt. Kurz macht er den Fernseher an. Er trinkt. Überall sein Gesicht, überall seine Worte.

Wie sein Finger den roten Knopf drückt.

Max auf der Couch. Wie er ins Leere starrt.

Die Türe hat er nicht abgesperrt, Wagner wird die Klinke nach unten drücken, bald. Er wird zu ihm kommen, irgendwie wird er den Weg zu ihm finden, an den Polizisten und Journalisten vorbei, im Dunklen, der Friedhofsmauer entlang. In zehn Minuten, in zwanzig wird er da sein. Er wird kommen und Max wird wach bleiben. Er wird nicht einschlafen, auch wenn es das

Beste wäre, die einzige Möglichkeit, nicht an sie denken zu müssen. Wie ihm alles einfällt, was sie getan hat, was sie nicht getan hat. Wie er die Gedanken an sie nach unten drücken will, wie er sie wegschieben will von sich, ihr Gesicht, ihr Lachen, weil es weh tut, jeden kleinen Augenblick lang, jeder kleine Gedanke an sie. Er will es nicht. An sie denken, er will schlafen, die Augen zumachen, nichts mehr sehen, nichts, was war. Aber er kann nicht, er muss wach sein, auf ihn warten, auf Wagner. So ist der Plan, so haben sie es sich ausgedacht, warten, bis er kommt.

Max steht auf, er geht herum, auf die Terrasse, er macht Liegestütze. Er zwingt sich, wach zu bleiben, er trinkt Kaffee, er hört Musik, er spült Geschirr, er versucht, nicht an sie zu denken. Immer wieder geht er auf die Terrasse und schaut hinüber zu Baroni.

Wie Baroni ihm zuwinkt. Wie er la Ortega in seinem Arm hält. Max wartet. Die Müdigkeit will ihn niederschlagen, aber seine Augen bleiben offen. Nichts passiert. Die Tür geht nicht auf, Wagner bleibt weg, irgendwo verborgen. Vielleicht ist alles umsonst, vielleicht ist er bereits im Ausland, vielleicht ist es ihm egal, was der kleine, müde Totengräber der Welt über ihn gesagt hat. Tilda wird sterben und niemand kann das verhindern. Niemand. Auch er nicht.

Max kann nicht mehr. Seine Augen fallen zu.

Von einer Sekunde zur anderen ist es dunkel.

Zwanzig

Alles kam anders.

Nichts war so, wie Max und Baroni es sich vorgestellt hatten. Gar nichts. Die Beamten, die sich überall rund um den Kirchplatz und das Friedhofswärterhaus verschanzt hatten, saßen immer noch still an ihren Plätzen, als die Sonne aufging. Kein Zugriff, da war niemand, der Max geweckt hat, keiner, der in aus seinem Albtraum geholt hat.

Max liegt immer noch dort, wo er eingeschlafen ist. Sein trauriger Körper auf der roten Couch, erschöpft, müde. Er ignoriert das Telefon, er lässt es läuten, seine Augen sind kurz aufgegangen, doch mit einem Stöhnen drückt er seinen Kopf tief in den Polster. Er will nichts hören, niemanden, auch nicht Baroni. Er will schlafen, für immer, nie mehr aufwachen. Nie mehr. Immer wieder das Läuten, immer wieder gehen seine Augen auf und zu. Max wälzt sich hin und her, er möchte aufstehen und das Kabel aus der Wand reißen, er will, dass es aufhört, das Läuten, Baroni.

Als es zum sechsten Mal beginnt zu klingeln, steht er auf und hebt ab. Wortlos presst er den Hörer an sein Ohr und wartet auf Baronis Bericht. Doch es ist nicht die Stimme von seinem Freund.

Mit einem Schlag ist Max hellwach.

– Das hätten Sie nicht tun sollen.
– Doch, Arschloch.

Max drückt den roten Knopf.

Wagners Stimme verschwindet so schnell, wie sie gekommen ist. Max wartet. Er weiß, dass es noch einmal läuten wird, dass Wagner sich nicht zufrieden gibt damit, dass er es nicht ertragen kann, dass Max das letzte Wort hat. Zehn Sekunden lang ist es still. Max nimmt das Telefon und geht auf die Terrasse. Dann läutet es. Die Sonne scheint, die Hälfte des Friedhofs liegt in goldenem Licht, alte Frauen knien an den Gräbern und pflanzen Blumen. Fast so wie immer. Wie sie zusammenstehen und reden, wie sie Stunden am Friedhof verbringen, weil da sonst niemand mehr ist, weil da niemand mehr zuhause ist, der auf sie wartet. Sie sind unter der Erde. Ihre Frauen pflanzen Blumen.

Es läutet. Max drückt den grünen Knopf. Sonne in seinem Gesicht, er hört ihn, sein Atmen, nichts sonst. Beide schweigen, warten ab. Wagner und Max. Er schaut nach unten. Er muss ihr Grab schaufeln, er muss die Beerdigung vorbereiten, Hanni hatte niemanden sonst. Ihre Eltern sind tot, sie war ein Einzelkind. Er hört ihn, er wartet ab, Max will, dass Wagner etwas sagt, dass er ihm etwas vorgibt, worauf er reagieren kann. Doch Wagner schweigt, atmet nur, Max hält das Telefon. Er muss zum Bestatter, den Sarg aussuchen, den Blumenschmuck, er muss die Traueranzeige gestalten. Er wird Hanni zu ihren Eltern legen, in diesem Teil des Friedhofs scheint die Sonne am längsten.

Das Telefon an seinem Ohr.

Was soll er den Mörder von Hanni fragen? Warum ruft er an? Warum ist er nicht gekommen? Warum hat er nicht versucht, Max' Skalp zu holen? Hat er die Polizisten gesehen, war der Plan so leicht zu durchschauen? Hat er Wagner unterschätzt? Warum sagt er nichts? Das Telefon. Wagner. Max setzt sich.

Ein wunderschöner Tag beginnt. Er hört das Meer rauschen hinter der Friedhofsmauer, es ist ein Tag, der Glück versprechen könnte, ein Tag, an dem die Berge unsichtbar sind, an dem man bis zum Ufer sehen kann, den Sand, die Wellen, wie sie friedlich am Strand liegen bleiben. Das Rauschen in seinem Ohr. Das Meer, nach dem er sich sehnt. Wie er mit Hanni dort war vor zwei Monaten, wie sie im Sand lag. Hanni und Max. Dieses Rauschen in seinem Ohr.

Und Wagner.

– Sie haben einen Fehler gemacht.
– Was willst du?
– Sie werden sterben.
– Ich weiß.
– Heute.
– Ach.
– Ich sagte, dass Sie heute sterben werden.
– Hören Sie das Meer?
– Sie haben mich nicht verstanden.
– Doch, habe ich.
– Bald werden Sie tot sein.
– Werde ich das?
– Entweder Sie oder Ihre Stiefmutter.
– Was soll das werden?
– Sie können entscheiden.
– Du kannst mich mal.
– Sie sollten jetzt besser nicht mehr auflegen.
– Was sonst?
– Sonst sterben Sie beide.
– Wo ist sie?
– Das erfahren Sie, wenn Sie für sie sterben.
– Scheißdreck.
– Ohne mich finden Sie sie in hundert Jahren nicht.
– Was sind Sie für ein krankes Arschloch?
– Ich denke, für Ihre Stiefmutter ist es schlimmer, Sie auf dem Gewissen zu haben, als selbst zu sterben. Und

für Sie ist es die einzige Möglichkeit, sie zu retten. Das wollen Sie doch, oder? Sie retten. Sie wollen ja kaum für noch einen Tod verantwortlich sein, habe ich recht?
– Drecksau.
– Sie haben die Wahl. Noch fünfundvierzig Sekunden lang. Entweder Sie stimmen dem Plan zu, oder ich erschieße Sie.
– Sie werden sterben, nicht ich.
– Dreißig Sekunden.
– Blödsinn, hör auf mit dem Scheiß.
– Zwanzig. Und nicht auflegen, das wird als Regelverstoß gewertet und Sie werden sofort sterben, noch vor Ablauf der Zeit.
– Du redest Scheiße.
– Zehn Sekunden. Sie oder Ihre Stiefmutter.
– Leck mich.
– Fünf Sekunden. Ich habe Sie im Anschlag.
– Es reicht. Du bluffst ja nur. Auf Wiedersehen, Arschloch.
– Bleiben Sie dran und hören Sie mir gut zu. Sie stehen auf ihrer Terrasse, Sie haben immer noch Ihr widerlich blutiges Hemd an, Sie raufen sich gerade die Haare, und Sie sollten sich jetzt entscheiden, sonst drücke ich ab. Sie werden tot sein und Tilda Broll wird elendig verrecken. Sie beide tot. Sinnloserweise, nur weil Sie sich nicht entscheiden können. Also, kleiner Aufschub. Vier Sekunden noch.
– Arschloch.
– Zwei Sekunden.
– Von mir aus. Erschieß mich, du Sau.
– Ich werte das als Ja. Korrekt?
– Mach, was du willst.
– Sie sind also einverstanden mit unserem kleinen Deal?

– Was wollen Sie von mir, verdammt? Was muss ich tun?
– Ich war mir wirklich nicht ganz sicher, wie Sie sich entscheiden würden, gewettet hätte ich nicht auf Sie.
– Wo bist du?
– In Ihrer Nähe.
– Warum tust du das? Warum bringst du es nicht einfach zu Ende?
– Warum bringen Sie es nicht einfach zu Ende und lassen Ihre Stiefmutter sterben? Sie ist ja nicht mehr die Jüngste, oder?
– Du stehst da irgendwo mit einem Gewehr und zielst auf mich? Ist das dein Ernst?
– Fast. Es ist eine Pistole. Mit Schalldämpfer.
– Ich glaube dir kein Wort.
– Sie meinen die Pistole?
– Genau. Es reicht, Schluss mit dem Theater.
– Schauen Sie auf die Weinflasche neben sich. Ein grässlicher Wein übrigens.
– Was soll das?
– Schauen Sie hin.
– Und?
– Eins, zwei, drei. Bumm.
– Sie sind ja völlig krank.
– Diesem Wein weint niemand nach.
– Was willst du von mir?
– Dass Sie mich ernst nehmen.
– Du zielst auf mich.
– Jetzt haben Sie es also verstanden?
– Was du von mir willst, will ich wissen.
– Wenn Sie auflegen, ist sie tot. Sie bleiben in der Leitung, niemand wird erfahren, dass ich hier bin, Sie werden es niemandem sagen. Verstehen Sie das?
– Ja.

– Nicht auflegen.
– Wie oft denn noch, du Arschloch.
– Ihre Chance, mich zu finden, ist nicht groß, ich könnte überall sein, bis die Polizei wieder hier ist, bin ich längst weg, und Ihre Stiefmami wird für immer bleiben, wo sie jetzt ist. Die Wahrscheinlichkeit, dass Sie dieses Spiel gewinnen, ist also gering. Besser, Sie kooperieren.
– Kooperieren?
– Ich werde nicht wieder anrufen.
– Ich sterbe und sie wird leben?
– Exakt.
– Warum sollte ich dir das glauben?
– Warum bringe ich Sie nicht einfach um? Ich könnte es.
– Ja, warum tust du es nicht?
– Und Ihre Stiefmutter?
– Dann spielen wir eben dein Scheißspiel. Du tötest mich, rufst anonym bei der Polizei an und sagst ihnen, wo sie Tilda finden können.
– Sie würden mir vertrauen? Das ist schmeichelhaft, aber ich habe mir etwas Besseres ausgedacht.
– Es reicht.
– Ich bin noch nicht fertig.
– Ich werde jetzt zurück in meine Wohnung gehen.
– Aber Sie werden nicht auflegen, ich werde bei Ihnen bleiben, Ihnen sagen, was Sie als nächstes tun werden.
– Ich gehe jetzt hinein. Jetzt. Ich gehe in die Küche und werde mir Milch aus dem Kühlschrank holen.
– Sie bleiben, wo Sie sind.
– Leck mich.
– Sie spielen mit Ihrem Leben.
– Mein Leben ist mir scheißegal.

– Sie wissen, was auf dem Spiel steht.
– Ich wusste, dass du nicht schießen wirst, du bist ein kleiner, beschissener Feigling, du hast keine Eier.
– Trinken Sie Ihre Milch. Nur nicht auflegen.
– Ich werde jetzt auflegen.
– Das war es dann für Tilda Broll. Und für Sie auch, wenn Sie aus dem Haus kommen.
– Mein Leben für ihres. Ich bin einverstanden. Aber ich werde jetzt zu meinem Freund gehen und mich von ihm verabschieden. Ich werde das Telefon erst in einer Stunde wieder abnehmen, ich werde niemanden anrufen, keine Polizei. Ich schwöre es. Ich will ihn nur ein letztes Mal sehen, Baroni. Sonst nichts. In einer Stunde kannst du mit mir machen, was du willst. In drei Minuten werde ich das Haus verlassen, erschieß mich, wenn du meinst.

Max legt auf.

Er ist in Sicherheit, er ist außerhalb der Schusslinie, er rührt sich nicht von der Stelle, bleibt von den Fenstern weg, er zittert. Draußen auf der Terrasse liegt die kaputte Weinflasche. Er hat geschossen, er ist da, in seiner Nähe, Wagner. Er ist auf einem Dach, versteckt hinter einem Fenster, hinter einer Mauer, auf einem Dachboden, er hat sich angeschlichen, hat gewartet, bis die Polizisten abgerückt waren, er hat geahnt, was Max vorhatte, dass er in eine Falle laufen sollte. Wagner hat die Waffe. Wagner weiß, wo Tilda ist. Er ist gekommen, um ein krankes Spiel mit Max zu spielen, um seine Macht zu zeigen, er will Max bestrafen, er will Max töten.

Sein Leben für das von Tilda, hat er gesagt.

Dieses Dreckschwein. Das war noch nicht das Ende, Max ist sich sicher, dass Wagner abwartet, dass er wieder anrufen wird. Er will sich sicher sein. Weil Wagner Rache will, er brennt darauf, Max die Haut abzuziehen, ihn in seine Einzelteile zu zerlegen, leiden zu lassen, ihm noch mehr weh zu tun. Noch viel mehr. Wagner will ihn zu Hanni schicken mit einem Grinsen im Gesicht. Langsam, nicht mit einem Schuss, nicht einfach so. Er will es genießen, er will, dass Tilda überlebt und für den Tod von Max verantwortlich ist, dass sie für den Rest ihres Lebens leidet, dass sie bei jedem Gedanken an Max sterben will. Wagners Plan ist teuflisch. Doch sie wird leben.

Max überlegt. Er muss etwas tun. Was? Wie wird Wagner es machen? Was wird er tun, wird er Tilda wirklich freilassen? Wird er ihn erschießen, wenn er aus dem Haus kommt? Wird er jetzt wirklich sterben? Kann es wirklich sein, das alles so kommt? Dass kein anderer Weg mehr bleibt? Er überlegt. Seit zwei Minuten in seiner Küche.

Er sieht sie vor sich. Tilda.

Wie sie im Dunkeln liegt und Angst hat.

Dann rennt er los. Er ist sich sicher.

Er weiß, was passieren wird.

Er weiß es einfach.

Nichts mehr ist gut. Gar nichts.

Max schleicht der Hauswand entlang und springt dann mit langen Schritten über den Platz, er poltert an Baronis Tür, schreit, stürzt nach innen. Baroni starrt ihn an, geht mit ihm nach oben, schaut in das traurige Gesicht von Max, in diese Augen, die jetzt noch leerer sind als am Abend zuvor.

Setz dich, sagt Baroni.

Ich werde sterben, sagt Max.

Baroni neben ihm, wortlos.

Er hört zu. Auch la Ortega und Blums Frau setzen sich zu ihnen. Was sie hören ist Wahnsinn, über Wagner, über diese Idee, Tilda zu retten, sich für sie zu opfern. Baroni schüttelt den Kopf. Immer wieder geht er hin und her, bevor sein Mund aufgeht, bevor er endlich beginnt, auf Max einzureden, versucht, ihn davon abzuhalten, sich auf diesen Unsinn einzulassen. Dass Max sterben soll, will Baroni nicht akzeptieren, er besteht darauf, Paul anzurufen, nach Wagner fahnden zu lassen, er muss in der Nähe sein, sie werden ihn finden. Er nimmt den Kopf von Max in seine Hände und redet auf ihn ein, bittet ihn, mit ihm in der Wohnung zu bleiben, abzuwarten. Baroni fleht ihn an, vernünftig zu sein, nachzudenken, er beschwört ihn, beschimpft ihn. Doch nichts hilft.

Max wird sterben.

Er wiederholt es, versucht zu erklären, dass er nicht anders kann, dass er es tun muss, dass er nicht mehr leben will. Nicht so. Ohne Hanni. Ohne Tilda. Max weint.

Es tut mir alles so leid, sagt er.

Blödsinn, sagt Baroni.

Er hört nicht auf, den Kopf zu schütteln, auf und ab zu gehen, er schreit Max an. Er soll jetzt endlich mit diesem Scheißdreck aufhören. Er soll es lassen, er soll ein Glas Wein trinken und sich zurücklehnen, er soll schlafen, sich betrinken, er soll einfach seinen Mund halten und nichts tun. Nicht nach draußen gehen, nicht mit Wagner telefonieren, nie wieder. Baroni weiß nicht weiter, er ist verzweifelt, er packt Max bei den Schultern, schüttelt ihn. Er kennt ihn, er spürt, wie ernst es ihm ist, dass Max nicht mehr davon abzubringen ist, dass er sich für diesen Weg entschieden hat, weil er sich verantwortlich fühlt für das, was passiert ist.

Hör auf damit, schreit er.

Baroni rüttelt ihn hin und her. Er weiß, dass nichts ihn umstimmen kann, egal wie laut er schreit, wie oft er ihn noch anbrüllt, wie liebevoll er ihn darum bittet, Max wird tun, was er meint tun zu müssen. Egal ob es Unsinn ist. Für ihn ist es die einzige Möglichkeit, die ihm bleibt. Einen anderen Weg gibt es nicht mehr. Er ist bereit, für Tilda zu sterben. Baroni muss es akzeptieren, dass Max hier ist, um sich zu verabschieden. Für immer.

Nichts nützt. Auch Baronis Fäuste wären sinnlos, würden Max nicht aufhalten. Max will sterben. Einfach so an einem Dienstag. Wie unvorstellbar dieser Moment ist, wie unglaublich. Wie la Ortega sich nur noch die Hand vor den Mund hält. Wie Blums Frau schweigt. Wie Baroni zum Telefon greift und wählt.

Ich kann das nicht zulassen, sagt er.

Bitte lass mich, sagt Max.

Sie umarmen sich. Freunde. Hilflos ineinander, ihre Arme, ihre Geschichten. Drei gemeinsame Jahre, Baroni und Max. Zwei Männer im Designerwohnzimmer.

So viel, das sie verbindet, so viel, das in dieser Umarmung einfach aufhört.

Ich kann nicht anders, sagt Max.

Wie Baroni ihn festhält, ihn beschützen will. Wie Max sich von ihm löst und aufsteht, weil sein Telefon klingelt. Wagner schreit nach ihm.

Ich muss jetzt gehen, sagt Max.

Das Telefon in seiner Hand. Max schaut Baroni an und drückt den grünen Knopf.

Bitte lass mich gehen, sagen seine Augen, dann reißt er die Tür auf und rennt die Treppen nach unten.

Er hat drei Minuten.

Er rennt. Max weiß, dass er Wagner nicht noch einmal provozieren darf, dass er seinen Anweisungen ab jetzt folgen muss. Er muss tun, was Wagner sagt. Er hat drei Minuten lang Zeit, nicht mehr. Wagners Stimme ließ ihm keinen Spielraum mehr. Tilda wird keinen weiteren Tag mehr überstehen, Max ist ihre letzte Chance, sein Leben gegen ihres. Max rennt. Er reißt die Kirchentür auf, rennt durch das Kirchenschiff, öffnet eine weitere Tür und steigt nach oben.

In drei Minuten oben auf dem Kirchturm, hat Wagner gesagt. Sonst nichts.

Er hat einfach aufgelegt, nicht abgewartet, was Max sagen würde. Max ist losgerannt, hat Baroni zurückgelassen, alles, was er noch hatte, sein Leben, seine Wohnung, seinen Friedhof, alles. Er ist über den Kirchplatz gerannt, hat Türen aufgerissen im Bewusstsein, dass er es zum letzten Mal tat.

Max denkt nicht mehr nach, er setzt nur einen Fuß vor den anderen. Nicht denken. Nur nach oben steigen. Drei Stufen auf einmal. Noch eine Minute, mehr hat er bestimmt nicht mehr. Er atmet wild, bekommt fast keine Luft mehr, er zählt die Sekunden, die Stufen. Keine anderen Gedanken mehr, nur die Stufen, die Sekunden, die ihn von Wagner trennen. Keine Fragen mehr, nur seine Beine, wie sie nach oben fliegen. Er hat sich entschieden.

Kein Zurück, kein Zweifel.

Nur nach oben steigen.

Nicht denken.

Max war als Kind oft auf dem Turm, als Jugendlicher hat er heimlich oben bei den Glocken geraucht, die dreihundertsechsundsiebzig Stufen sind ihm vertraut, das alte Holzgeländer, die eingeritzten Namen darin. Er darf keinen Fehler mehr machen, er will, dass alles ein Ende hat, ganz egal wie das Ende aussehen wird. Die Glocken vor ihm. Max kommt oben an.

Vor ihm Wagner, genau, wie er es sich vorgestellt hat. Der Mörder von Hanni, er lehnt an der Wand und schaut auf seine Uhr. In der Hand die Pistole, er richtet sie auf Max. Dann drückt er ab.

Es ist still.

Wie Max zu Boden geht.

Langsam.

Wie er Tildas Stimme im Ohr hat.

Von Baronis Wohnzimmer aus hat er noch einmal mit ihr gesprochen.

Da war dieses Piepsen, das sagte, dass der Akku bald leer sein würde. Er hat ihr gesagt, dass er nichts bereut, keinen Tag mit ihr, auch diesen nicht. Er hat ihr gesagt, dass er es tun muss, dass er nicht anders kann. Dass sie leben soll. Dass sie sich keine Vorwürfe machen muss, keine Vorwürfe machen darf, weil es seine Entscheidung war. Er hat sich bei ihr bedankt für alles, was sie für ihn getan hatte. Er hat sie nicht zu Wort kommen lassen, nicht ausreden, hat ihre Fragen nicht beantwortet. Was er vorhat. Ob er etwas Dummes tun wird. Warum er das alles sagt.

Max hat sich verabschiedet. Tilda hat ihn angeschrien. Er soll aufhören damit, er soll ihr sofort sagen, was er vorhat. Zwischen dem Piepsen und seiner Stimme hat sie gehört, dass etwas passieren wird, etwas, das nicht mehr gut zu machen war. Was, wollte sie wissen. Sie hat geweint. Ihre Stimme war klein und schwach. Max hat sie auf den Hörer geküsst. Sie hat geschluchzt. Kraftlos, leise.

Ich liebe dich, hat er gesagt.

Ich dich auch, hat Tilda geflüstert.

Dann war das Telefon tot. Da war nichts mehr von ihr. Nur noch die Erinnerung an sie. Wie sie flüsterte. Wie sie ihm Geschichten erzählte vor zwanzig Jahren. Wie sie ihn nach seiner ersten Flasche Wein erwischte, wie sie für ihn kochte, für ihn Mutter war. Wie ihre Stimme plötzlich weg war. Wie er Baroni küsste und nach unten rannte. Wie er oben ankam. Und wie Wagner schoss.

Wie die Kugel ihn streift und neben ihm einschlägt. Wie Blut aus seinem Oberschenkel kommt. Wie es brennt. Wie er dasteht und Wagner anschaut, fragend, verzweifelt.

– Zwei Minuten, vierundfünfzig Sekunden. Das war knapp.
– Ich bin hier.
– Den kleinen Streifschuss haben Sie sich trotzdem verdient. Ich sagte Ihnen doch, dass Sie nicht auflegen sollen.
– Was willst du?
– Kommen Sie erst mal zu Atem.
– Du sollst es zu Ende bringen.

– Ich bin nach wie vor sehr überrascht. Ich kann es kaum glauben, dass Sie das wirklich für sie tun wollen.
– Bevor ich sterbe, will ich mir sicher sein, dass Tilda auch wirklich gefunden wird.
– Ich finde es schön, dass Sie nicht die Polizei angerufen haben.
– Und ich finde, du bist ein widerwärtiges Dreckschwein.
– Ich verstehe, dass Sie schwer unter Druck stehen, aber ich kann diese Beleidigungen nicht länger dulden. Das nächste Mal ziele ich genauer.
– Von mir aus.
– Sie sind ganz schön durch den Wind. Scheint Sie doch alles mehr mitzunehmen, als es im Fernsehen den Anschein hatte.
– Ich will, dass du bei der Polizei anrufst und ihnen sagst, wo Tilda ist. Du kannst mein Telefon nehmen. Und dann warten wir, bis man sie ausgegraben hat. Danach kannst du mich erschießen.
– Ach, ach, ich habe doch alles vorbereitet, mich um alles gekümmert, Sie müssen sich keine Sorgen machen.
– Was willst du von mir?
– Alles steht hier auf diesem Zettel. Wo man Ihre Stiefmutter antreffen kann, wie man dorthin kommt, wie tief sie liegt und so weiter und so weiter. Am besten wäre es, Sie stecken den Zettel schön sichtbar in Ihre Hemdtasche.
– Warum?
– Damit er auch gefunden wird. Sie wollen ja, dass man Ihre Stiefmutter ausgräbt, solange sie noch am Leben ist, oder?
– Ich will lesen, was da steht.

– Bitte, lesen Sie nur.
– Auf der Mülldeponie?
– Dort gehört sie hin.
– Das Gelände ist überwacht und abgesperrt, wie kann es sein, dass du dort jemanden vergraben hast?
– Der Deponietechniker war sehr freundlich. Er hat mir alles erklärt, wie die Anlage funktioniert, wie oft er seine Runden geht, ob die Anlage tatsächlich überwacht wird. Ein freundlicher Mensch, etwas einsam vielleicht, aber freundlich. Er war sehr dankbar, dass ich ihm zugehört habe.
– Du hast sie auf einer Mülldeponie begraben?
– Ein ausgezeichneter Platz, finde ich, weit und breit kein Mensch, keine Kameras, kein Handymasten kilometerweit, umzäunt, sicher, der optimale Ort, um länger zu verweilen, wie gesagt, perfekt für unsere Tilda Broll.
– Schwein.
– Es gibt dort Wege bis zum letzten Winkel, mit dem Auto wunderbar zu erreichen. Etwas unangenehm zwar, weil es ein bisschen riecht und man durch den Dreck waten muss, aber äußerst praktisch. Sie liegt ganz unten im letzten Winkel der Anlage. Ich habe sie schön ordentlich mit Müll zugedeckt. Dreck zu Dreck sozusagen.
– Warum um Himmels Willen tust du das?
– Die abgetriebenen Kinder kamen damals auch einfach auf den Müll. Sie hat es nicht anders verdient.
– Lass mich die Polizei anrufen und ihnen sagen, wo sie suchen müssen. Dann kannst du mich erschießen.
– Ach, wie einfältig Sie doch sind.
– Du sollst aufhören zu reden und es endlich zu Ende bringen.

– Ich werde Sie doch nicht erschießen.
– Sondern?
– Sie werden springen.
– Was werde ich?
– Sie werden jetzt hinaus auf die Brüstung steigen und springen, und die Polizei wird mit Ihrer Leiche auch den Zettel finden.
– Das werde ich nicht tun.
– Doch, das werden Sie.

Max ist zu langsam. Der Weg ist zu weit.

Wagner trifft seinen Oberarm, das weiße Hemd färbt sich erneut. Er wollte sich auf ihn stürzen, ihn niederreißen, ihm sein Maul stopfen, ihm weh tun, ihn erschlagen, doch er war zu langsam. Wieder ein Streifschuss. Blut. Hass. Max hatte Glück, die Kugel hätte ihn treffen können, sein Herz, seinen Kopf, er will schreien, doch Wagner hält einen Zeigefinger an seine Lippen.

Leise, sagt er. Wenn Sie nicht still sind, ist alles vorbei.

Seelenruhig erklärt er noch einmal, dass Tilda sterben wird, sollte er gezwungen sein, Max zu erschießen. Er beschreibt ihren Tod, ihr Elend im Dunkel, wie sie verdurstet, wie sie sich selbst beißen wird, um ihr Blut zu trinken, wie sie sich selbst verletzen wird, um zu sterben, um es nicht länger aushalten zu müssen unter der Erde. Wagner lässt sich Zeit. Er genießt es, er malt Fratzen, malt Angst, er malt Tildas Tod.

Max schweigt, er beißt seine Lippen zusammen, sein Oberschenkel brennt, sein Oberarm, Fleischwunden, die Haut ist aufgerissen, er würde nicht daran sterben, in zwei Monaten würde man nichts mehr sehen, nicht erahnen, dass er hier war, dass ein Verrückter auf ihn geschossen hat. Er lebt. Nur Streifschüsse. Er liegt nicht vergraben in einem Loch. Nur Kratzer, Wunden. Er schreit nicht, er darf nicht, er hat keinen Grund dafür, sein Schmerz ist lächerlich im Vergleich zu ihrem. Er muss still sein. Er muss tun, was dieses Arschloch von ihm verlangt. Es gibt keinen anderen Ausweg, er sieht keinen, er ist oben auf dem Turm, da ist nur noch der Himmel.

Max kann es nicht aufhalten. Wie sehr er es auch will, er kann Wagner sein elendes Grinsen nicht aus dem Gesicht reißen, er kann es nicht verhindern, dass seine Füße auf die Brüstung steigen werden, dass sie durch die Luft fliegen, dass sie am Asphalt aufschlagen, zerplatzen, ausrinnen.

Max schaut ihn an.

Wagner steht vor ihm, er lächelt, er richtet die Waffe auf ihn. Er wirkt glücklich, er hat es riskiert, hierher zu kommen, alles auf eine Karte gesetzt, nur um dieses Spiel zu spielen, nur um Max zu zeigen, dass er länger atmet, dass niemand ungestraft so über ihn spricht. Max sieht, wie erregt er ist, wie besessen, rachezerfressen. Er bestraft den Totengräber, er richtet ihn hin. Genugtuung in seinem Gesicht, in seinen Augen die Freude, die ihm dieses kleine Drama bereitet. Max Broll wird springen. Und Leopold Wagner wird die Treppen nach unten gehen. Er wird durch den Seiteneingang die Kirche verlassen und für immer verschwinden. Er wird sich die Haare färben, eine Perücke tragen, sich operieren lassen, er wird sich einen falschen Pass kaufen. Er wird überleben. Max wird sterben.

Springen. Er muss. Jetzt. Noch nie war der Tod so nah. An keinem Tag am Friedhof. Nicht einmal, als sein Vater starb, oder Hanni. Der Knochenmann steht neben ihm, er schwingt die Sense und grinst. So wie auf den Bildern in der Kapelle, der Totentanz. Ein Gemälde aus dem 16. Jahrhundert, eine Verbeugung vor dem Tod, die zeigt, wie er sich jeden Menschen holt, den Arzt, die Magd, das Kind, sogar den Pfarrer. Max ist als Kind oft stundenlang davor gestanden, er war fasziniert, dass der Tod eine Gestalt hat, ein Gesicht. Jetzt steht dieses Gesicht vor ihm. Hasserfüllt und gierig.

Max geht Richtung Tür.

Er drückt die kleine Klinke nach unten und setzt ein Bein vor das andere. Sein Bein schmerzt, er hinkt. Die Blechtüre geht auf. Max sieht den Himmel. Das Meer ist weit weg hinter den Bergen, kein Rauschen ist zu hören, nichts. Da ist nur die Volksschule weit unten, die chemische Reinigung. Da ist nur noch das niedrige Geländer, das vor dem Sterben kommt.

Der Turm ist vierundsechzig Meter hoch. Einen Sprung aus dieser Höhe zu überleben ist unmöglich, egal wo er hinspringt, es wird zu Ende sein. Selbst wenn er es in den großen Kastanienbaum schaffen würde, die Äste würden ihn aufspießen. Max atmet tief ein und aus. Wagner steht neben ihm. Er nickt aufmunternd. Max versichert sich, dass das Stück Papier, das Tildas Leben retten wird, gut feststeckt in seiner Hemdtasche. Er hat es so platziert, dass es denen, die ihn finden, sofort ins Auge sticht. Sie werden sie finden. Bald.

Max hält sich am Geländer fest. Es ist nur ein Augenblick, eine kleine Entscheidung, dann ist alles vorbei, ein Ja, ein Sprung. Er muss sich überwinden, kurz nur, abspringen. Wie damals im Schwimmbad. Springen. Augen zu. Für Tilda.

Wagner hinter ihm.

Guten Flug, sagt er.

Er muss loslassen. Nicht festhalten. Einfach loslassen, die Augen schließen. Alles ist anders gekommen. Und es ist gut so, wie es ist. Er stirbt jetzt. In ein paar Sekunden ist er tot. Einfach so. Max hat sich diesen Moment immer anders vorgestellt. Er hat immer gedacht, er wird sehr alt sein, wenn der Tod kommt, zittrig in einem Bett liegen und einfach einschlafen. Vielleicht würde Baroni an seinem Bett sitzen, vielleicht würde er sogar neben ihm liegen mit einer Flasche Schnaps in der Hand. Vielleicht würden sie noch einmal einen kräftigen Zug machen und dann einfach aufhören, da zu sein. Diese Vorstellung hat ihm immer gefallen. Aber so kommt es nicht.

Springen Sie, sagt Wagner. Sie haben exakt eine Minute.

Gleich wird er tot sein. Sollte er nicht springen, wird Wagner schießen. So einfach ist das. Max hat noch fünfzig Sekunden, vielleicht nur noch vierzig. Er muss über das Geländer klettern, er muss es.

Er tut es.

Der Blick hinunter ist ihm vertraut. Als sie Kinder waren, haben sie mit Vogelbeeren aus kleinen Röhrchen auf die Kirchgänger geschossen, sie haben den Alten auf die Hüte gespuckt, in ihre Hochsteckfrisuren. Max hatte Spaß hier oben, dieser Ort war nie bedrohlich für ihn, er ist schwindelfrei, er steht außerhalb der Brüstung. Max am Kirchturm. Er hält sich am Geländer fest, seine Finger sind entschlossen loszulassen. Gleich. Es wird die letzte Entscheidung sein, die er trifft.

Er hat noch zwanzig Sekunden.

Wagner schaut auf seine Uhr und zählt laut.

Fünfzehn. Er lacht.

Max schaut nach unten. Zehn.

Er schließt seine Augen, er wird einfach loslassen und fallen.

Fünf. Wagner zählt.

Einfach loslassen. Nicht denken.

Drei. Wie Hanni ihn anlacht.
Zwei. Wie er in ihren Armen liegt.
Eins.

Drei Tage nur sie beide.

Wein, Crostini, Pasta. Hanni hatte ihn gebeten, mit ihr nach Italien zu fahren, drei Tage wollte sie ihn nur für sich, mit ihm in einem italienischen Bett liegen, ihn Tag und Nacht küssen, Nudeln essen mit ihm in einer schummrigen Trattoria. Von heute auf morgen kam die Idee, vor zwei Wochen packte sie ihn einfach ein und fuhr los. Mit Max über die Autobahn, mit Max im Autogrill, mit Max auf einer fünfspurigen Straße durch Florenz.

Max hatte sich nicht gewehrt, er mochte es, wenn Hanni das Ruder in die Hand nahm, wenn sie ihn aus seinem Alltag riss. Er saß neben ihr und schaute sie an. Am Beifahrersitz liebte er sie, weil sie so schön war, so voller Leben und Leidenschaft. Wie sie über diese Stadt sprach, über die Kunst, über alles, was sie darüber gelesen hatte. Sie war voller Leidenschaft, bereit, Florenz zu entdecken, darin einzutauchen. Mit Max Hand in Hand durch die Straßen, jeden Winkel wollte sie sehen, in jedem Café wollte sie sitzen, jede Treppe wollte sie nach oben steigen. Auf die Stadt hinunterschauen. Max neben ihr, hinter ihr. Wie er sie umarmte. Wie die Dächer rot waren, wie gut sie roch. Vor zwei Wochen in Florenz, ihre Haare, ihre Lippen, wie sie lachten, wie Eis auf ihrer Zunge schmolz.

Drei wunderschöne Tage.

Sie hatten eine kleine Wohnung gemietet, Mercato Centrale, ein Kleinod, eine Insel im fünften Stock mit Fenstern zum Platz hin. Es war schön. Mehr als das. Mit ihr durch die Straßen rennen. Wie glücklich es ihn machte. Dass sein Leben so war, dass er einfach seine Sachen packen und sich zu ihr ins Auto setzen konnte. Dass sie da war. Neben ihm in ihrem Wagen, in der kleinen Chiesa di Dante, in einem Schuhgeschäft in der Via Nazionale, in einem Irish Pup an der Piazza di Santa Maria Novella.

Fiddlers Elbow. Wie Max irisches Bier bestellte. Er redete über Baronis Videosammlung, darüber, dass ihn der verrückte Fußballer verdonnert hatte, demnächst mit ihm einen kranken Zombiefilm anzuschauen. Sie schaute ihn nur an. Er redete über hundert Dinge, sie lächelte nur mit verliebten Augen. Wie eine Katze war sie, die sich räkelt, die danach schreit, gestreichelt zu werden, die sich anschleicht, sich schnurrend ihrem Opfer nähert, langsam, liebevoll. Hanni und Max an der Bar. Bier in ihren Mündern, ihre Finger ineinander. Wie Max über Baronis Videosammlung sprach. Wie Hanni ihn hochzog und nach draußen schob.

Tanz mit mir, sagte sie.

Immer, sagte er.

Ausgelassen stolperten sie über den Platz, sie hörten Musik, die nicht da war, sie hielten sich, lachten, sie führte ihn, er führte sie. Eng umschlungen in Florenz. Wie glücklich er war. Wie leicht der Abend, ihr Gesicht so nah, wie sie atmete. wie sie sich bewegte. Wie ihre Mundwinkel ständig nach oben gingen, kaum wollten sie sich ausruhen. Hanni. Wie ihre Finger seine Wange berührten, seine Lippen, ihre Zunge, wie sie flüsterte.

Kauf mir einen Ring, sagte sie.

Ja, sagte er.

Wie sie vor ihnen am Boden lagen. Auf einer Decke ausgebreitet, Ketten, Armbänder, Ringe. Plastikschmuck, bunt und fröhlich. Wie Max sich für einen entschied, wie er dem schwarzen Mann Geld in die Hände drückte, wie der Afrikaner lachte. Eine weiße

Rose aus Plastik, ein Ring auf der Piazza di Santa Maria Novella. Wie er ihn ihr lachend an den Finger steckte.

Du willst mich also heiraten, sagte er.

Ja, sagte sie und zog ihn zurück in das Pub.

Nebeneinander saßen sie an der Theke. Sie küssten sich. Er nahm ihre Wangen und hielt sie, ihr Mund kam auf seinem an. Es war besser als alles sonst. Die Sekunden mit ihr, die Minuten, Stunden, die Tage, er wollte Jahre mit ihr. Mit ihr zusammen sein. Aufwachen, einschlafen, sie halten.

Sie hörten nicht auf, sich zu küssen.

Max und Hanni.

Wie schön sie geblüht hat.

Wie sie verwelkt ist.

Dreiundzwanzig

Kein Fallschirm.

Kein Sprungtuch unten, kein Vorsprung, auf den er sich retten kann, nichts.

Nur das Telefon in seiner Hosentasche, der vertraute Klingelton, Baroni. Wie Max wieder zugreift, das Geländer mit seinen Fingern umarmt, sich festhält, weil ihn dieses Lied aufhält. Baroni.

Wie Max gestorben ist und neben Hanni lag. Ihre kalten, toten Körper in einem weißen Bett, nebeneinander, friedlich. Wie er gefallen ist. Wie er aufgeschlagen ist und alles zu Ende war, dunkel für immer.

Wie Max sich entschieden hatte zu sterben.

Das Telefon, wie es läutet.

Max schaut Wagner an, er zögert, er wartet ab, was Wagners Gesicht sagt, ob er auf das Telefon reagiert, auf dieses Lied in seiner Hosentasche, das nicht aufhört, immer wieder von vorne beginnt, drei Textzeilen in einer Schleife, ein Geschenk von Baroni.

Damit du immer weißt, dass ich es bin, hatte er gesagt.

Wagner schaut ihn verständnislos an und hört dem Lied zu. Ein Klingelton, ein Kinderlied.

Hey, hey, Wickie.

Wagner starrt ihn an.

Er weiß nicht, was er tun soll, was er sagen soll, Wickie hat ihn aus dem Konzept gebracht, hat den Ablauf durchbrochen, den er sich vorgestellt hatte. Sein Mund steht offen, er kann sich nicht entscheiden, was er sagen soll, die Pistole in seiner Hand zögert.

Die Angst vorm Wolf macht ihn nicht froh, und im Taifun ist's ebenso, doch Wölfe hin, Taifune her, die Antwort fällt ihm gar nicht schwer.

Wagners Lippen bewegen sich.

Abheben, sagt er.

Max greift nach dem Telefon und hört Baronis Stimme.

Kurz nur, wenige Worte. Er dreht sich zur Seite und schaut nach unten, Max sagt nichts, schaut nur und stellt den Lautsprecher an.

Baroni steht auf seiner Terrasse und schaut nach oben, neben ihm die hölzerne Regentonne, in seinem Arm der Junge. Wie der Junge das Wasser berührt und schreit. Wie die Kinderstimme laut ist am Kirchturm, wie sie durch den Lautsprecher nach oben kommt. Wie gut man den Jungen sehen kann. Seine Stimme, wie die kleinen Füße eintauchen, die Beine.

Wie Baroni ins Telefon schreit.

- Ich werde ihn töten, wenn du Max nicht gehen lässt. Ich werde dieses Scheißkind in dieser Tonne ersäufen, wenn du ihm nicht sofort sagst, wo Tilda ist.
-
- Hast du nicht verstanden, du krankes Arschloch, Max kommt zu mir, und du machst deinen Mund auf.
- Was ist das für eine Vorstellung da unten?
- Ich sage es nicht zweimal.
- Die Situation scheint Ihnen über den Kopf zu wachsen, Herr Baroni. Das ist kein Fußballspiel hier.
- Dann stirbt er eben.

Baroni taucht ihn unter. Das Schreien erlischt, der Kopf des Jungen verschwindet unter Wasser. Baroni drückt ihn mit beiden Händen nach unten, seine Stimme ist laut.

Rede, schreit er.

Max starrt nach unten. Der Junge unter Wasser, er kann nicht glauben, was Baroni da tut, dass dieses Kind im Wasser ist, dass er es nach unten drückt, drei Sekunden lang, vier. Wie er den Jungen wieder nach oben zieht. Überall Wasser auf ihm. Baroni außer sich.

Rede, schreit er.

Was tun Sie da, schreit Wagner zurück.

Der Junge brüllt. Er streckt die Arme nach seiner Mutter aus. Max sieht Baroni, wie er den Jungen festhält, ihn an sich drückt. Seine Stimme ist wild, bereit, alles zu tun, sie will Max das Leben retten, sie will nicht, dass er stirbt, dass er das Geländer loslässt, dass er fällt, stirbt.

– Wo ist Tilda?
– Sie sollen Ihre dreckigen Finger von dem Jungen lassen.
– Du sollst mir sagen, wo Tilda ist.
– Finger weg von ihm.
– Was sonst? Was willst du machen, du widerwärtiges Dreckschwein? Ich werde deinen Balg jetzt in den Himmel schicken.
– Dein Freund wird sterben.
– Dann stirbt dein Kind auch. Du hast die Wahl.
– Ich will, dass du ihn loslässt, ich will, dass du ihn zu seiner Mutter bringst.
– Wo ist Tilda? Ich frage nicht noch einmal.
– Broll weiß, wo sie ist, er weiß es, ich habe es ihm gesagt, hören Sie auf damit.
– Stimmt das, Max?
– Ja.

– Dann wird Max jetzt gehen.
– Nein.
– Du sollst ihn jetzt gehen lassen.
– Nein. Ihr Freund wird jetzt springen.
– Du willst es nicht anders.

Max ist fassungslos. Er schaut seinem Freund zu, wie er völlig außer sich gerät, wie er das Kind packt und wieder in die Tonne steckt. Wie er dabei brüllt, zu allem bereit. Baroni, eine reißende Bestie. Wie er um sich schlägt, wie er den Jungen nach unten drückt, bereit, ein Leben zu zerstören, es kaputt zu machen, weil auch alles sonst in Trümmern liegt. Weil alles außer Kontrolle geraten ist, weil Dinge passiert sind, mit denen niemand gerechnet hat. Auch Wagner nicht.

Dass das Kind da ist.

Dass es da unten auf der Terrasse ist, in dieser Tonne, dass es um Hilfe schreit.

Sein Kind. Das Kind, das er geschaffen hat. Mit seinen Händen.

Max schaut Wagner in die Augen und ist sich plötzlich sicher, dass er Baroni aufhalten wird, dass es nicht dazu kommen wird, dass der Junge nicht länger als ein paar Sekunden unter Wasser sein wird. Niemand wird mehr sterben, niemand. Max weiß es, er will daran glauben. Und plötzlich ist da wieder ein kleines Stück Hoffnung, neben dem Brennen in seiner Schulter, neben dem Blut, das immer noch langsam aus seinem Oberschenkel rinnt. Schnell klettert er zurück über das Geländer, er humpelt.

Wagner steht neben ihm. Er hat Max das Telefon aus der Hand gerissen, er fleht Baroni an, bettelt um das Leben des Jungen, bittet Baroni, damit aufzuhören. Max sieht, wie die Waffe nach unten geht, wie sie von ihm ablässt. Wagner hält ihn nicht auf, dreht sich nicht nach ihm um, greift nicht nach ihm, schießt nicht.

Max beginnt zu laufen.

Kein weiterer Schuss, kein Wort, das ihn stoppt, kein Grinsen, nur die Beine von Max, die über die Treppen fliegen, unter Schmerzen. Dreihundertsechsundsiebzig Stufen nach unten, weg von Wagner. Schnell. Wie es durch seinen Kopf geht. Baroni muss gesehen haben, wie Max über das Geländer geklettert ist, er hat das einzig Richtige getan. Er ist ihm nicht nachgelaufen, er hat Max gehen lassen, seinen Wunsch respektiert. Aber er wollte ihn nicht einfach sterben lassen. Baroni. Er musste Blums Frau dazu gebracht haben, ihm ihr Kind anzuvertrauen. Baroni hat im richtigen Moment auf den grünen Knopf gedrückt. Fünf Sekunden später und Max wäre jetzt tot.

Max rennt.

Er will nur weg, hinunter von diesem Turm. Sie werden sie finden. Tilda. Max weiß es, er spürt es, er weiß, wo sie ist, er muss sich beeilen. Er lebt, sein Körper ist nicht zerplatzt, es ist noch nicht vorbei. Noch zweihundert Stufen, Tilda darf nicht sterben. Hunderteinundachzig Stufen, bald wird er unten sein, bald. Seine Schuhe auf dem alten Holz, wie es poltert. Wie er ihn hört. Wagner. Auch seine Füße kommen in den Turm, seine Beine, wie sie nach unten wollen, zu ihm, schnell.

Er kommt. Er ist über ihm, hinter ihm, Max hört ihn. Warum verfolgt er ihn? Was ist mit dem Jungen? Was mit Baroni? Max rennt, schneller, er nimmt vier Stufen auf einmal, stolpert, humpelt, er stützt sich immer wieder mit seinen Händen von der Wand ab, er atmet wild, hundertdreiundzwanzig Stufen noch. Er zählt, rennt, er ist schneller als Wagner, er schraubt sich nach unten, er hört seine Schritte, wütende Füße über ihm. Hinter ihm.

Max reißt die Tür auf, er humpelt durch die Kirche, er rennt, ignoriert die Schmerzen. Durch die Seitentür auf den Kirchplatz, die Sonne kommt in sein Gesicht, sie blendet ihn. Atemlos presst er seine Augen zusammen und sieht Baroni. Wie er auf ihn zurennt, ihn packt, ihn vor sich herschiebt, ihn auf den Beifahrersitz seines Wagens setzt und losfährt.

– Gott sei Dank, Max, Gott sei Dank.
– Was ist mit dem Jungen?
– Es geht ihm gut, er ist bei seiner Mutter.
– Was ist mit Wagner?
– Er kommt. Hinter mir.
– Wir müssen ihn aufhalten.
– Was ist mit Blums Frau und dem Kind, was ist mit la Ortega?
– Sie sind in der Wohnung, alle Türen sind versperrt, die Alarmanlage ist an, mach dir keine Sorgen.
– Dann fahr sofort los.
– Wagner, Max.
– Zur Mülldeponie, Baroni, schnell.
– Zur Deponie?
– Fahr einfach, bitte, schnell, diese Sau hat sie unter einem Haufen Müll begraben.
– Die Mülldeponie in der Schlucht?
– Ja, verdammt.
– Wir sollten Paul informieren.
– Ja, ja, wir rufen Paul an, aber bitte fahr.
– Nein, wir müssen hierbleiben.
– Du sollst aufs Gas steigen, Baroni.
– Wir sollten Wagner aufhalten, Max, er muss von diesem Turm runter, er kann nirgendwo hin, wenn wir ihn jetzt nicht stoppen, finden wir ihn nie wieder.

– Wir können Wagner ohnehin nicht aufhalten, er hat eine Pistole, und er wird schießen, schau mich an. Bitte, fahr jetzt, bitte. Wenn wir Tilda nicht rechtzeitig finden, war alles umsonst.
– Max?
– Was?
– Ich bin so froh, dass du neben mir sitzt.
– Ja.
– Was machst du nur für Scheiße, Max.
– Ich hatte keine Wahl.
– Du bleibst jetzt bei mir, egal was noch passiert, ich lass dich nicht mehr aus den Augen.
– Geht es dem Jungen gut?
– Ja.
– Du hast ihn fast umgebracht.
– Das war die Idee von Blums Frau, sie sagte, der Junge kennt das vom Babyschwimmen.
– Scheiße, Baroni, das hat verdammt echt ausgesehen.
– Sie ist hinter mir gestanden.
– Ich liebe dich, Baroni.
– Ist schon gut.
– Du bist wahnsinnig.
– So wie du.
–
– Was ist, wenn Wagner dich angelogen hat?.
– Was meinst du?
– Wenn das mit der Deponie gar nicht stimmt.
– Das stimmt.
– Was, wenn nicht?
– Dann stirbt sie.

Baroni rast.

Der Kirchturm liegt weit hinter ihnen. Sie sehen nicht, wie Wagner verschwindet, wie er sich auflöst, untertaucht. Sie fahren durch das Dorf, in die Schlucht, fünf Kilometer kurvige Landstraße. Sie rufen Paul an, sagen ihm, was passiert ist, dass Wagner im Dorf ist, dass er sich beeilen soll, dass sie ihn suchen müssen, dass sie zur Deponie kommen sollen, dass sie Schaufeln mitbringen sollen, Hunde, Bagger.

Baroni fährt so schnell, wie man nur fahren kann. Reifen quietschen, mit hundertsiebenundvierzig Stundenkilometern den Berg hinauf.

– Nimm dir den Fanschal vom Rücksitz und bind ihn dir um deinen Oberschenkel.
– Es blutet nicht mehr.
– Es blutet, Max. Du sollst den Schal umbinden, zuknoten, fest.
– Ist nicht so schlimm.
– Du schaust beschissen aus, Max.
– Ich weiß.
– Max, ich bin so froh, dass du lebst.
– Was kommt jetzt noch?
– Tilda.
– Hoffentlich.

Sie sind vor der Polizei da, vor den Hunden, vor den Freiwilligen, Feuerwehrleuten, Soldaten. Sie sind allein. Nur ihr Auto, das an einer kleinen Kreuzung abbiegt und über einen Schotterweg rast. Sie fahren entlang eines Zauns und kommen zu einem Tor aus Maschendraht. Sie steigen aus. Hinter dem Zaun ein kleines Gebäude, eine Hütte, niemand ist da, keiner, der ihnen öffnet, keiner, der das Vorhängeschloss aufsperrt.

Max geht zurück zum Wagen und startet. Baroni schaut zu, wie Max Gas gibt und durch das Tor bricht, wie das Schloss aufspringt, das Tor zurückschnellt und wie Max stoppt. Baroni springt in den Wagen, sie fahren auf das Gelände, in die Richtung, in die Wagner sie geschickt hat.

Max will zu Tilda, sie aus diesem Loch holen, bevor es zu spät ist, er will, dass sie lebt, er will, dass sie atmet, dass sie sich bewegt, er will sie zurück. Aber was sie sehen, beunruhigt ihn, es macht ihm Angst, und mit jedem Meter, den sie weiter nach unten fahren, wächst diese Angst. Max fährt den Schotterweg nach unten. Er bremst und steigt aus, Baroni folgt ihm.

– Dort wo der Weg zu Ende ist, hat er gesagt.
– Wo?
– Hier. Laut diesem Scheißzettel muss es hier sein. Der Fahrweg, Büsche, der Zaun, irgendwo hier muss sie liegen.
– Da ist nichts, Max.
– Sie muss da sein.
– Du siehst doch, da ist nichts, keine lockere Erde, keine Spuren im Gras, nichts, hier hat niemand gegraben, niemand, diese Sau verarscht uns.
– Baroni?
– Was ist?
– Da ist kein Müll.
– Was meinst du?
– Da ist kein Müll. Er hat gesagt, da ist Müll, er hätte sie mit Müll zugedeckt.
– Der Müll ist unter uns, Max. Es gibt keine offenen Deponien mehr in Österreich.
– Was soll das heißen?
– Unser Müll kommt auf den Lkw und wahrscheinlich irgendwo nach Polen, keine Ahnung.
– Er hat gesagt, es hätte gestunken.
– Hier stinkt gar nichts.

– Du hast recht, Baroni. Sie ist nicht hier. Vielleicht hat Wagner kurz überlegt, sie hier zu verstecken, vielleicht hat er sich auch mit dem Deponietechniker unterhalten, aber er hat sie hier nicht vergraben.
– Bravo.
– Dieses verdammte Schwein.
– Du wärst umsonst gesprungen, Max.
– Dafür bringe ich ihn um.
– Das Problem ist nur, dass wir nicht wissen, wo er ist. Wir haben ihn gehen lassen.
– Sie wird das nicht überleben, Baroni.
– Doch, das wird sie.
– Nein. Wir sind am Ende.
– Es ist erst der vierte Tag. Es gibt Menschen, die kommen Monate ohne Wasser aus.
– Blödsinn.
– Tilda ist stärker, als du denkst.
– Sie wird sterben und ich werde ein Grab für sie schaufeln. Genau wie für meinen Vater und für Hanni. Sie werden alle tot sein. Für immer.
– Noch ist es nicht zu Ende.
– Doch, Baroni. Schau uns an.
– Wir sollten etwas essen.
– Genau. Wir sollten in das neue Haubenlokal gehen und uns die Bäuche vollschlagen, das haben wir uns doch verdient, oder?
– Halt die Klappe, Max.
– Und wir sollten die Getränkekarte rauf und runter bestellen.
– Wir sollten uns kurz ausruhen, etwas essen und nachdenken.
– Ich hätte gerne den Lachs mit der Trüffel-Polenta.
– Wenn du jetzt nicht deine blöde Schnauze hältst, kannst du alleine weitersuchen.

– Wir halten es keine zwei Tage aus, ohne zu essen, wie soll sie es dann eine Woche durchhalten?
– Sie hatte zwei Dreh und Trink.
–
–
– Baroni?
– Ja, tut mir leid, ich habe es nicht so gemeint.
– Das meine ich nicht.
– Was dann?
– Ich bringe ihn um.

Sie fahren zurück. Langsam.

Polizeiwagen kommen ihnen entgegen, fahren an ihnen vorbei, sie wollen zu Tilda. Sie haben Paul angerufen, haben ihm Bescheid gegeben, ihm alles erzählt, ihm gesagt, dass sie nicht dort ist, dass er sie nicht finden wird, dass Wagner gelogen hat. Doch Paul hat darauf bestanden, er wird die ganze Deponie umgraben lassen, er muss etwas tun, irgendetwas. Paul hat den Kopf geschüttelt, Max hat es am Telefon gehört, seine Verzweiflung, wie ratlos und enttäuscht er war.

Wie sein Kopf hin und her ging und nichts passierte.

Die Fahndung nach Wagner war bis jetzt vergeblich, fünfzig Polizisten sind auf der Suche nach ihm, die Suchmannschaften, die nach wie vor den Wald durchkämmen, sind am Rand ihrer Kräfte. Alles steht still, die Wege, die Straßen, die an ihnen vorbeiziehen, die vertraute Landschaft, alles. Nichts bewegt sich, gibt etwas frei, verrät etwas, sagt ihnen, was sie machen sollen.

Nichts rührt sich mehr. Keine Hoffnung mehr.

Nichts.

Wie sie parken. Aussteigen. Wie Max die Tür aufsperrt. Marktplatz. Würstelstand.

Es ist Nachmittag. Max und Baroni.

Sie schließen hinter sich ab, die Fritteuse ist kalt, die Würste liegen friedlich im Kühlschrank. Max nimmt zwei Biere heraus und setzt sich neben Baroni an die kleine Bar. Vier Stehplätze, drei Stühle. Hanni hatte den Stand eingehaust, ihren Kunden ein Dach über dem Kopf gegeben, ihnen im Winter eingeheizt. Sie hatte sich um ihre Stammkunden gekümmert, ihnen ein zweites Wohnzimmer gegeben, fast. Wie oft sie im letzten Jahr hier gesessen sind, auch Baroni, der eigentlich mit dem Dorf nichts zu tun haben wollte, der sich sonst immer im Hintergrund hielt, Abstand hielt zum einfachen Volk. Regelmäßig saß er hier mit Max, schaute Hanni zu, wie sie Krainer einschnitt, Ketchup auf Currywürste drückte, Kren rieb, Senf auf die Papierteller presste. Er genoss es. Max genoss es. Stundenlang saßen sie und lachten. Auf der kleinen Bank, Hanni immer im Blickfeld, ihre Hände in Reichweite, das Bier, das sie ihnen hinschob.

Hanni Polzers Würstelstand. Bier, Max, Baroni.

Hannis Hände sind nicht mehr da. Was draußen ist, ist nicht wichtig. Auszeit. Keine Polizei, keine Suchmannschaften, nur die Musik im Radio und wie Max kaltes Bier trinkt. In langen, traurigen Schlucken.

Wie Hanni Brot schnitt. Wie sie lachte. Wie ihre Brüste hinter der Theke leuchteten. Wie zauberhaft sie war in ihrer weißen, fettigen Schürze. Wie sie nach Fett roch an manchen Tagen und trotzdem attraktiv war. Wie Baroni und Max sie anhimmelten. Weil sie lustig war, schön, herzlich, und viel mehr noch.

Es wird Abend, die Sonne geht, lässt sie allein. Die Neonröhren leuchten auf im Würstelstand. Wie sie draußen vorbeikommen, stehenbleiben und nach innen starren. Menschen aus dem Dorf, Journalisten. Wie sie fotografieren und filmen, wie sie auf sie zeigen und reden. Max blutig. Baroni mit roten Flecken im Gesicht und einer kaputten Nase.

Wie Baroni die Jalousien nach unten zieht. Sie bleiben einfach sitzen, weil ihnen die Welt für ein paar Stunden egal ist, weil sie nicht wissen, was sie sonst tun sollen. Niemand weiß es. Was richtig ist, was falsch. Deshalb bleiben sie und trinken, reißen Stöpsel von Flaschen, sie schweigen nebeneinander, reden miteinander, immer wieder schauen sie dorthin, wo Hanni früher stand.

– Wo er wohl ist?
– Bestimmt noch in der Nähe.
– Glaubst du?
– Ja, er will deine Eier.
– Unsere Eier, Baroni, unsere.
– Ich bin mir nicht sicher. Wenn ich an seiner Stelle wäre, würde ich mich irgendwo verkriechen für zwei Wochen und dann still und leise das Land verlassen.
– Vielleicht steht er aber auch da draußen und zielt auf uns.
– Wir trinken jetzt auf Hanni, da muss er warten.
– Der Mann ist verrückt, Max.
– Ich weiß. Seine Augen, alles, was er getan hat, was er gesagt hat, wie er redet, so kontrolliert. Dass er eine Waffe hat, auf mich geschossen hat. Dass er sie wirklich vergraben hat. Das ist abartig, Baroni.
– Was jetzt, Max?
– Ist mir egal.
– Ist es nicht.
– Doch, Baroni. Ich kann nicht mehr. Keine Luft mehr. Keine Kraft.
– Wenn sie stirbt, ist es nicht deine Schuld.
– Doch, ist es.
– Du bist nicht Gott, Max.
– Aber ich hätte sie retten können, und ich habe es nicht getan. Ich hatte dieses Arschloch vor mir, ich hätte ihm sein dreckiges Grinsen aus dem Gesicht schlagen können, ich hätte ihn überwältigen können.
– Er hätte dich erschossen, Max.

– Ich hätte ihn fertigmachen können.
– Du hast zwei ordentliche Wunden, Max. Zwei Wunden, die du dringend behandeln lassen solltest. Zwei Streifschüsse. Ich denke nicht, dass das ein Versehen war. Wenn er gewollt hätte, dass du durch eine seiner Kugeln stirbst, wärst du jetzt tot.
– Ich weiß es nicht.
– Was?
– Was ist, wenn sie stirbt?
– Es wird nicht deine Schuld sein.
– Noch ist sie nicht tot.
– Aber vielleicht bald. Du solltest damit rechnen, Max.
– Ich sollte mich in mein Bett legen, die Türen absperren und untergehen, ich sollte nie wieder auftauchen, ich sollte nicht hier sein. Das sollte ich nicht. Nichts von all dem sollte passieren. Ich sollte sterben.
– Blödsinn.
– Ich wollte wirklich springen.
– Du redest Scheiße, Max.
– Ich hätte loslassen sollen.
– Depp.
– Ich meine es ernst.
– Von mir aus. In fünfzig Jahren kannst du sterben. Aber jetzt machst du die Tür auf, sonst klopft der Idiot da draußen in einer Stunde immer noch.
– Wer ist das?
– Irgendeiner von den Aasgeiern, sie bekommen einfach ihren Hals nicht voll. Vielleicht sollten wir uns mit einem von ihnen unterhalten, vielleicht kannst du deine Aggressionen etwas abbauen.
– Die Journalisten sind sicher längst weg. Die Jalousie ist seit einer Stunde zu.

– Dann ist es irgendein Dorfidiot. Mir ist egal, wen du verdrischst, Hauptsache, du hörst auf, vom Sterben zu reden.
– Ich möchte zu Hanni, Baroni.
– Wenn du nicht sofort die Tür aufmachst, bring ich dich zu ihr. Wie oft soll er denn noch klopfen.
–
–
– Schade, dass die Eingangstüre nicht aus Glas ist, Baroni.
– Warum das denn?
– Dann hätten wir durch die Jalousie hinausschauen können.
– Wozu wäre das gut gewesen?
– Wir hätten gesehen, wer es ist.
– Und wer ist es?
– Du hattest recht, Baroni.
– Womit?
– Dass er auf uns zielt.
– Wer?
– Er.

Schnell geht die Tür ganz auf. Schnell kommt Wagner in den Raum, schnell dreht sich das Schloss.

Max setzt sich wieder neben Baroni. Wagner bleibt stehen. Er streckt ihnen die Waffe entgegen, fuchtelt mit ihr herum, er flüstert, hektisch, schaut immer wieder, ob die Jalousien auch wirklich blickdicht sind, er kontrolliert, ob das Schloss auch wirklich verborgen hält, was im Inneren des Würstelstandes vor sich geht.

Leopold Wagner.

Er hat sich nicht verkrochen, sich nicht versteckt in einer dunklen Ecke, er ist über den Marktplatz spaziert und ist zu ihnen gekommen. Er konnte nicht einfach verschwinden, damit kann er nicht leben, er will Rache, Genugtuung, er will die große Explosion am Ende.

Die Pistole in seiner Hand. Sie hat zwei kleine Wunden in Max gemacht, Risse in sein Leben. Wagner hat es auf den Kopf gestellt, es geschüttelt, getreten, betäubt, er hat alle Knochen gebrochen. Kein Halt mehr. Kaputtes Leben. Er steht vor ihm. Aus dem Nichts ist er gekommen, hat die Stille unterbrochen, sie wieder zurück in die Schlacht geworfen, hat die Geräusche der Kanonenkugeln in den Würstelstand gebracht.

Baroni und Max. Auf der Bank, gelassen.

Egal was passieren wird. Sie warten ab, tun nichts, was ihn nötigt zu handeln. Sie bleiben sitzen auf ihrer Bank und bewegen sich nicht. Nur ihre Hände heben und senken sich. Wagner schaut zu, wie sie trinken, die Flaschen zu ihren Mündern führen, er sieht ihre Müdigkeit, aber auch die Ratlosigkeit, dass sie es nicht verstehen, dass sie sich fragen, warum er hier ist, warum er riskiert, gesehen zu werden, über den Marktplatz zu rennen. Er hört ihre Gedanken. Er hört, was sie über ihn sagen, wie sie ihn beschimpfen, was sie ihm wünschen. Er hört es in ihren Augen. Hass. Angst. Wut.

Langsam zieht Wagner das Handy von Max aus seiner Hosentasche und beugt sich nach vorn. Sie starren ihn an. Wie er sich streckt und das Telefon ins Fett fallen lässt. Sie sehen, wie das Telefon in der Fritteuse untergeht, wie Wagner auch Baroni mit einem Nicken auffordert, sein Telefon in den Fritter zu werfen. Wie es schwappt und verschwindet. Zwei Telefone, die untergehen, zwei wütende Männer. Doch sie halten sich zurück. Baroni und Max tun, was Wagner sagt.

Sie gehorchen, sie widersprechen nicht.

– Holen Sie mir ein Bier aus dem Kühlschrank und stellen Sie es hier hin.
– Wohin?
– Sie stellen das Bier hier ab. Dann schalten Sie bitte das Radio ein. Ein bisschen Musik wird die Stimmung etwas aufhellen. Und dann gehen Sie wieder hinter den Tresen.
– Wozu?
– Sie schalten die Fritteuse ein.
– Warum?
– Damit Ihre Handys auch gut durchbraten.
– Tilda war nicht da, wo Sie gesagt haben.
– Tatsächlich?
– Ich wäre gesprungen.
– Ja, sehr schade, dass Ihr Freund unbedingt dieses jämmerliche Theaterstück für mich inszenieren musste.
– Du hättest sie sterben lassen.
– Präsens und Indikativ. Ich lasse sie sterben.
– Das wird nicht gut für dich ausgehen.
– Doch, wird es.
– Hunderte Polizisten suchen nach dir.
– Hier werden sie wohl kaum suchen.
– Ich werde dich töten.
– Bitte, machen Sie sich nicht lächerlich.
– Ich habe nichts mehr zu verlieren.
– Ach, wir alle hängen am Leben, mehr, als man meinen möchte.
– Du wirst sterben.
– Jetzt hören Sie doch auf damit. Schaut doch gut aus, wie Sie da so hinter dem Tresen stehen. Sie können den Laden jetzt übernehmen, ist doch ein phänomenaler sozialer Aufstieg für Sie, vom Totengräber zum Würstelbrater. Gratulation, Herr Broll. Und wem

haben Sie das alles zu verdanken? Mir. Prost, meine Herren.

– Was willst du?

– Kurz ausruhen. Ich war den ganzen Nachmittag wie ein Tier auf der Flucht, bin durch das Dorf gestrichen, habe mich in Löchern verkrochen. Sie verstehen, dass ich etwas zur Ruhe kommen möchte.

– Was du hier noch willst, will ich wissen.

– Mit Ihnen und Ihrem Fußballfreund ein Glas trinken. Ich habe so lange nicht getrunken, jahrelang keinen Alkohol, können Sie sich das vorstellen? Erst mit Blum kam die Freude wieder in mein Leben zurück. Italienische Weine, Brunello, die wahren Chianti, Sassicaia, die Süditaliener, wahre Schätze, meine Herren, auf die ich nicht mehr verzichten möchte.

– Wenn du jetzt nicht gleich dein Maul hältst, passiert etwas. Und mir ist egal was.

– Alles mit der Ruhe. Ich hätte da eine Idee, die uns allen weiterhilft.

– Max, wir sollten ihn jetzt überwältigen und ihm sein Maul stopfen.

– Das ist typisch, das muss diese einfältige Fußballerlogik sein, von der man immer wieder hört. Mich überwältigen. Mir das Maul stopfen. Das sollten Sie besser nicht tun, denn Sie sehen ja, was mit Ihrem Freund passiert ist, zwei Streifschüsschen an einem Nachmittag.

– Es reicht.

– Aber Herr Broll, kommen Sie, bitte denken Sie einmal kurz nach. Sie suchen ja nach wie vor nach Ihrer armen Stiefmutter, und ich nehme an, Sie haben verstanden, dass ich Ihnen auch unter Gewaltanwendung nicht sagen werde, wo sie liegt. Das hatten wir doch schon. Wir können also auf weitere Ausbrüche verzichten.

– Max?
– Was?
– Müssen wir eigentlich immer mit den Bösen trinken?
– Schaut so aus.
– Was meint Ihr einfältiger Freund, Herr Broll?
– Vor einem Jahr haben wir schon einmal mit einem Mörder getrunken, bevor ich ihn fast totgeschlagen habe.
– Sie sind wirklich ein äußerst gewaltbereiter junger Mann, deshalb häufen sich auch wahrscheinlich die Unglücksfälle in Ihrer Familie.
– Sag uns, was du dir noch in deinem kranken Hirn ausgedacht hast. Was willst du?
– Wein.
– Haben wir hier nicht.
– Eben, deshalb schlage ich einen Ortswechsel vor. Sie werden mich nach Italien bringen.
– Was werden wir?
– Herr Baroni, das ist doch Ihr Auto vor der Tür?
– Und?
– Wir trinken aus, und dann geht's los. Eine kleine Vergnügungsreise, drei Männer in einem hübschen Mercedes, der Fahrtwind, Italien, das Meer.
– Max, der spinnt.
– Sie bringen mich über die Grenze und ich sage Ihnen, wo Ihre Stiefmutter ist.
– Das werden wir nicht tun.
– Wen soll ich denn sonst fragen, meine Herren, ich kenne ja niemanden hier in dieser Gegend, und niemand hat so viel Interesse, mir zu helfen, wie Sie.
– Max, es reicht.
– Kommen Sie, bringen Sie es hinter sich, retten Sie Ihre Stiefmami, dann können Sie hier in Ruhe Ihre Würstel verkaufen.

– Der verarscht uns schon wieder, Max.
– Aber er ist der Einzige, der weiß, wo Tilda ist.
– Exakt, meine Herren.
– Er hat Hanni auf dem Gewissen, Max. Und er wollte, dass du dich umbringst.
– Jetzt seien Sie doch um Gottes Willen nicht so kleinlich, meine Herren.
– Max, ich halte das nicht mehr lange aus.
– Ich auch nicht.
– Ihnen wäre es ein Leichtes, mich in Sicherheit zu bringen. Jeder im Land kennt Sie, dass Sie mich chauffieren, das glaubt selbst der dümmste Polizist nicht.
– Wir wollen eine Garantie.
– Baroni, wir werden das nicht machen.
– Sehr vernünftig, Herr Baroni, dass Sie meinem Plan zustimmen. Aber Garantie kann ich Ihnen keine geben, Sie müssen mir schon vertrauen.
– Von mir aus, dann fahren wir.
– Bist du noch ganz dicht, Baroni? Wir fahren nirgendwohin.
– Doch, Max.
– Nein.
– Wir haben keine andere Wahl. Was willst du denn sonst machen?
– Johann Baroni. Sie sind ja doch ein guter Junge, obwohl Sie mir solche Streiche spielen wie heute Nachmittag. Wenn Sie jetzt Ihren Freund liebenswürdigerweise noch dazu bringen könnten, mir eine kleine Portion Pommes zu machen, bevor wir abreisen, würden Sie mich damit sehr glücklich machen. Und bitte vergessen Sie nicht, ich bin der Mann mit der Waffe.
– Du willst Pommes?

- Ich habe den ganzen Tag noch nichts gegessen und will die Fahrt nicht mit leerem Magen antreten. Ich hoffe nur, dass die Telefone keine Strahlen an die hübschen Kartoffelstäbchen abgeben.
- Du willst, dass ich dir Pommes mache?
- Exakt, ich bin wirklich sehr hungrig.
- Du willst, dass ich für dich koche?
- Ist doch nicht zu viel verlangt, oder?
- Von mir aus.
- Wer sagt's denn.
- Hier hast du deine Pommes.

Max greift nach unten und packt den Pommessack.

Hundertmal ist er mit Hanni hier gestanden, sie hat ihm alles gezeigt, ihn manchmal gebeten, für sie einzuspringen, wenn sie krank war oder müde, erschöpft, manchmal haben sie aber auch nur die Rollen getauscht, Hanni saß vorne und Max kümmerte sich um die Würste. Wie sie schmunzelnd vor ihm stand und ihm zuschaute, wie tapfer er sich schlug, wie hilflos er versuchte, drei Dinge gleichzeitig zu tun. Max hinter der Theke. Wie er in der Tiefkühltruhe wühlte, Muster in Würste schnitt. Sie hatten Spaß. Immer. Wie sie ihn auslachte, anlachte, mit einem Lächeln dazu brachte weiterzumachen, während sie ein Bier nach dem anderen trank. Hanni.

Vor fünf Tagen stand sie genau da, wo Max jetzt steht. Jetzt ist sie tot, und der, der sie umgebracht hat, sitzt vor ihm, verhöhnt ihn, demütigt ihn. Leopold Wagner, ein Psychopath. Anstatt zu verschwinden, ist er zurückgekommen, hat sich zu ihnen gesetzt, will sie zwingen, ihn in Sicherheit zu bringen, immer noch weiter zu gehen. Nach Italien, mit einem Mörder auf der Rückbank über die Autobahn. Doch Max kann nicht mehr. Seine Wut ist größer als alles andere, sein Schmerz, egal was mit Tilda passiert, er will, dass es aufhört, er will nicht mehr erinnert werden, nicht mehr in dieses Gesicht schauen, nicht mehr daran denken, dass er sie ausgezogen hat, dass er sie berührt hat, sie nackt gesehen hat, ihr die Frischhaltefolie um den Kopf gewickelt hat.

Max schleudert den Sack mit den Pommes Frites in Wagners Richtung. Aus dem Nichts kommt er, von unten, Max hat sich nicht verraten, hat seinen Hass versteckt, seine Bewegungen langsam und unschuldig aussehen lassen. Der Sack kommt nach oben, mit Wucht kommt er über den Tresen in sein Gesicht. Tiefgefrorene Kartoffelstäbchen, hart, kantig, kalt. Mit aller Kraft schlägt Max zu, wuchtet ihm die Kartoffeln in sein Grinsen, zerschlägt es.

Da hast du deine Pommes, sagt er.

Wagner fällt von der Bank. Er sackt zusammen, die Waffe gleitet aus seiner Hand. Von einem Moment zum andern ist es wieder friedlich im Würstelstand, keine Drohungen mehr, keine Beleidigungen, kein Geschwätz mehr, nur noch die Musik aus dem Radio, Volksmusik. Nichts mehr von Wagner, nur noch, wie er daliegt und sich nicht mehr rührt. Wie der kalte Sack seinen Kopf schlug, ihn erschütterte, wie seine Lichter ausgingen, alle. Wie er ohne Bewusstsein vor ihnen liegt.

Baroni über ihm, wie er nach unten starrt, Max anstarrt, wie er irritiert die Waffe nimmt und auf Wagner zielt. Wie Max sich nach vor beugt und den offenen Mund sieht, wie er stumm am Boden liegt. Der Pommessack neben ihm. Wie Max das Bier nimmt und trinkt.

– Das musste sein.
– Wow, Max.
– Dieses verdammte Dreckschwein.
– Das war ganz großes Tennis, Max.
– Er wollte es nicht anders.
– Das war großartig, damit hat keiner gerechnet, ich auch nicht, ehrlich, Max, du bist mein Held.
– Schau dir dieses verdammte Schwein an.
– Der schläft jetzt eine Zeitlang.
– Von mir aus für immer.
– Er atmet.
– Leider.
– Und was jetzt?
– Hier.
– Klebeband?
– Die Hände, Baroni, die Beine, den Mund, schnür ihn zusammen.
– Und dann?
– Keine Ahnung. Wir werden dieses Arschloch jedenfalls nicht nach Italien bringen.
– Wir müssen ihn zum Reden bringen, Max. Tilda wird sterben, wenn er nicht redet, und er redet nicht, wenn wir ihn nicht nach Italien bringen.
– Das werden wir ja noch sehen.
– Das bringt doch nichts.
– Er wird verschnürt. Mach schon.
– Ich klebe ihn zusammen, aber dann bringen wir ihn nach Italien, einen anderen Weg gibt es nicht.
– Blödsinn.
– Doch, Max, es bleibt uns nichts anderes übrig.
– Wir rufen Paul an.
– Und dann? Sperren sie ihn ein und wir können gar nichts mehr tun. Er wird nicht reden, Max, auch nicht, wenn er von hundert Polizisten verhört wird.

- Er wird es uns sagen. Er wird aufwachen und er wird es uns sagen.
- Wird er nicht, und das weißt du. Auch wenn du ihn folterst, er wird es weiterhin genießen, dass wir nichts tun können, dass wir hilflos zuschauen müssen, wie sie stirbt.
- Max?
- Er bleibt hier, wir fahren nirgendwohin. Und basta.
- Hast du das gehört, Max?
- Was?
- Hör doch hin. Im Radio, hör dir das an.
- Ich werde ihn umbringen, Baroni.
- Du sollst die Klappe halten, das Radio lauter schalten und zuhören.

Baronis Ohren ganz nah am Lautsprecher. Wagner am Boden.

Die Stimme des Moderators schnell und hektisch. Sondermeldung. Liveeinstieg. Der Wald, sieben Kilometer vom Dorf. Die Stimme aus dem Radio.

Max und Baroni. Ihre Augen groß, sie nehmen jedes Wort, sie können nicht glauben, was sie hören, die Stimme aus dem Radio ist fröhlich.

Alles ist gut, sagt sie.

Laut ersten Meldungen haben die Suchmannschaften die entführte Tilda Broll gefunden. In einem Waldstück oberhalb der Schlucht hat man Spuren entdeckt und nach kurzen Grabungsarbeiten die Kiste gefunden, in der die Kommissarin über drei Tage lang lebendig begraben war.

Tilda Broll lebt, sagt der Sprecher.

Wahnsinn, sagt Baroni.

Heilige Scheiße, sagt Max.

Max und Baroni hören jedes Wort des Reporters, der live aus dem Wald berichtet. Sie lag an einer Stelle, an der sie niemand vermutet hatte, abschüssiges Gelände, felsig, der Zustieg gefährlich. Wagner musste sich mit der Kiste abgeseilt haben, eigentlich hatte man gar nicht vorgehabt, an dieser unzugänglichen Stelle zu suchen, aber ein Freiwilliger ist dorthin abgestiegen und hat die umgewühlte Erde gefunden.

Sie haben nach ihr gegraben, den Deckel gehoben, die Frau, die da gekauert ist, live im Radio. Die Stimme der Reporters überschlägt sich, er schreit ins Mikrofon. Dass sie sich ihre Hände vor die Augen hält. Dass sie lächelt. Dass sie die Hand eines Helfers nimmt. Dass sie weint. Sondersendung. Keine Musik mehr, nur noch Tilda Broll. Wie sie sich bewegt im Radio. Wie sie aus ihrer Kiste steigt, aus ihrem Gefängnis, wie sie gestützt wird, wie Tränen fallen, Freudentränen, wie der Reporter sie in ihrem Gesicht sieht. Wie sie fallen, wie er alles genau beschreibt, jedes Detail. Das Gesicht von Tilda Broll, ihre Kleidung, wie blass sie ist.

Wie sie den Feuerwehrmann umarmt, der ihr nach oben geholfen hat. Wie sie ihn nicht mehr loslässt. Wie alle um sie herum klatschen, wie der Wald vor Glück fast platzt. Erschöpfte Helden, Hunde, hunderte Frauen und Männer, die ebenso wenig glauben können, was passiert ist, wie der Reporter, der die Nachrichten in den Würstelstand schreit, in die Ohren von Max, von Baroni.

Sie haben sie gefunden.

Max lacht, hüpft auf und ab, Baroni lacht. Sie umarmen sich, schreien.

Zwei Männer außer sich, wie sie hysterisch lachen, weil sie nicht mehr damit gerechnet haben, weil sie sie schon tot gesehen haben. Wie sie einfach nur schreien, laut und glücklich. Wie Gefühle sie überrennen, niederreißen. Wie leicht ihre Augen sind, ihre Münder, alles. Wie alles gut wird. Wie sie brüllen. Wie sie nicht aufhören, sich zu umarmen. Wie sie Schnapsflaschen öffnen, jeder eine. Vogelbeere. Hannis Schätze aus der untersten Lade. Wie Max ihren Namen schreit. Wie sie ansetzen und trinken. Weil alles aus dem Lot ist, Wände schief stehen. Weil nichts mehr so ist, wie es war. Weil sie lebt. Tilda. Weil Hanni tot ist. Weil Wagner bewusstlos am Boden liegt. Verschnürt und still. Schluck für Schluck der Schnaps durch ihre Hälse.

– Was machen wir jetzt?
– Trinken, Max.
– Und dann?
– Dann ist später, Max. Jetzt trinken wir.
– Müssen wir nicht in den Wald?
– Nein.
– Was dann?
– Die kümmern sich jetzt um Tilda. Lass uns den Moment genießen, kurz nur.
– Kann ich nicht. Da liegt immer noch dieses Schwein.
– Vergiss ihn. Ihn und alles, was war.
– Wie denn?
– Ich erzähle dir eine lustige Geschichte.
– Jetzt?
– Warum nicht?
– Mir ist nicht nach Lachen.
– Lass es mich versuchen. Komm schon, Max.
– Wenn du meinst.
– Weißt du, was passiert ist?
– Hanni ist tot.
– Das ist nicht lustig, Max.

- Sag ich ja.
- Ich meine hier im Dorf, was passiert ist, während wir nicht da waren, einem der Dorfdeppen ist etwas zugestoßen.
- Lass mich raten, jemand hat ihn mit Frischhaltefolie erstickt. Oder besser noch, sie haben ihn vergraben.
- Fast.
- Er hat sich selbst vergraben.
- Fast, Max, fast.
- Er hat es mit einem Plastiksack gemacht, er hat es selbst getan, so wie dieser Schauspieler, der im Kasten onaniert hat.
- Der hat sich mit einem Gürtel gewürgt, da war kein Sack im Spiel.
- Das war der Held meiner Kindheit, David Carradine, Kung Fu, Kwai Chang Caine, du erinnerst dich?
- Um den geht es jetzt nicht, Max.
- Er ist beim Wichsen verunglückt, Baroni, stell dir das mal vor. So ein Ende hat sich keiner verdient. Darauf trinken wir.
- Prost, Max.
- Auf Hanni.
- Noch einen.
- Was ist mit dem Jungen?
- Mit welchem Jungen?
- Die lustige Geschichte, die du unbedingt erzählen wolltest.
- Genau.
- Also?
- Er ist Sportholzfäller.
- Was ist er?
- Er fällt Bäume. Mit der Axt, mit der Motorsäge, das ist jetzt eine Sportart.

– Ist es?
– Ja.
– Irgendwann ist Gräber schaufeln auch eine Sportart.
– Bestimmt, Max, aber jetzt hör mir erst mal zu.
– Deine Flecken werden immer röter.
– Macht nichts. Es juckt nur, ist nicht schlimm.
– Du hast schon rote Striemen vom Kratzen.
– Darf ich jetzt weitererzählen?
– Niemand hält dich davon ab.
– Also, die tragen ja normalerweise so eine Art Kettenhemd an den Beinen, damit sie sich nichts abhacken.
– Und?
– Unser Mann hat trainiert, und er hatte seine Kettenhosen nicht an.
– Und?
– Er hat sich den Fuß abgehackt.
– Abgehackt?
– Mit einem Schlag.
– Das ist gut.
– Sag ich ja.
– Gute Geschichte, Baroni.
– Was für ein Teufelskerl, oder?
– Wir könnten ihm eigentlich auch was abhacken.
– Wem?
– Wagner.
– Wäre das nicht übertrieben?
– Finde ich nicht.
– Du willst Wagner also was abhacken?
– Er hätte es verdient, oder?
– Max?
– Was?
– Denkst du an ein bestimmtes Körperteil?
– Ja.

– Aber es ist nicht das, was ich meine, oder?
– Doch.
– Dann ist es endgültig vorbei mit Kindermachen.
– Ist es.
– Du meinst, wir sollen ihn bestrafen. Ihn von seinem Gemächt befreien?
– Mehr als das.
– Finde ich gut. Darauf trinken wir, Max.
– Wir könnten das Dreckschwein auch frittieren.
– Was tun wir?
– Wir werden ihn frittieren.
– Wie soll das gehen?
– Seinen Kopf. Ich tunke ihn kurz in die Fritteuse.
– Max, dann stirbt er.
– Genau.
– Das kannst du nicht machen.
– Sicher kann ich.
– Wir können ihn nicht einfach umbringen.
– Er hat Hanni umgebracht. Und Tilda auch beinahe.
– Das ist noch lange kein Grund.
– Doch, ist es.
– Trink, Max, dann überlegen wir uns etwas anderes.
– Nein, er wird frittiert.
– Und was machen wir dann mit dem frittierten Wagner?
– Was glaubst du?
– Wohin mit der Leiche?
– Denk mal nach.
– Zerstückeln, versenken, verbrennen, ich habe keine Ahnung, sag du es mir.
– Ich bin Totengräber.
– Und?
– Ich vergrabe Leichen.
– Und?

– Der beste Platz auf dieser Welt, um eine Leiche verschwinden zu lassen, ist wo?
– Auf deinem Friedhof.
– Hundert Punkte, Baroni.
– Du willst ihn einfach irgendwo dazulegen.
– Genau.
– Und keiner wird es sehen.
– Ich sagte doch, ich bin Totengräber, wenn ich grabe, fragt keiner, warum ich das tue, ich grabe Löcher und schaufle sie wieder zu. Was in meinen Gräbern passiert, will niemand wissen.
– Du willst ihn frittieren und eingraben?
– Dann ist es vorbei. Endgültig. Und niemand wird nach ihm fragen, alle werden glauben, er hat sich ins Ausland abgesetzt.
– Du bist betrunken.
– Und?
– Es ist so oder so vorbei, Max.
– Ist es nicht, und das weißt du. Hanni ist nicht mehr da. Und dafür wird er bezahlen. Und auch Tilda soll nicht für den Rest ihres Lebens Angst haben, dass dieses Arschloch sich wieder freikauft und in ihrem Wohnzimmer auftaucht, um sie noch einmal zu verscharren.
– Er muss also sterben.
– Muss er.
– Aber doch nicht in der Fritteuse.
– Wo denn sonst?
– Wir könnten ihn versenken.
– Langweilig.
– Erschießen?
– Wie einfallslos, Baroni.
– Vergiften?
– Dann kannst du ihm auch gleich einen blasen.

– Was denn dann?
– Wir sollten diese beiden Flaschen leer machen und noch eine andere öffnen, dann fällt uns bestimmt was Lustiges ein.
– Gute Idee.
– Sag ich ja.
– Wir könnten ihm die Lippen und die Nase mit Superkleber verkleben.
– Dann erstickt er.
– Genau.
– Das gefällt mir, mein lieber Baroni.
– Ist da in irgendeiner Lade Superkleber?
– Kein Kleber.
– Hanni hat doch bestimmt irgendwo Kleber.
– Nein.
– Warum nicht?
– Zu einfach. Er muss leiden. Länger, verstehst du.
– Wie denn?
– Wir begraben ihn.
– Das hatten wir schon, mein lieber Max.
– Lebendig.
– Begraben.
– Ja.
– Du meinst in einer Kiste, genauso wie Tilda, Erde auf ihn schaufeln, irgendwo, wo ihn niemand findet.
– Nicht irgendwo.
– Wo?
– Auf der Deponie.
– Müll zu Müll.
– Wir vergraben ihn genau dort, wo er uns hingeschickt hat, der optimale Ort für ein kleines illegales Grab.
– Das ist eine sehr, sehr gute Idee.
– Aber?
– Wir trinken Schnaps.

– Und?
– Wer fährt?
– Ich fahre. Wir laden in gleich in den Kofferraum.
– Du meinst, wir sollen das widerliche Paket in mein Auto schaffen?
– Ja.
– Jetzt?
– Wir verladen ihn, dann trinken wir aus, und dann entsorgen wir das Schwein.
– Das ist nicht dein Ernst, oder?
– Mir war nie ernster.
– Das ist Mord, Max.
– Ich weiß.

Fünfundzwanzig

Nebeneinander wie tot.

Keiner der beiden rührt sich. Sie atmen. Sie schlafen seit fünf Stunden, es wird hell. Das Schlafzimmer im Friedhofswärterhaus. Sie bewegen sich. Langsam, zwei Männer. Zuerst Baroni. Dann Max. Sein Haustelefon läutet. Immer wieder beginnt es von vorne, es hört nicht auf zu klingeln.

Nackt und verwundet liegt er neben Baroni. Betrunken, zwei Körper, angeschlagen, verwundet. Behäbig bewegt sich sein Körper, zaghaft. Max.

Er hört das Klingeln in der Ferne. Es ist weit weg. Immer wieder kommt es und holt ihn aus dem Schlaf. Der Kopf schmerzt. Die Augen sind geschlossen, er weiß nichts. Kann sich nicht erinnern. Welcher Tag ist. Ob Morgen oder Abend. Was war. Er spürt nur seinen Kopf und hört das Klingeln. Er spürt den Alkohol in sich. Wie alles betäubt ist in ihm, alles in Watte getaucht.

Er liegt am Boden. Mitten im Raum.

Seine Kleider verstreut um ihn, er hat sie nach unten gerissen, hat das Hemd ausgezogen, hat sich einfach hingelegt, die blutigen Kleider weggeworfen, im Gang, im Wohnzimmer, Socken, Unterhose, alles. Er hat es nicht mehr zum Bett geschafft, nicht auf die Couch. Baroni wollte ihn noch nach oben ziehen, aber Max ist auf dem Eichenboden zusammengebrochen und liegen geblieben. Seine Glieder von sich gestreckt, ohne Decke, unfähig, noch eine weitere Sekunde wach zu bleiben. Die Lider haben sich im selben Augenblick geschlossen, in dem sein Körper auf dem Holzboden ankam. Max stöhnte. Auch Baroni stöhnte. Kurz. Dann war Nacht und alles, was war, ging mit ihnen unter.

Max kriecht durch den Raum.

Er robbt dem Boden entlang, er will zu seinem Telefon, es abschalten, es wegwerfen, es kaputt machen, er will das Klingeln nicht, er will nur, dass es aufhört, weiterschlafen, die Augen nicht aufmachen. Das ist das Einzige, was er will, was er kann. Das Läuten stoppen. Schlafen. Das Telefon finden. Weiterkriechen, dem Klingeln nach, in den Vorraum. Wie er stöhnt. Wie jede Bewegung seinen Kopf beinahe zum Zerspringen bringt. Wie seine Augen aufgehen und er sie zusammenpresst. Kleine Schlitze. Das viele Licht tut weh. Er sieht den Tisch vor sich, er steuert auf allen vieren darauf zu. Das Telefon ist nur mehr zwei Meter von ihm entfernt, er wird es ausschalten und genau an der Stelle liegen bleiben, es wieder dunkel machen in seinem Kopf. Er wird nicht abheben, er wird sich nicht fragen, wer es sein kann, wer ihn so dringend erreichen will. Das wird er nicht. Oder doch?

Plötzlich wird es überall warm in ihm.

Angst überrollt ihn, von einem Moment zum anderen, sie kommt mit dem Licht, wühlt ihn auf, macht ihn wach. Als würde es zu brennen beginnen in ihm, von innen, als würde etwas Schlimmes geschehen, als wäre es bereits passiert. Plötzlich fällt es ihm wieder ein, dass Hanni tot ist, dass Tilda gefunden wurde. Dass er mit Baroni im Würstelstand war. Das Klebeband. Wagner. Was dann passiert ist. Wie sie ihn in den Kofferraum geworfen haben. Baroni hatte den Wagen ganz nah an den Hintereingang gestellt, keiner war am Dorfplatz, die Fenster waren dunkel. Keine Polizei. Keine Journalisten mehr. Keiner, der gesehen hat, wie sie den Mörder von Hanni Polzer in ein Auto sperrten.

Wie ein Paukenschlag kommt es zurück in ihn, laut, er erinnert sich daran, wie der Kofferraumdeckel zuging. Er erinnert sich an den Geschmack der Vogelbeeren, an Wagners zugeklebtes Gesicht. Er erinnert sich daran, dass er noch eine Flasche aufgemacht hat, dass sie zur Mülldeponie wollten. Dass er sich irgendwann ans Steuer gesetzt hat.

Max erinnert sich.

Es ist alles da, bis zu diesem Moment. Wie er sich in den Wagen setzte, die Tür zuschlug. Danach ist alles wie weißes Papier, keine Erinnerung mehr, er weiß nicht mehr, was passiert ist, er weiß es nicht. Weißes Papier, das ihn plötzlich wach macht, ihn aus dem Schlaf reißt, ihn schüttelt, ihm Schweiß auf die Stirn treibt. Was sie getan haben. Was sie nicht getan haben. Was mit Wagner passiert ist. Max weiß nicht mehr, was geschehen ist. Sie wollten ihn eingraben, Max ist gefahren. Es kommt zurück, langsam, nur einzelne Bilder. Wie er über den Dorfplatz gefahren ist. Wie er das Gaspedal nach unten gedrückt hat. Dann wieder nichts mehr. Nur das Klingeln, das ihn geweckt hat.

Max hebt ab.

Paul. Er will wissen, ob es Max gut geht, warum er noch nicht im Krankenhaus war, er sagt, dass er sich Sorgen gemacht hat, dass Tilda sich Sorgen gemacht hat. Dass sie ihn sehen will. Dass er kommen soll.

Ich komme, sagt er und legt auf.

Seine Stimme klingt schrecklich. Ohne dass Max es sagen musste, weiß Paul, was Max am Vorabend gemacht hat. Er hat gehört, dass Alkohol in Unmengen geflossen ist. Was sonst noch passiert ist, hat er nicht gehört. Was Max getan hat. Dass er Wagner vergraben hat, irgendwo auf einer Mülldeponie. Dass er und Baroni ihn sterben lassen wollten.

Max steht auf und beginnt Baroni zu schütteln. Er setzt sich neben ihn und versucht ihn wach zu machen, er schreit ihn an, er soll aufwachen, er muss. Jetzt, schnell, er soll seine Augen öffnen, er soll ihn jetzt nicht allein lassen, er muss mit ihm reden, er muss wissen, was passiert ist. Doch Baroni bleibt, wo er ist. Da ist nur sein Stöhnen. Er kann nicht, seine Muskeln halten ihn nicht, immer wieder fällt er nach hinten, er lässt sich nicht hochziehen, er lallt, sein Kopf kippt zur Seite, er grummelt, stöhnt. Baroni bleibt liegen.

Max ist allein.

Er ist plötzlich hellwach, versucht sich mit Gewalt zu erinnern, aber er kann nicht. Das weiße Blatt füllt sich nicht, egal wie sehr er sich anstrengt, es ist nicht mehr da. Was war. Wohin sie gefahren sind. Was sie mit ihm gemacht haben. Ob sie ihn wirklich vergraben haben, ob sie die Schaufeln vom Friedhof geholt haben, so wie sie es sich ausgedacht hatten, ob sie eine von den großen Kartoffelkisten aus Baronis Keller geholt haben. Max weiß es nicht mehr. Ob sie ihm Luft zum Atmen gelassen haben. Ob sie ihn geschlagen haben, was mit der Waffe passiert ist. Max weiß nur, dass sie darüber geredet haben, und dass es sich gut angefühlt hat. Dass die Vorstellung, wie Wagner unter der Erde verreckt, schön war. Wunderschön.

Jetzt ist sie die Hölle. Dass er es wirklich getan hat. Er rennt durch die Wohnung, sucht den Autoschlüssel. Seine Hose, Baronis Jacke. Er muss zur Deponie. Was, wenn er tot ist, erstickt ist, wenn sie einfach den Deckel zugemacht und ihn verschüttet haben? Wagner tot in der Kartoffelkiste. Der Schlüssel. Er darf sterben, es darf nicht passiert sein. Er hebt Baroni hoch und holt den Autoschlüssel aus seiner Hosentasche. Immer noch nackt rennt Max zur Wohnungstür und will nach unten. Im Stiegenhaus stoppt er, sieht an sich hinunter, er ist immer noch nackt, er rennt zurück in den Gang und nimmt Hannis Bademantel vom Haken. Ein weißer Frotteemantel mit roten Rosen.

Barfuß über die Stiegen.

Stufe für Stufe, durch die Tür auf den Kirchplatz.

Wo ist das Auto? Wo haben sie geparkt? Es muss da sein, sie sind nach Hause gekommen, warum kann er sich nicht erinnern, wo hat er geparkt, warum haben sie Wagner nicht einfach der Polizei übergeben? Warum nicht? Warum weiß er nicht mehr, wo dieses verdammte Auto ist?

Max läuft die Gasse hinunter.

Man starrt ihn an, zwei alte Damen, die vom Friedhof kommen, sie halten sich die Hände vor die Münder. Der Totengräber im Bademantel. Max Broll mit Rosen bedeckt. Wie er rennt. Zum Dorfplatz, zum Würstelstand, irgendwo muss es sein. Er muss sich beeilen, er muss zur Deponie, er rennt, er braucht das Auto, sein Kopf brennt, die Angst hebt seine Beine.

Er stellt sich vor, was passieren wird. Bestimmt hat sie jemand gesehen, wie sie ihn verladen haben, wie sie zur Deponie gefahren sind. Man wird sie verhaften, verurteilen, man wird sie einsperren, sie werden für die nächsten zwanzig Jahre in einer Zelle sitzen. Weil sie Mörder sind. Baroni und Max.

Wie der Mantel noch nach ihr riecht.

Wie Max rennt, sucht. Kein Auto. Er ist panisch, hilflos, er kann nicht glauben, was passiert. Es ist Sommer, es ist warm, er könnte mit Hanni auf seiner Terrasse liegen. Stattdessen versucht er herauszufinden, ob er ein Mörder ist. Er war sich so sicher. Es hat sich so gut angefühlt noch vor Stunden, die Vorstellung, ihn zu töten, dass er für immer verschwindet, dass er leidet, dass er bestraft wird, für alles, was er getan hat. Max wollte es unbedingt. Rache für Hanni. Wie der

Schnaps ihn mutig gemacht hat, wie er und Baroni sich die schlimmsten Dinge ausgemalt, ihn auf fünfzig verschiedene Arten umgebracht haben. Wie sie darüber geredet haben. Und wie sie dann in den Wagen gestiegen sind.

Jetzt der Schlüssel wieder in seiner Hand. Max. Seine Füße auf dem Asphalt. Er ist gefahren, er weiß es, er sieht es vor sich, seine Hände am Steuer, wie er verschwommen die Straße vor sich sieht. Plötzlich ist es wieder da. Wie sie zurückgekommen sind, wie er geparkt hat. Das Auto steht in Baronis Garage, Max hat den Wagen gegen die Wand gefahren. Er ist zu schnell in die Einfahrt, hat zu spät gebremst, er ist in einen Stapel Kisten hineingefahren, hat ein Regal gerammt und die Wand hat ihn gebremst.

Sie waren angeschnallt. Ein Ruck ist durch den Wagen gegangen, konnte ihnen aber nichts anhaben. Sie waren betrunken, sie waren am Ende, sie haben nur gelacht. Baronis Mercedes war Schrott, aber sie haben gelacht. Max erinnert sich. Aber nur daran. Wie sie zurückgekommen sind. Nicht, wohin sie gefahren sind, was sie ihm angetan haben.

Baronis Villa, das Garagentor.

Max steckt den Schlüssel in die Schließanlage, das Rolltor öffnet sich.

Vor ihm der Wagen. Er steigt ein und startet, er darf nicht zu spät kommen, er muss leben, es darf nicht passiert sein, er muss ihn rechtzeitig finden, er legt den Rückwärtsgang ein, er will losfahren, aber er kann nicht. Die Reifen blockieren, alles ist verbeult, nichts bewegt sich. Er gibt Gas, aber das Auto bleibt, wo es ist. Lärm und Rauch.

Es riecht nach verbranntem Gummi. Max dreht den Schlüssel um. Er bleibt sitzen. Er rührt sich nicht, seine

Hände auf dem Lenkrad, seine Augen weit offen. Minutenlang. Wie er da sitzt und ins Leere starrt. Nichts tut. Wie er wartet, dass etwas passiert, etwas Gutes, ein Wunder, das ihn zurückbringt in sein altes Leben. Wie sich die Gewissheit langsam breit macht in ihm. Wie sie ihn lähmt. Von Sekunde zu Sekunde mehr.

Er bewegt sich nicht. Er bekommt kaum noch Luft. Er weiß es jetzt.

Sie haben ihn umgebracht.

Sechsundzwanzig

Max und Baroni am Rücksitz, sie schweigen.

Kein Wort. Sie starren aus dem Fenster des Polizeiwagens, immer noch benommen von der Nacht. Von allem, was passiert ist. Sie haben sich umgezogen, la Ortega hat ihnen Tortillas gemacht. Blums Frau war bereits abgereist, Beamte hatten sie abgeholt, genauso wie Max und Baroni.

Zwei Uniformierte, die ihnen die Autotüren aufhielten.

Wie sie jetzt schweigend nebeneinander sitzen.

Wie Baroni aus einer großen Flasche Wasser trinkt. Wie er eine Tablette schluckt und auch Max eine in den Mund schiebt.

Das hilft, sagt er.

Ich glaube nicht, sagt Max.

Wie sie aus dem Dorf fahren. Über die Autobahn. Der Beamte redet nicht, nur ab und zu schaut er in den Rückspiegel. Max schaut auf die Streifen am Asphalt. Wie schnell sie sind. Weiß und schnell. Wie sie an ihm vorbeiziehen, wie er versucht, sie zu zählen.

Er hat Paul angerufen, hat ihm alles erzählt, alles über Wagner. Dass er in den Würstelstand gekommen ist, dass sie ihn überwältigt und geknebelt haben. Dass sie zu viel getrunken hatten. Max stand vor dem kaputten Mercedes und rekonstruierte, was am Vorabend geschehen war. Alles, Stück für Stück. Mit dem Klopfen war es ihm wieder eingefallen.

Max begriff es zuerst nicht, erst als das Klopfen immer lauter wurde, riss er den Deckel nach oben. Da lag er, gekrümmt, verschnürt, da waren diese Augen, der Mann, den er umbringen hatte wollen, der Mann, der den Tod verdient hatte, mehr als jeder andere. Wie froh Max war, dass er lebte. Erleichterung schoss durch seinen Körper, die Bewegungen wurden plötzlich wieder leicht, die Gedanken, der Kopfschmerz, der ihn eben noch beinahe umgebracht hatte, war wie verflogen. Wagner lebte, seine kleinen verdorbenen Augen waren offen, bettelten um Hilfe. Leopold Wagner, mit Klebeband zum Stillstand gebracht, bereit zu sterben.

Bereit, abgeholt zu werden.

Max sah ihn an und musste lachen.

Wie hilflos er war. Der Kindermacher, der Mörder, das Dreckschwein, das ein ganzes Land in Aufruhr versetzt hatte. Max lachte. Dann weinte er. Innerhalb von Sekunden wechselte sein Mund die Form. Wie sehr er davon überzeugt gewesen war, dass sie Wagner vergraben hatten. Sie waren nie auf der Deponie gewesen. Sie waren auch nirgendwo sonst gewesen, sie waren nur bis zu Baronis Haus gefahren, in seine Garage, nicht weiter. Vom Würstelstand bis an die Betonmauer. Und Wagner war dort, wo sie ihn hingepackt hatten. Bewusstlos lag er im Kofferraum, die ganze Nacht lang. Erst als Max im Bademantel verzweifelt die Reifen zum Quietschen brachte, hatte er zu klopfen begonnen.

Max im Bademantel.

Er telefonierte, erzählte Paul, wo er Wagner abholen konnte. Dann legte er auf und spuckte ihn an. Wagner stöhnte unter dem Klebeband, Max ignorierte ihn und ließ den Kofferraumdeckel nach unten fallen.

Dutzende Beamte kamen.

Sie rissen das Klebeband von ihm ab, sie legten ihm Handschellen an. Er brüllte nach einem Anwalt. Dann verschwand er in einem Polizeiwagen und fuhr davon. Blaulicht, Journalisten, Kameras. Paul stand neben Max.

Ohne Worte und ohne ihn nach weiteren Details zu fragen. Sie standen einfach nur da und schauten zu, wie Wagner weggebracht wurde. Tilda war in Sicherheit. Sie hatte überlebt.

Sie sind auf dem Weg zu ihr.

Max auf der Rückbank. Baroni hält ihm die Tür auf.

Der Beamte hat direkt vor dem Eingang zur Notaufnahme geparkt, Max wird sie wiedersehen, gleich, sie wird in einem Bett liegen und ihn anlachen, er wird sie umarmen. Bevor die Ärztin seine Wunde näht, bevor sie ihn in ein Bett legen, ihm Beruhigungsmittel spritzen, bevor er schlafen wird, bevor es fünfzehn Stunden lang einfach nur dunkel sein wird, sieht er Tilda. Er sieht ihre Tränen. Wie schwach sie ist, wie blass. Er spürt ihre Arme um sich, wie kraftlos sie sind. Er sitzt an ihrem Bett und hält sie, er sagt nichts, hält sie nur. Er spürt ihre Angst, wie sie sich an ihn klammert, ihn festhalten will, ihn nicht mehr loslässt. Max streicht mit seinen Fingern über ihren Rücken.

Lange, langsam. Ohne zu denken.

Wie plötzlich alles farblos wird.

Wie gleichgültig ihm plötzlich alles ist. Alles, was passiert ist, alles, was sie ihn fragen, was sie wissen wollen von ihm, was er ihnen erzählen kann. Nichts mehr ist wichtig. Nur seine Finger, wie sie über Tildas Rücken streichen.

Danke, sagt sie.

Immer wieder ihre Stimme. Immer wieder Danke, und wie sie ihn mit jedem Wort, das aus ihrem Mund kommt, an Hanni erinnert. Dass sie nicht mehr da ist.

Max umarmt sie. Er will nicht reden, nichts sagen. Er erträgt es kaum, ihre Trauer, ihre Tränen, er hat seine eigenen.

– Es tut mir so leid, Max.
– Muss es nicht.
– Ich habe alles kaputt gemacht.
– Nicht du, Tilda, ich war das.

Max drückt sie liebevoll zurück in ihr Bett, lässt ihre Hand los, küsst sie auf die Wange. Er verspricht ihr, sich verarzten zu lassen, sich auszuruhen, in ein paar Stunden wiederzukommen. Kurz bevor er den Raum verlässt, dreht er sich noch einmal zu ihr um. Er steht da und schaut sie an.

Tilda, drei Sekunden lang.

Ich bin froh, dass du lebst, sagt er.

Dann kommt die Nadel in seine Schulter, in seinen Oberschenkel, eine junge Frau flickt ihn zusammen, reinigt seine Wunden. Sie legen ihn hin und machen seine Augen zu. Max Broll, Zimmer vier. Baroni, der nach ihm sieht, Baroni und la Ortega, die ihn anlachen, als seine Augen wieder aufgehen in dem kleinen Krankenzimmer.

Max will nach Hause, er will nichts mehr hören, niemanden. Nichts mehr sehen. Auch Baroni nicht.

Nichts geht mehr. Nur noch, wie Max die Stiegen nach unten schleicht und am Rücksitz eines Taxis zum Friedhofswärterhaus fährt. Wie er die Stufen nach oben in seine Wohnung steigt, wie er sich auszieht und hinlegt. Für immer.

Egal was Baroni sagt, was la Ortega sagt, egal was Tilda sagt.

Max bleibt liegen.

Siebenundzwanzig

Überall das Leben.

Immer wenn er die Augen aufmacht. Egal wo er hinschaut. Aus dem Fenster, die Menschen am Friedhof, am Kirchplatz. Wie alles unendlich weh tut. Was er sieht, was er nicht mehr sieht. Ihre Zahnbürste im Bad, ihr Bademantel, alles von ihr. Wie die Tage beginnen. Wie sie aufhören. Wie Baroni ihn zurückholen will und es nicht kann. Drei Tage hat er Max alleingelassen, jetzt sitzt er neben ihm.

– Das halbe Dorf ist da. Komm jetzt, Max.
– Nein.
– Komm schon.
– Lass mich, bitte.
– Du ziehst dich jetzt an und kommst mit mir auf die Terrasse. Tilda ist auch da.
– Du sollst mich endlich in Ruhe lassen, Baroni.
– Du musst dich von ihr verabschieden, du kannst dich nicht länger hier vergraben.
– Doch, ich kann.
– Komm mit auf die Terrasse.
– Nein.
– Du stinkst, Max.
– Du kannst ja gehen.
– Ich kann mir das nicht länger ansehen.
– Dann schau weg, niemand zwingt dich, hier zu sein.
– Hör auf damit.
– Dann lass mich doch einfach hier liegen.
– Bitte, Max.
– Wenn ich es nicht kann. Ich kann nicht, verstehst du, alles tut weh, alles, versteh das doch, jeder Schritt,

jede Bewegung, jede Sekunde, in der ich wach bin. Ich kann nicht, Baroni.

– Was soll ich denn noch tun?
– Es ist wie Hunger. Sie fehlt mir so.
– Es wird nicht besser, wenn du dich hier vergräbst.
– Es ist alles kaputt.
– Ist es nicht.
– Sie wird da unten verfaulen, sie wird von den Würmern gefressen, wie all die anderen.
– Der Friedhof ist wunderschön.
– Nein, Baroni.
– Das Grab ist perfekt, ich habe persönlich die Arbeiter beaufsichtigt. Du hättest es nicht besser hinbekommen. Und der neue Pfarrer hat sehr schön gesprochen vorher in der Kirche. Vollkommen akzentfrei.
– Wie oft denn noch, Baroni?
– Sie spielen dein Lieblingskonzert.
– Was tun sie?
– Der Friedhof steht still, sie hören zu. Eine Viertelstunde schon, keiner rührt sich, sie hören einfach zu.
– Warum?
– Das stand in ihrem Testament.
– Sie hatte ein Testament?
– Ja. Du bist jetzt Würstelstandbesitzer.
– Sagt wer?
– Ist zwar noch nicht offiziell, aber das scheint sie aufgeschrieben zu haben. Sagt Paul. Sie haben es in ihrer Wohnung gefunden.
–
– Sie wollte, dass man es spielt beim Begräbnis, das Köln Concert, Max.
– Aber warum?
– Weil sie es geliebt hat. Weil sie dich geliebt hat.
–

– Sie würde wollen, dass du auf deiner Terrasse stehst und zuhörst, dass du deine beste Flasche aufmachst und mit uns auf sie trinkst.
– Es geht nicht, ich kann nicht, ich will nichts sehen, nichts mehr spüren, verstehst du, nichts mehr spüren.
– Sie wünscht sich das von dir, Max.
– Sie ist tot, einen Scheißdreck wünscht sie sich.
– Max, es reicht jetzt.

Mit Gewalt zieht er Max aus dem Bett, er weicht den Tritten aus, hält ihn fest, Max schlägt um sich, kratzt, beißt, trotzdem schiebt ihn Baroni ins Bad, unter die Dusche. Max brüllt, weint, wimmert, bricht zusammen, er hört auf, sich zu wehren. Wortlos nimmt er das Wasser. Wie er es über sich rinnen lässt, ohne Gegenwehr. Wie sich das Wasser Wege über seinen Körper sucht. Wie seine Augen offen sind und sich seine Tränen mit dem Wasser mischen. Wie er dasitzt, klein und zerbrechlich. Wie Baroni ihm die Seife in die Hand drückt und wartet. Wie das Wasser immer weiter nach unten fällt und Max sich wäscht, langsam, kraftlos. Wie Baroni ihn hochzieht, ihn abtrocknet, wie er ihn anzieht, ihm dabei hilft. Hose, Gürtel, Hemd.

Wie Max vor dem Spiegel steht. Dieses leere Gesicht, das weiße Hemd, die traurigen Augen. Wie Baroni ihn hinaus auf die Terrasse schiebt. Wie er neben Tilda stehen bleibt. Wie sie ihren Arm um ihn legt. Wie Max die Musik hört und nach unten schaut.

Hanni zwischen tausenden Blumen.

Das Klavier, wie es laut über den Friedhof hallt, wie es in jeden Winkel kommt, alles mit Schönem füllt. Hunderte Menschen und seine Lieblingsmusik. Hanni. Wie sie unten in dieser Holzkiste liegt. Wie schön sie war. Wie schön diese Musik ist.

Max steht einfach nur da und hört hin.
Das Klavier, die Sonne, überall sind Blumen.
In seiner Hand ein Glas. Langsam hebt er es und flüstert.
Ich liebe dich, sagt er.
Für immer, sagt sie.

Dank

Katharina Kramer
Hansjörg Mayr
Toni Walder
Petra Hatzer-Grubwieser
Martin Falch
Thomas Leis
Georg Hasibeder
Valerie Besl
Gerlinde Tamerl
Markus Hatzer
Michael Weiß
Henrik Eder
Peter Amhof
Ferdinand Treffner
Christof Dornauer
Bernhard Geiler
Anton Sint
Five for Fighting
James Blunt
One Republic
Jamie Cullum
Keith Jarrett

Danke an meine Frau Ursula.
Die Liebe in diesem Buch ist für dich.

Bernhard Aichner
Die Schöne und der Tod
Krimi
HAYMONtaschenbuch 27
256 Seiten
€ 9.95/SFr 17.50
ISBN 978-3-85218-827-0

Bernhard Aichners Krimi-Debüt – eine abgründige, schräge und spannende Story rund um einen Totengräber, einen Fußballstar im Ruhestand und eine verschwundene Leiche: Dass Emma, seine erste große Liebe, plötzlich wieder in sein Leben platzt, und dass er ihre Schwester Marga, die sich vom Hausdach gestürzt hat, auf dem Dorffriedhof begraben muss – das würde der Totengräber Max Broll noch hinnehmen. Aber dass jemand Margas Leiche aus dem noch frischen Grab entführt, das geht entschieden zu weit. Als Max Broll die Sache, gegen den Willen der Polizei, selbst in die Hand nimmt, beginnt für ihn ein Wettlauf um Leben und Tod.

„Was wie eine Dorfgroteske beginnt, entwickelt sich bald zu einer packenden Abrechnung mit der Scheinwelt der Fotomodelle, TV-Dodelsendungen und dunklen Seiten des Hochglanzlebens.“
Die Presse, Erich Demmer

www.haymonverlag.at